ARRÊTE
TON CINÉMA !

DU MÊME AUTEUR

Chez Flammarion

VAS-Y, MAMAN ! roman.
DIX-JOURS-DE-RÊVE, roman.
QUI C'EST, CE GARÇON ? roman.
C'EST QUOI, CE PETIT BOULOT ? roman.
OÙ SONT MES LUNETTES ? roman.
ARRÊTEZ DE PIQUER MES SOUS !

Chez Pierre Horay

DRÔLE DE SAHARA, roman.
VOGUE LA GONDOLE, roman.
LES PIEDS SUR LE BUREAU, roman *(prix Courteline).*
SAINTE CHÉRIE, roman.
SAINTE CHÉRIE EN VACANCES, roman.

Éditions J'ai Lu

LES SAINTES CHÉRIES (nouvelle version).
VAS-Y, MAMAN !
DIX-JOURS-DE-RÊVE.
QUI C'EST, CE GARÇON ?
C'EST QUOI, CE PETIT BOULOT ?
OÙ SONT MES LUNETTES ?
ARRÊTEZ DE PIQUER MES SOUS !

Nicole de Buron

ARRÊTE TON CINÉMA !

Flammarion

ISBN 2-08-067118-9
Imprimé en France

DES PRODUCTEURS
PLUS UN DISTRIBUTEUR...

CHAPITRE 1

... où l'auteur rencontre un étrange personnage qui se révélera un grand producteur de cinéma, un tout jeune metteur en scène qui deviendra son cher petit frère et un distributeur de films, éleveur de bœufs charolais.

Aux innocentes, les mains pleines.

J'étais paisiblement en vacances à la campagne en ce mois d'août 1966, quand la factrice m'apporta une lettre envoyée de Saint-Jean-de-Luz chez mon éditeur qui l'avait fait suivre à Paris d'où ma chère concierge me la renvoyait. Autant dire que la missive avait pris le chemin des écoliers. J'échangeai quelques mots aimables avec la préposée (mes lectrices et lecteurs bien-aimés auront peut-être remarqué l'importance de la Poste dans ma vie). La représentante de cette noble administration n'était plus toute jeune mais dévalait encore avec ardeur les coteaux d'Île-de-France sur un vélo digne de Tati. Ses chefs lui ayant refusé, pour des motifs obscurs, un petit moteur pour son engin, elle ne circulait pas quand il pleuvait. Je soutenais ses revendications mais mon courrier en souffrait.

Toujours est-il que je pris tout mon temps pour lire la lettre en question. Elle était signée par un certain Pierre Braunberger, des Films de La Pléiade, qui désirait faire ma connaissance. Ah bon ! Il avait lu un de mes articles dans la revue *Plexus* où je m'amusais de l'utilisation forcenée de l'érotisme dans la publicité pour fourguer n'importe quoi. De la tronçonneuse « phallique » Stilh à la lessive « sexy » qui rend plus désirable la ménagère accablée... Et ça continue, d'ailleurs. Du couple en train de s'étreindre sauvagement pour vanter le confort d'une voiture — personnellement, je trouve qu'on est mieux dans un lit ou sur l'herbe — au café nommé Désir... en passant par le camembert Président avec Thierry Lhermitte qui roule des yeux amoureux en contemplant le fromage pendant qu'une dame se tortille lascivement. Sans oublier le top-model qui, nu, clame les vertus d'un frigo (brrr...), la machine à laver (aphrodisiaque ?) Caresse Linge, les deux athlètes noirs, à poil également, avec une chaussure de sport en guise de cache-sexe... et même notre E.D.F. nationale avec son pastiche érotique de *Fenêtre sur cour* de Hitchcock, etc. Bref, le cul fait toujours vendre, paraît-il.

N'étant pas douée, hélas, du fameux instinct féminin de divination, je ne pressentis absolument pas que cette lettre allait chambouler ma vie. J'avais d'autres chats à fouetter. J'étais en train d'écrire la deuxième série des *Saintes Chéries* et de pouponner ma seconde fille conçue dans l'exaltation avec l'Homme-de-ma-vie.

Cependant, quelques jours plus tard, je téléphonai à mon agent qui était aussi un ami, le cher Jean Rossignol (avouez qu'avoir un agent qui s'appelle Rossignol, on ne peut rêver plus poétique), et lui demandai s'il avait entendu parler d'un certain Pierre Braunberger des Films de la Pléiade.

— Oh oui ! trilla-t-il, c'est l'un des meilleurs producteurs de films et de courts métrages à l'heure actuelle.

— Non ? Formidable !

— Mais c'est aussi un très grand voleur ! Il est capable de piquer la dernière chemise de sa grand-mère ! Mais pas pour s'enrichir… Pour finir un film… C'est un fou de cinéma !

— Vous croyez que je doive aller le voir ?

— Sans hésiter. De toute façon, la plupart des autres producteurs de cinéma sont également des bandits. Mais avec Pierre Braunberger, vous aurez au moins une chance de faire un bon film.

C'est donc à la fois inquiète et joyeuse que, vers la fin de septembre, je me rendis aux Films de la Pléiade, 75, Champs-Élysées.

J'y trouvai, tapi derrière un grand bureau, un petit bonhomme rondelet, au crâne chauve, avec un gros pif et une bosse dessus et de grandes oreilles écartées. Pas vraiment Robert Redford.

A ma vue, il sauta comme un ressort derrière son bureau et en deux bonds impétueux, boum ! boum ! vint me serrer la main qu'il posa contre son cœur.

— Ah ! Enfin, LA voilà ! Celle que je voulais tant connaître ! Vous savez que je suis un de vos plus fidèles admirateurs ? Vous avez un immense talent… Si ! Si !

Je trouvai brusquement à ce drôle d'homme si vilain un charme fou.

— Vous devez me croire ! Je SAIS, je SENS ces choses-là. Vous et moi, nous allons faire de grands films ensemble…

Décidément, ce type avait non seulement un charme fou, mais une intelligence remarquable.

Là-dessus, il lâcha ma main, pirouetta, et boum ! boum ! en deux sauts de ses papattes à ressorts, alla se rasseoir derrière son bureau. Où, sans désemparer, d'un geste preste, il ouvrit un tiroir derrière lui qui dévoila une pharmacie entière, attrapa au hasard une poignée de médicaments qu'il fourra dans sa bouche. Et se mit à croquer bruyamment.

J'étais restée plantée, complètement éberluée.

D'un geste impatient, il me montra un fauteuil.

— Asseyez-vous, mon petit génie ! Vous n'avez jamais encore travaillé pour le cinéma ? Non. Je le saurais !

— J'ai écrit une première série de treize films pour la Télévision, *Les Saintes Chéries*, répondis-je avec une certaine vanité, et l'O.R.T.F. m'a redemandé...

Mais Pierre Braunberger balaya ma remarque d'une pichenette méprisante.

— Aucun intérêt. La télé n'est qu'un sous-produit du cinéma. Je vous parle, moi, d'un VRAI film. De celui que nous allons faire ensemble. Votre premier film. J'adore dénicher de nouveaux talents. Vous savez que j'ai fait débuter tout ce qui compte dans le cinéma...

C'était vrai. Ou presque. Mais, sur le moment, je pensai que ce curieux personnage mentait comme un arracheur de dents. Ce qui était vrai aussi, j'aurais le loisir de le constater pendant les longues années où nous travaillâmes ensemble. Il reprit :

— Bon. Parlons peu mais parlons bien. Pouvez-vous m'écrire un film sur le thème de votre article que j'ai a-d-o-r-é dans *Plexus* : « L'érotisme et la ménagère » ?

— Ben... je vais réfléchir, bredouillai-je le plus dignement que je pus.

— Parfait ! Parfait !

Il re-sauta en l'air, contourna son bureau, et boum ! boum ! se rua sur moi, me prit par les épaules, et me poussa impérativement vers la porte, puis dans l'entrée, comme une ânesse récalcitrante.

— Je suis fou de joie ! Téléphonez-moi dans quarante-huit heures.

Il se tourna vers une secrétaire qui tapait sur une vieille machine à écrire.

— Maguy !

— Oui, Monsieur.

— Quand Nicole de Buron appellera, vous me la passerez im-mé-dia-te-ment !

— Bien, Monsieur.

Il se tourna vers moi :

— Au revoir, la plus charmante de mes auteurs !

Et il claqua la porte de son bureau, vlan ! avant que j'aie eu le temps de proférer le moindre son. La rouvrit.

— Vous avez un agent ?

— Oui. Jean Rossignol.

— Ah ! (Une ombre passa sur son visage.) Tant pis !

Et, re-vlan, il referma la porte de son bureau, cette fois définitivement.

Deux jours plus tard, je l'appelai. On me le passa im-mé-dia-te-ment. Je lui annonçai d'une voix faussement modeste que je croyais pouvoir écrire une comédie sur les ravages produits par l'environnement permanent de la pub érotique sur une simple ménagère qui se croit trompée par son mari.

J'avais un titre : *Erotissimo.*

Braunberger poussa des cris de joie et, dans un torrent de paroles, me félicita, m'appela sa petite abeille et son adorable auteur (toujours de génie), m'invita à déjeuner la semaine suivante et me raccrocha au nez au milieu d'une phrase.

Je restai un peu saisie. Était-ce une habitude dans le petit monde du cinéma de vous raccrocher au nez au milieu d'une phrase ? Je m'enquis auprès de mon cher Rossignol. Il me rassura. Non, ce n'était qu'un des petits défauts de Papa Boum Boum, ainsi était surnommé mon (futur) producteur. Ce travers m'agaça pendant des années jusqu'au jour où je remarquai que sa voix impétueuse et passionnée devenait brusquement lointaine lorsqu'il commençait à en avoir assez de vous et de votre conversation. Désormais, je mis un point d'honneur à lui dire précipitamment à mon tour « au revoir, Pierre » au milieu d'une phrase et à raccrocher, clac, la première. Ah, mais !

Lorsque je vins le chercher pour notre premier déjeuner en tête à tête (qui fut suivi de quantité d'autres), Papa Boum Boum m'attendait avec impatience, son pardessus déjà sur le dos.

— Maguy ! cria-t-il, je pars déjeuner avec le plus délicieux auteur de Paris. Prévenez ma femme que je prends la voiture.

Quelques minutes plus tard, dans la cour de l'immeuble, je fis connaissance avec la Mercedes de Pierre Braunberger dans laquelle je montai sans méfiance, folle que j'étais.

Non pas que mon producteur conduisît vite ou mal. Non. Simplement sa petite taille amenait ses yeux juste au niveau du bas du pare-brise, et encore !... en redressant le menton, tel Mussolini. Au début, j'étais persuadée qu'il ne voyait rien et conduisait au pif. Le fait que nous n'ayons jamais eu d'accident finit par me rassurer. Pas tout à fait cependant car il avait la manie (une autre) de se pencher en plongeant en dessous de la ligne de flottaison pour ouvrir la boîte à gants où se trouvait une deuxième pharmacie et d'y puiser fébrilement, là aussi, des poignées de médicaments qu'il avalait comme des bonbons.

Je dus avoir l'air surpris car il crut bon de m'expliquer :

— Je suis arrière-petit-fils, petit-fils, fils et frère de médecins. Je reçois tous les échantillons de médicaments, gratuitement. Logiquement, j'aurais dû être moi aussi médicastre ! Du reste, j'écris aussi mal qu'un carabin. Un jour j'ai envoyé une lettre d'amour à Gisèle, ma femme — que j'adore —, et elle a été obligée de la faire déchiffrer par le pharmacien de Saint-Jean-de-Luz.

Je ris poliment, les yeux fixés avec inquiétude sur les autres voitures qui nous doublaient de tous côtés et dont les conducteurs regardaient, médusés, un crâne chauve conduisant une Mercedes.

Mais Papa Boum Boum ne remarqua pas ma peur. Il enchaîna avec entrain :

— Je vous emmène déjeuner dans un petit bistrot épatant qui n'est pas encore connu mais qui va le devenir vite !

Car, outre sa femme Gisèle et le Cinéma, Pierre Braunberger avait une autre passion : la gastronomie. Dans ses *Cinémamémoires*, il raconte que, jeune homme et passant quelques années aux États-Unis, il courait d'un restaurant à l'autre à chaque repas. Commençant par déguster un bon poisson dans un premier bistrot renommé pour ses produits de la mer. Puis galopant dévorer sa viande dans un deuxième connu pour ses steaks. Et finissant par un dessert dans un troisième, célèbre pour ses pâtisseries. Il arrivait ainsi à faire des déjeuners et des dîners mouvementés, certes, mais excellents. Revenu à Paris et devenu producteur, il mettait autant d'ardeur à découvrir de futurs trois étoiles que des metteurs en scène, des auteurs ou des acteurs. Sur le tard, il devint même critique gastronomique au *Matin de Paris*.

Ce jour-là, nous avions à peine choisi notre menu qu'il se pencha vers moi avec ardeur et me souffla :

— Vous savez que je suis juif ?

Je restai pantoise.

— Non !... Oui !... peut-être... je n'y ai pas pensé !

— Je suis non seulement juif mais juif pratiquant. Cela vous pose un problème ?

Je ris :

— Aucun !

— Parfait ! s'exclama-t-il avec entrain, alors je vais vous marier...

Et il engloutit avec satisfaction un énorme morceau de pain grillé en guise de pain azyme.

Je restai quelques secondes... baba...

— Mais je suis déjà mariée ! protestai-je, et je tiens énormément à mon mari...

Papa Boum Boum brandit son couteau :

— Je ne m'intéresse pas à votre vie sexuelle, encore que... mais il se trouve que j'adore ma femme... Non. Je vais vous marier pro-fes-sion-nellement avec un jeune metteur en scène, un petit génie (ah ! un autre), dont ce sera aussi le premier film. Je suis sûr que cela va marcher entre vous. Vous savez que les Juifs ont le sens de ça : nos marieuses sont réputées pour les bons mariages qu'elles organisent...

Il me donnait le tournis.

Il continua à me donner le tournis pendant un an.

Me fit récrire cinq fois le scénario d'*Erotissimo*.

Me présenta son tout jeune metteur-en-scène-de-génie, Gérard Pirès, qui me donna immédiatement l'impression d'être mon cher petit frère.

Puis déclara un bon matin qu'il était temps de monter l'affaire sérieusement (ah bon ! Parce qu'il ne considérait pas mon labeur acharné d'une année comme sérieux ?).

Non. « Sérieusement », cela voulait dire trouver l'argent pour tourner notre chef-d'œuvre (à lui, à Gérard Pirès et éventuellement un peu à moi).

Pour cela, nous devions rencontrer un distributeur qui donnerait ou ne donnerait pas les millions nécessaires. Il s'agissait d'un certain Bernard Harrispuru dont les bureaux étaient situés près du Fouquet's aux Champs-Élysées, avant qu'il ne s'installe carrément dans la cour de l'immeuble des Films de la Pléiade (bien pratique).

Par un bel après-midi, nous entrâmes donc tous les trois, à la queue leu leu, dans le bureau d'un grand gaillard corpulent et rubicond à qui je trouvais plus l'air d'un paysan que celui d'un esthète du Septième Art. (Je ne me trompais pas, je découvris assez rapidement que la véritable passion de Harrispuru était son élevage de bœufs charolais auquel il consacrait tous ses week-ends.)

Quand nous fûmes assis en rond devant lui, comme des élèves devant un maître d'école, il assena un formidable coup de poing à assommer un bœuf (c'était le cas de le dire !) sur mon cher scénario posé devant lui et se tourna vers moi.

— Bon texte, déclara-t-il d'une voix forte. Évidemment, il y a pas mal de choses à revoir... au début... à la fin... et au milieu. (Et allez donc... ! Je compris immédiatement que cela n'allait pas être de la tarte de travailler avec lui !)... Mais dans l'ensemble, ça me plaît. A quels acteurs avez-vous pensé pour le couple ?

— Annie Girardot et Philippe Noiret, dis-je timidement.

— Annie Girardot ? Pas question ! Elle a la cerise. Quant à Philippe Noiret... connais pas ! Ah si ! Les duettistes Noiret et Serrault...

— Non, Monsieur, remarquai-je le plus poliment que je pus, c'est Poiret ET Serrault et Noiret ET Darras... Je pense que Philippe Noiret...

— Connais pas ! Fera pas un strapontin !

Il se tourna vers Papa Boum Boum.

— Revenez me voir quand vous aurez deux vraies vedettes à me proposer !

Nous ressortîmes toujours à la queue leu leu, mais cette fois la tête basse.

Dans l'escalier, j'interrogeai fébrilement Pierre.

— Qu'est-ce que ça veut dire : « Annie Girardot a la cerise » ? Elle est malade ?

— Mais non, voyons ! Simplement qu'elle porte malheur aux films dans lesquels elle joue. Il a raison, du reste. Tous ses derniers films ont fait des bides. J'aurais dû y penser moi-même.

— C'est ridicule, explosai-je, Annie est une merveilleuse actrice ! Et c'est mon personnage. J'ai écrit le rôle pour elle...

— Vous savez, ma petite fille, dans le cinéma, nous sommes tous des joueurs superstitieux. Si quelqu'un a la réputation de porter la poisse, même s'il s'agit de Marlon Brando, je ne le prends pas...

Je commençais à penser que le cinéma n'était pas entre les mains de gens sérieux. La suite me prouva que je n'avais pas tort.

Je grognai :

— Et en plus, ce monsieur ne connaît même pas Philippe Noiret qu'il confond avec Poiret. C'est ÇA, un distributeur de films ?

— Votre Noiret est un excellent acteur et je suis de votre avis : il deviendra même un grand. Mais pour l'instant, il est totalement inconnu du public. Il n'a pas un nom qui fait rentrer du monde dans les cinémas. Et c'est la seule chose qui intéresse un distributeur : le maximum de bonnes paires de fesses de spectateurs dans ses salles de cinéma. Et les sous qui dégringolent du jackpot !

Une deuxième année se passa pendant laquelle je récrivis de nouvelles versions d'*Erotissimo,* en compagnie de mon meilleur copain et complice en écriture, Pierre Sisser, qui avait déjà travaillé avec moi sur *Les*

Saintes Chéries. Et nous nous retrouvâmes Papa Boum Boum, Pirès et moi, dans le bureau de notre distributeur/éleveur de bétail et aussi, nous l'espérions, machine à sous.

— Bon. Le texte s'améliore, annonça-t-il de sa voix tonitruante. On peut commencer à essayer de monter cette affaire. (Enfin !)

Il se tourna vers moi :

— Et à qui avez-vous pensé comme acteurs ?

Je ne me dégonflai pas. Peut-être cet homme avait-il affaire tous les dimanches à des vaches charolaises mais il ne connaissait pas la mule béarnaise de la race Buron.

— Annie Girardot et Philippe Noiret, redis-je d'une petite voix flûtée.

— Annie Girardot ? Très bonne idée. Je l'avais eue moi-même, du reste.

Je restai abasourdie. Papa Boum Boum me voyant le souffle coupé et la bouche ouverte telle la carpe farcie pour le sabbat, enchaîna précipitamment.

— Oui. Son dernier film avec Lelouch a très bien marché.

Je compris tout. *Vivre pour vivre* (avec Montand) ayant eu beaucoup de succès et attiré quantité de bonnes paires de fesses de spectateurs dans les fauteuils des cinémas, Annie Girardot n'avait plus la cerise. Je refermai ma bouche. Harrispuru continuait :

— ... quant à Philippe Noiret, connais pas ! Ah, si ! Les duettistes Noiret et Serrault...

Décidément, l'éleveur de charolais avait la tête aussi dure qu'un de ses bestiaux.

— Non, Monsieur, répétai-je avec le maximum de patience possible (ah ! il en fallait dans ce métier !). C'est Poiret ET Serrault et Noiret ET Darras...

— Connais pas. Fera pas un strapontin. (Il m'abandonna d'un air excédé et se tourna vers Pierre

Braunberger.) Vous n'avez pas quelqu'un d'autre à me proposer ?

— Jean Yanne ! dit précipitamment notre producteur. Il n'a pas fait grand-chose au cinéma et nous l'aurons donc pour pas cher. Mais je crois qu'il peut être formidable dans le rôle et surtout il est très connu pour sa chronique à la radio.

— Ce n'est peut-être pas une mauvaise idée, grogna Harrispuru. (Hourrah ! Il connaissait Jean Yanne !)

Il se tourna vers Pirès.

— Vous êtes d'accord ?

— Oui, dit Gérard qui ne prononçait jamais deux mots quand il pouvait n'en dire qu'un.

— Mais film à petit budget, hein ? proféra notre éleveur de charolais sur un ton vaguement menaçant.

— Oui, acquiesça sobrement notre jeune metteur en scène.

Là-dessus, Distributeur et Producteur se mirent à discuter âprement du montant de l'avance sur recettes. Je compris plus tard, beaucoup plus tard, trop tard même, que mon cher Papa Boum Boum, qui se vantait tant d'être juif, ne faisait pas honneur aux qualités supposées de sa race. Car, ce jour-là, le maquignon basco-charolais ne lui donna pas un franc de plus et plutôt un franc de moins que ce qu'il avait décidé. Et quand le tournage du film commença, Braunberger continuait à courir frénétiquement à travers tout Paris afin de trouver les sous... pour le terminer !

En attendant, telle une Pénélope qui commençait à en avoir marre, je dus reprendre mon scénario après avoir reçu une note impérative de Papa Boum Boum, adressée à Pirès et à moi, disant en substance : « On n'a pas d'argent. Les tournages de nuit coûtent cher : supprimez les “ nuits ”. Il y a trop de décors : supprimez la moitié des décors. Personne ne veut nous prêter de costumes : supprimez les costumes. » Les acteurs devaient-ils jouer nus ou habillés de sacs poubelle ?

Puis ce fut au tour d'Harrispuru, qui s'était adjoint un mystérieux « conseiller littéraire », de me réclamer des modifications. Peut-être avait-il appris que les méchantes langues du petit monde du cinéma (dites Radio-Vipère) prétendaient qu'il ne lisait jamais un manuscrit mais le faisait lire par sa concierge « pour savoir ce qu'en penserait le grand public ». Toujours est-il que ce « conseiller littéraire », que je ne vis jamais et dont je ne sus même pas le nom, n'aimait manifestement pas du tout, mais alors du tout, mon pauvre scénario. Je n'aimais pas, moi, ses critiques et n'hésitait pas à renâcler au cours de séances tumultueuses. Je défendais mon texte, telle une louve.

Cette attitude déplut fortement à notre Distributeur. Il envoya un jour une note à Papa Boum Boum qui envoya une copie à Pirès qui me la fit lire immédiatement. Notre Harrispuru y déclarait qu'il ne voulait plus me voir, à aucun prix, car j'étais trop attachée à mes idées ! Il ajoutait même aigrement : « Au lieu d'être coopérative et disponible, elle ne pense qu'à défendre ce qu'elle a fait. »

Ben oui ! Quand on écrit quelque chose, on pense généralement que c'est bien. Non ? En plus, pour quelqu'un qui en était à sa dix-septième version, c'était agaçant.

Du coup, je fis remarquer à la cantonade que je n'avais toujours pas signé de contrat, même au bout de deux ans de travail, et que si l'ON n'était pas content, je pouvais toujours remettre mon texte dans mon petit cartable en plastique rose et me tirer...

Papa Boum Boum me joua alors une de ses grandes scènes de charme dans lesquelles il excellait : sautant frénétiquement de long en large dans son bureau, il me jura la main sur le cœur que j'étais LA scénariste du siècle. Le plus grand talent qu'il ait jamais rencontré. La Reine des Abeilles. Mon sujet était remarquable et mon scénario fabuleux. Et patati et patata...

Apaisée par tous ces compliments, je transformai le fils de dix-huit ans d'Annie Girardot en son petit frère (on me fit comprendre qu'elle était trop jeune pour avoir un rejeton adolescent). Pour faire plaisir à mon cher metteur en scène — avec qui je m'entendais merveilleusement bien —, j'ajoutai une scène d'acrobatie aérienne — très chère —, et une autre où l'on voyait un car de police plonger dans la Seine. Qui fut interdite par la Préfecture de Police sous prétexte qu'un flic au volant ne perd jamais le contrôle de son véhicule... (Tu parles, Charles !) Nous dûmes tourner la scène de nuit et en douce sur le quai ami des Bateaux-Mouches. Enfin, cerise sur le gâteau, je terminai le film par une séquence où tout explosait. Elle fut réalisée par Pirès *himself,* qui adorait faire péter la dynamite en grand gamin qu'il était. De toute façon, il n'y avait pas d'argent pour payer un spécialiste « d'effets spéciaux ». Nous apprîmes des années plus tard que notre petit terroriste avait fait éclater son explosif près d'un endroit où passait une grosse conduite de gaz qui alimentait l'ouest de Paris et qu'il avait failli faire sauter la moitié de la capitale... (« Quelle pub cela aurait été pour le film », regretta simplement Papa Boum Boum !)

Finalement arriva un moment où tout le monde eut l'air content du scénario. Ouf !

C'est alors que la nouvelle éclata.

Annie Girardot hésitait à tourner notre film ! Pirès, fou de voitures de courses, était déjà allé la voir à Belgrade (à 200 km à l'heure, au volant de sa Porsche 911) pour lui parler de notre chef-d'œuvre (enfin, du mien) et elle avait gentiment donné un accord de principe.

Et maintenant, elle tergiversait.

Dame ! Depuis qu'elle n'avait plus la cerise, tout le cinéma lui courait après.

Après une discussion dramatique, il fut décidé d'envoyer notre cher metteur en scène la revoir, cette fois à Rome, avec mission de lui arracher de gré ou de force un « oui » définitif. « *Démerdassek* », comme aurait dit mon papa, le Colonel.

Gérard partit donc pour Rome (à 240 km à l'heure, dans sa nouvelle Porsche S 911).

Malheureusement, avant d'aller rendre visite à notre star, il avait rendez-vous dans un café de la Via Veneto avec le coproducteur italien. Qui arriva une heure en retard avec sa femme.

Pirès, pour se remonter le moral, avait avalé — lui qui ne boit jamais d'alcool — un, puis deux, puis trois Irish Coffees.

— Racontez-moi le film, dit le coproducteur italien en lui commandant un... quatrième Irish Coffee.

Gérard, le cerveau embrumé et la voix pâteuse, essaya de se rappeler quelque chose concernant *Erotissimo* et s'agita tant et si bien qu'il renversa un cinquième Irish Coffee sur la robe de la femme du coproducteur italien. Lequel, mécontent, annula sa coproduction et toute affaire comportant la présence de ce jeune réalisateur français ivrogne !

Annie Girardot, elle, habitait un appartement au quatrième étage d'un petit hôtel particulier sans ascenseur.

Pirès, ivre mort, grimpa l'escalier à quatre pattes. Ce qu'il dit ensuite pour convaincre la star de jouer dans notre film, il n'en garda aucun souvenir. Annie non plus, du reste... !

La préparation d'*Erotissimo* pouvait commencer. Apparut alors un redoutable personnage, le chien de garde de notre maigre budget, Roger Fleytout, le directeur de production de Braunberger. Dès qu'il nous aperçut, il ulula comme un coyote par un soir de pleine lune. Le film coûtait encore trop cher. Comment ça, trop cher ? Ben oui, y avait pas les sous pour le faire. Point à la ligne.

Quatre-vingt-dix pour cent des directeurs de production sont ainsi : de Paris à Hollywood, ils ne rêvent qu'économies à tout prix. Je ne peux m'empêcher de vous rapporter une petite histoire révélatrice qui m'enchante, racontée par le metteur en scène américain Mankiewicz* (*Ève*, *L'Affaire Cicéron*, *La Comtesse aux pieds nus*, *Cléopâtre*, *Soudain l'été dernier*, etc.).

« ... Le directeur de production de la Paramount discute avec les scénaristes du western qu'ils viennent d'écrire pour le metteur en scène Victor Fleming.

Directeur de production : Je lis à la fin de la première scène : " aussi loin que le regard puisse porter, des milliers de bœufs du Texas à longues cornes... " Bien. Que signifie pour vous " aussi loin que le regard puisse porter " ? Vingt mille bœufs ? Trente mille ? Quarante mille ?

Scénariste : Nous voulions simplement indiquer qu'il y a beaucoup de bœufs, Sam !

Directeur de production : D'abord, est-il indispensable que ce soit des bœufs à longues cornes ? La location d'un bœuf du Texas à longues cornes coûte, pour une journée, 60 dollars. Alors qu'un bœuf à cornes courtes coûte 30 ou 40 dollars. Est-ce que nous ne pourrions pas placer quelques longues cornes devant et des cornes courtes derrière ?

---

* *Mankiewicz*, par Pascal Merigeau.

Scénariste : C'est tout à fait faisable, Sam.

Directeur de la production : Voyez, nous économiserons déjà un bon millier de dollars. Bien. Maintenant si au lieu de la plaine que vous décrivez, nous avions un défilé. Car, ainsi, nous aurions besoin de beaucoup moins de bœufs pour remplir le cadre...

Scénariste : En effet...

Directeur de production : Nous pourrions même situer la scène sur le versant d'une colline. Quelque 600 têtes de bétail pourraient suffire...

Scénariste : Oui, 600 têtes...

Directeur de production : Vous voyez, Messieurs, cela montre que l'on peut toujours coopérer avec un studio comme Paramount. Nous venons déjà d'économiser 40 ou même 60 000 dollars, simplement en bavardant comme des adultes.

Scénariste : Sam, je crois que j'ai une idée. Pensez-vous qu'il serait possible d'aller enregistrer un troupeau de 50 000 bœufs au Texas ?

Directeur de production : Juste enregistrer ? C'est très facile. Il suffit d'envoyer quelqu'un au Texas pour avoir le son d'un troupeau de 100 000 têtes !

Scénariste : Vous pensez qu'il serait aussi possible de louer deux bœufs à longues cornes ?

Directeur de production : Deux ? Mais on peut les acheter ! C'est même très simple ! Mais pourquoi me demandez-vous cela ?

Scénariste : Eh bien, je pense que nous pourrions avoir un plan serré des deux bœufs et entendre le son d'un troupeau de 50 000 têtes. Alors, un des bœufs se tournerait vers l'autre pour lui dire : " Tu vois, je n'aurais jamais imaginé qu'un troupeau de 50 000 bœufs à longues cornes pouvait faire un tel boucan !... " »

Moi, la mort dans l'âme, ce ne sont pas des bœufs à longues cornes du Texas que je dus *sucrer**, mais encore des « extérieurs nuits ».

Là où j'avais écrit : « une foule de cinquante personnes », nous obtenions dix figurants. Pour les décors, l'ensemblier emprunta une grande partie de mes propres meubles et même quelques-uns à Papa Boum Boum (ses tapis et la coiffeuse de sa femme). Pirès déménagea les sculptures d'un copain. Le stagiaire apporta la cafetière de sa mère qui disparut (la cafetière, pas la mère qui piqua, elle, une grosse colère).

Mais là où je me refusais à faire des économies, c'était sur les acteurs. Si Pirès avait la passion de la dynamite (et de l'image !), moi, j'avais celle des comédiens, et *Les Saintes Chéries* m'avaient appris qu'une seule réplique mal lancée par un « figurant parlant » (mal), vaguement choisi par un régisseur pressé, pouvait casser toute la drôlerie d'une scène. Mais notre Fleytout considérait qu'un bon directeur de production est celui qui dépense 90 francs quand il a un budget de 100 francs.

Et refusait tout acteur dont le cachet dépassait, même de 50 francs, celui qu'il avait fixé pour le rôle. J'avais beau m'indigner, pleurnicher, supplier, c'était « *niet* » !

Heureusement, beaucoup de copains ou même de non-copains acceptèrent de faire un « passage gracieux » ou une *panouille*** ou même une « aimable participation » à ce premier film si fauché. C'est ainsi qu'on put y voir Serge Gainsbourg en dragueur obsédé sexuel, les metteurs en scène Pierre Grimblat — qui devait devenir plus tard mon producteur et néanmoins copain — en publicitaire à la voix volup-

---

* Couper, en jargon cinoche.

** Petit rôle indigne de l'acteur, en jargon cinoche.

tueuse et François Reichenbach en bavard de cocktail. Claude de Givray en curé en soutane dans un autobus (?) avec Anne-Marie Peysson (??), les critiques Henri Chapier et Benayoun — ce dernier nu dans un lit —, Jacques Martin qui fit un numéro très marrant comme animateur de supermarché : « L'huile Erotissimo est jeune... pure... excitante... et elle est VIERGE !... c'est l'huile qu'il vous faut ! »

Et pardon à tous ceux que j'oublie.

Naturellement, les membres de l'équipe durent faire, eux aussi, de la figuration à un moment ou à un autre. Y compris les assistants transformés en curieux flics aux cheveux longs et bouclés sous leur képi. Quant au petit stagiaire, Charles Némès, Pirès le fit sauter tout habillé, en plein hiver, sous la neige, dans un lac glacé (à la place d'un cascadeur trop cher). Il faillit en crever et réussit non seulement à survivre, mais — autre exploit — à se faire rembourser par la Production sa paire de chaussures restée au fond de l'eau. Devenu metteur en scène à son tour, il s'en rappelle encore !

Nous avions presque fini le *casting** quand Pirès décida que la petite amie du frère d'Annie Girardot (dans le film) devait montrer ses seins.

— Il n'y a pas assez de poitrines à l'air dans ce film, déclara-t-il, tous les cochons qui viendront le voir à cause de son titre alléchant, *Erotissimo,* seront déçus et en diront du mal.

Bon. Allons-y pour des seins nus !

Mais l'époque n'était pas encore aux actrices habituées à montrer leurs nénés et leur foufounette au moindre prétexte. Or il nous fallait une vraie comédienne car il y avait un vrai rôle à jouer. « Avec un

---

* Distribution des rôles, en jargon cinoche américain (pardon, Monsieur Toubon).

petit nom si possible », ajouta Papa Boum Boum, pour faire plaisir à notre distributeur qui pensait déjà à son affiche.

Une horde de jeunes comédiennes fut convoquée dans les bureaux des Champs-Élysées. Nous les reçûmes une par une, Pirès et moi, assis côte à côte derrière une petite table. Je devais m'occuper plus particulièrement des références artistiques de ces jeunes personnes, Pirès se chargeant de l'appréciation de la poitrine et du verdict final.

Comme c'était un timide et un pudique, il avait un mal fou à prononcer la phrase fatidique : « Et maintenant, Mademoiselle, pouvons-nous voir... heu... vos seins ? »

J'étais partagée entre le fou rire devant son air malheureux et la compassion envers la jeune comédienne obligée d'enlever son pull devant nos yeux intéressés.

Mais je n'eus plus envie de rigoler quand, à deux heures du matin, Gérard nous déclara, à l'équipe et à moi, qu'il n'avait pas trouvé les seins qu'il voulait. Il avait vu de jolies poitrines sur de mauvaises comédiennes et de bonnes comédiennes encombrées de vilaines poitrines.

Et aucune n'avait un nom connu, même petit.

— Et si on demandait à T.R. ? suggéra le premier assistant.

— Elle n'a pas de seins, juste deux pois chiches, grogna Pirès.

— Et C.S. ? proposa le stagiaire.

— Elle joue comme ses pieds, je m'y oppose ! criai-je.

— Et D. ? osa la scripte.

On se regarda.

— Ah ! Ce serait pas mal...

— Mais qui a vu ses seins récemment ? demanda Pirès, méfiant.

— Arthur ! assura la scripte.

— T'es folle, y a longtemps qu'elle n'est plus avec lui ! s'écria le premier assistant.

— Avec qui est-elle maintenant ? s'enquit Pirès.

Personne ne savait.

— En tout cas, elle a quitté Arthur y a pas très longtemps, remarqua la scripte. Ses seins n'ont pas eu le temps de tomber depuis.

— Quelqu'un a le téléphone d'Arthur ? demanda Pirès.

— Moi, répondit le premier assistant.

— Alors, appelle !

Le dénommé Arthur ne manifesta aucune surprise ni même le moindre agacement d'être réveillé à deux heures et demie du matin par un coup de téléphone lui demandant comment se tenaient les seins de D. Il répondit simplement. Le premier assistant raccrocha.

— Alors ?

— Il dit qu'ils sont descendus au parking...

Ah ! qu'en termes galants...

On raya D. de la liste, on décida qu'on prendrait une jeune actrice de la coproduction italienne et on alla se coucher.

Plusieurs mois plus tard, tournage (épique comme d'habitude) terminé et montage fini sur une Moritone * louée et installée dans le fond des bureaux de la Pléiade — pour cause de pauvreté (on n'avait pas de quoi payer une vraie salle de montage dans un vrai studio) —, vint le moment angoissant de montrer notre enfant (à Pirès, à Papa Boum Boum et à moi) au redoutable premier regard : celui de Harrispuru, notre distributeur.

---

* Marque d'une table de montage.

Soir. Petite salle de projection privée. Premier rang : Pirès tout seul. Deuxième rang : Harrispuru, Braunberger, moi. Noir. Générique.

Je ne pus m'empêcher de regarder défiler les images avec enthousiasme (alors que je les avais vues et revues cent fois avec Pirès au montage et au mixage). Impossible de réprimer mon enthousiasme. Ce film, je l'aimais. En outre, c'étaient trois ans de ma vie.

Hélas, ce ravissement ne semblait pas être partagé par notre Distributeur. Il s'agitait dans son fauteuil, grommelait, soufflait des naseaux comme un taureau Miura qui va charger. Quant à Papa Boum Boum, j'entr'aperçus avec stupéfaction qu'il déchiquetait hystériquement un mouchoir entre ses dents.

Soudain Harrispuru n'y tint plus. Il se pencha vers Pirès :

— Mais qu'est-ce que vous m'avez fait là ? Cette scène n'était pas dans le scénario. C'est quoi, ça ?

— Une digression, répondit Gérard d'un ton froid.

— Une quoi ?

— Une digression. On fait des choses très bien avec des digressions. Joyce, par exemple.

— Joyce ? grogna notre cher Distributeur, Joyce ? Connais pas. Et d'abord, combien d'entrées il a fait ?

Pirès, Braunberger et moi, nous restâmes pétrifiés, comme frappés par la foudre. Puis je sentis que Pirès allait insulter gravement notre éleveur de charolais. Je posai une main que j'espérais apaisante sur son épaule. Quant à Papa Boum Boum, il ne dit rien, se contentant d'avaler carrément son mouchoir en lambeaux.

Le silence le plus glacial régna jusqu'à la fin du film. Pas un seul rire, ni même un léger gloussement, ni le moindre sourire ne salua notre petite comédie.

Et c'est toujours sans échanger un seul mot, que nous nous retrouvâmes tous les trois sur le trottoir des Champs-Élysées. Harrispuru se tourna vers Pirès et explosa.

— J'avais un bon scénario de Madame de Buron (tiens ! C'était nouveau, ça !). Et vous avez trouvé le moyen de me faire une merde.

Gérard blêmit. Je crus qu'il allait sauter sur Harrispuru et le mordre sauvagement au cou, tel un jeune cobra furieux. J'intervins pour éviter le titre dans *France-Soir* du lendemain : « Un metteur en scène tue son distributeur sur les Champs-Élysées ».

— Si vous n'êtes pas content, adressez-vous à moi aussi. Vous savez très bien que nous avons fait le film ensemble du début à la fin. Et les scènes que vous n'aimez pas, c'est moi qui les ai écrites.

Harrispuru me regarda avec l'air de quelqu'un qui a mis le pied dans une crotte et dédaigna de me répondre. Il se tourna vers Braunberger.

— Je crains que nous ne perdions beaucoup d'argent dans cette histoire, dit-il d'une voix dramatique.

Devant cette horrible perspective, Papa Boum Boum devint blanc comme un linge.

— Moi... heu... je crois à ce film, balbutia-t-il, il y a là un ton nouveau, un sujet original, un style... heu... un style... Si ! Si ! Je pense que cela peut marcher...

— Peut-être dans un Festival ! C'est un film de Festival... Mais pas pour le grand public. Tout ce que j'espère, fit le Distributeur, le visage sombre, c'est que l'argent que j'ai sorti de ma poche droite, je le retrouve dans ma poche gauche (il claqua ses mains sur ses poches). Mais j'en doute fort. (Il se tourna vers l'Auteur et le Metteur en scène qui écoutaient, tout déconfits.) Mais je vous préviens, vous, Madame de Buron, et vous, Monsieur Pirès : si je perds un centime, vous ne travaillerez plus jamais pour moi... ni pour personne dans le cinéma !

Et sur cette gracieuseté, il s'éloigna dans la nuit à grands pas rageurs.

— Mais j'en ai rien à foutre de travailler ou pas avec ce maquignon ! criai-je furieusement, mais lâchement, c'est-à-dire une fois assurée que ledit maquignon était trop loin pour m'entendre.

— C'est peut-être un distributeur qui a trois ronds, siffla Pirès entre ses dents, mais c'est un cul-terreux qui ne sait même pas qui est Joyce !

— Vous vous trompez tous les deux, pleurnicha Papa Boum Boum, effondré. Harrispuru est un très bon distributeur. C'est la catastrophe.

Ce fut une divine surprise.

Un grand succès de critique et de public. Celui-ci, ignorant qu'il allait voir « un film de Festival », remplit de ses chères bonnes fesses les fauteuils des salles de cinéma. Je ne me lassai pas de m'y glisser en douce pour écouter les gens rire.

Deux ou trois semaines plus tard, je me retrouvai nez à nez avec Harrispuru sur les Champs-Élysées. J'esquissai un mouvement de retraite. Mais il m'aperçut, se précipita sur moi et m'embrassa en me serrant sur son large poitrail.

— Quel succès ! J'en étais sûr ! Et c'est à vous, chère amie, que nous le devons.

— Et à Gérard Pirès aussi, dis-je vertement, et à Pierre Braunberger.

— Oui ! Oui ! Mais votre prochain scénario, vous me le portez directement, hein !

Je lui gardai une sournoise rancune (je sais, c'est pas beau ! mais je suis, hélas, parfois rancunière comme la petite mule du Pape, d'Alphonse Daudet). Jusqu'au jour où nous déjeunâmes au Fouquet's, restaurant-cantine du Tout-Cinéma où nous avions désormais le droit de nous montrer, Gérard et moi.

Harrispuru avait eu une idée — ou était-ce Braunberger ? Je ne me rappelle plus. Toujours est-il qu'ils voulaient tous les deux que j'écrive une suite à *Erotissimo* se passant dans un Club de vacances où le couple Girardot-Yanne retrouverait par hasard leur terrible Vérificateur des Impôts, Francis Blanche. (Ben voyons ! Rien de plus vraisemblable que de passer ses vacances au Club Med avec son Polyvalent).

Je refusai avec hauteur d'écrire *Erotissimo II*, puis *Erotissimo III*. Je ne le regrette pas, les suites étant rarement à la hauteur de l'original, mais je ne me suis jamais consolée d'avoir laissé passer l'idée du Club de vacances. L'équipe du café-théâtre du Splendid et mon autre cher copain Patrice Leconte devaient, quelques années plus tard, faire un malheur avec *Les Bronzés*.

Harrispuru accueillit mon refus avec bonne humeur et la conversation dérapa, par je ne sais quel mystère, sur l'élevage du charolais (sa passion, nous le savons) et la culture de la vigne (la mienne, toute nouvelle). Devant un auditoire silencieux et bâillant d'ennui, nous nous mîmes à papoter tous les deux pendant le reste du déjeuner : élevage de bétail, traitement de la vigne, prix des tracteurs et autres machines agricoles, rendement à l'hectare, salaires des ouvriers saisonniers, etc. Bref, une conversation passionnante. Bernard Harrispuru m'invita même à venir passer le week-end chez lui pour m'initier à l'élevage du charolais. J'acceptai avec enthousiasme. Puis la vie passa, je ne trouvais jamais le temps. Il mourut. J'ai toujours regretté mon week-end.

Quelques semaines après la sortie d'*Erotissimo,* le film fut sélectionné pour représenter la France au Festival de Berlin. La gloire ! Comme quoi, notre cher Distributeur n'avait pas eu entièrement tort. C'était aussi un film de Festival, malgré ses 832 000 entrées sur Paris/Banlieue (en dix-huit semaines).

Nous partîmes pour Berlin, Papa Boum Boum, Pirès et moi, pour apprendre à l'arrivée que le Délégué Général du Festival, Herr je-ne-sais-plus-quoi, était fou furieux que la France ait envoyé à son Festival très intellectuel et placé sous le signe de Godard un film qui remportait un succès public, c'est-à-dire, ô très grande Kochonnerie, un « film kommercial »...

Il refusa de nous recevoir.

Mais on ne refusait pas de recevoir Pierre Braunberger.

Il s'agita tellement, couina si fort, parlementa avec tant de monde que Herr je-ne-sais-quoi finit par accepter de nous serrer la main à la porte de son bureau.

Papa Boum Boum se vengea.

Il nous annonça à voix basse et triomphante que notre cher petit film allait recevoir le Grand Prix de la Critique Internationale.

Et pan dans les dents de Herr je-ne-sais-quoi !

Nous voilà, Pierre et moi, assis dans un grand amphithéâtre où devait se dérouler la remise du Prix. Pirès manquait à l'appel.

— Où est-il encore, celui-là ? me demanda Braunberger à voix basse et tendue.

— Je n'en sais strictement rien !

Nous nous regardâmes, inquiets. Notre jeune et talentueux metteur en scène, mécontent de l'accueil berlinois, pouvait très bien être reparti à Paris à 240 km/h — toujours au volant de sa Porsche S 911.

Non. Il surgit enfin. D'une humeur de dogue. Ce qui lui arrivait très rarement. Un sbire allemand avait tenté de lui interdire l'entrée du Festival. Sous prétexte qu'il ne portait pas de cravate. Or, ce soir-là, justement, Pirès était exceptionnellement élégant dans son premier costume gris en flanelle que Papa Boum Boum lui avait fait faire pour la circonstance et que la Production, craignant de le voir débarquer dans sa tenue exclusive : jeans/tee-shirt (propres), avait payé !!!

Pirès avait protesté auprès du chien de garde avec indignation :

— Mais je porte un col Mao. Je ne peux pas mettre une cravate dessus.

— Nein Kravat, nein Entrée...

Gérard emprunta donc une cravate à je ne sais qui, qu'il ficela tant bien que mal autour de son cou.

Je ne pus m'empêcher d'éclater de rire à sa vue.

— Ne rigolez pas, s'il vous plaît, siffla-t-il entre ses dents, ou je vous étrangle...

Il avait l'air capable de le faire.

Son humeur ne s'était pas améliorée lorsque arriva le moment pour nous de monter sur la scène en l'honneur du Grand Prix de la Critique Internationale.

Je dois avouer que moi, par contre, j'étais dans le ravissement.

L'Homme m'avait acheté (à la boutique) une robe de Courrèges, blanche, courte, en forme de trapèze, dont j'étais folle. Je portais également de petits bottillons Courrèges blancs. A l'époque, j'étais jeune et mince (eh ben oui, quoi ? Cela m'est arrivé...) et il me semblait en toute vanité que je représentais assez bien la jeune Parisienne moderne et élégante.

Dans un tonnerre d'applaudissements et sous les flashes des photographes, on me tendit un énorme bouquet d'œillets, blancs itou.

Pas de doute. J'étais une star.

Grisant.

C'est alors que les choses se gâtèrent.

Les journalistes se mirent tous ensemble à poser des questions dont la plus stupide (à Gérard) :

— Pourquoi avez-vous fait ce film ?

La réponse du metteur en scène de plus en plus de mauvaise humeur ne fut pas décevante :

— Dans le but exclusif de gagner du fric pour m'acheter une voiture de course car ma vraie passion, c'est la course automobile* !

Je sentis une certaine surprise et un peu de flottement dans le clan des journalistes. Et même carrément de l'hostilité. Je crus bon d'intervenir.

— Ah ! ah ! ah ! ce qu'il est drôle, mon cher metteur en scène, dis-je gaiement, il a vraiment le sens de l'humour et de la provocation ! Vous comprendrez que j'ai adoré travailler avec lui... sur un sujet qui me tenait à cœur : le bourrage de crâne de la ménagère de base par la publicité érotique... et bla-bla-bla et bla-bla-bla... (Je découvris ce jour-là que je pouvais jacasser en public sans le moindre complexe, quitte à ne pas dormir la nuit suivante, épouvantée par les sottises que j'avais proférées.)

Mais je n'étais pas au bout de mes peines.

L'interview terminée, j'entrepris de redescendre dans la salle. Au pied du petit escalier de bois m'attendait Papa Boum Boum. Sans préavis, au lieu de me poser deux bisous sur les joues et de me serrer dans ses petits bras, comme je m'y attendais, il m'arracha mon gros bouquet d'œillets blancs, le jeta par terre et se mit à le piétiner furieusement.

— Mon bouquet ! Mes fleurs ! Mais vous êtes fou ! criai-je, stupéfaite et indignée.

— Vous ne savez donc pas que les œillets, ça porte

---

* A la même question, John Ford avait répondu dans un grognement : « Parce que j'avais faim ! »

malheur au cinéma, haleta Braunberger qui continuait à trépigner dessus avec toute l'ardeur de ses petites papattes à ressorts.

Du coup, devant ma mine déconfite, Pirès éclata de rire. Il n'était pas superstitieux, lui.

Il avait tort.

Il eut l'idée baroque de rentrer en France, toujours à 240 kilomètres à l'heure au volant de sa Porsche bien-aimée, mais en faisant le détour par la Tchécoslovaquie ou je ne sais quel pays derrière le rideau de fer. Il avait appris qu'on pouvait y acheter les couettes les plus chaudes et les plus moelleuses du monde, pleines de duvet d'eider (bien supérieur, paraît-il, à celui des oies et des canards). Il en acheta donc une fort belle qu'il fourra dans son coffre.

Mais en repassant la frontière, il fut arrêté par des douaniers tchèques, soupçonneux, qui n'avaient jamais entendu parler ni de Gérard Pirès (un tort), ni d'*Erotissimo* (un grand tort), ni même du Grand Prix de la Critique Internationale au Festival de Berlin (incroyable !). Ils ne crurent pas un seul instant qu'un jeune metteur en scène français, doué apparemment de raison et doté d'une fort belle voiture, puisse faire des milliers de kilomètres dans le seul but d'acheter une couette, même bourrée de plumes d'eider.

Ils se mirent donc avec ardeur à larder ladite couette de coups de baïonnette à la recherche du passager clandestin caché dedans... Le duvet d'eider s'envola. Il ne resta bientôt plus au pauvre Pirès qu'une enveloppe d'édredon trouée et quelques petites plumes !

C'était la vengeance des œillets.

CHAPITRE 2

... où l'auteur retrouve son cher Papa Boum Boum, son metteur en scène préféré, et se heurte à l'impérialisme américain !

Deux ans plus tard environ, Pierre Braunberger me téléphona, tout agité, un dimanche matin. Non pas qu'il ne m'ait pas appelée pendant tout ce temps. Certes, il me tenait un peu rigueur d'écrire une nouvelle série des *Saintes Chéries*. « Faire des feuilletons pour la télévision n'est pas digne de votre talent », remarquait-il aigrement, lors de nos nombreuses conversations téléphoniques. Car Papa Boum Boum était un dingue du téléphone. Il reconnut lui-même un jour qu'il en faisait un usage immodéré depuis l'âge de deux ans.

Je me flatte d'être l'une des rares personnes à lui avoir fait perdre la sale habitude de m'appeler à deux heures du matin : « Allô ? ma chère petite abeille ? Je vous réveille ? Désolé, mais ce que j'ai à vous dire est follement important... » Ça ne l'était pas toujours et la petite abeille furieuse n'arrivait pas à se rendormir. Aussi je décidai de lui faire répondre directement par l'Homme qui, dans un demi-sommeil, menaçait de l'étrangler de ses propres mains. Terrorisé, Pierre me bombarda alors de pneumatiques (cela existait encore, cet ancêtre du fax). Premier pneu : « Je souhaite vous parler d'un projet, qui, vraisemblablement, vous passionnera et sera très intéressant pour tous les deux. » Deuxième pneu, trois heures plus tard : « Désire vous parler d'urgence ! » Arrivait ensuite un télégramme : « Où êtes-vous ? J'ai présenté dix fois mes vœux à votre répondeur. Vite ! Vite ! Téléphonez-moi ! »

Quand je le rappelais enfin pour lui expliquer que j'étais partie en voyage à l'autre bout du monde avec l'Homme, il prenait un ton plaintif : « Et naturellement, pendant tout ce temps-là, vous n'avez pas pensé à notre cher projet !... »

Mais ce dimanche-là, vers onze heures du matin, dans son bureau où il ne pouvait s'empêcher d'aller, même le jour du Seigneur goy, il était particulièrement excité.

Il venait de lire une enquête très sérieuse que Brigitte Gros, sénateur des Yvelines, avait fait faire sur le thème : « Quatre heures de transport par jour » qui évoquait les difficultés des banlieusards obligés de prendre le car, le train, le métro, l'autobus pour venir travailler à Paris. Pierre voulait que je lise ce texte IMMÉDIATEMENT pour voir si je ne pouvais pas en tirer un film. Il allait le déposer chez ma concierge en se rendant à la séance de cinéma de quatorze heures aux Champs-Élysées. Car Papa Boum Boum, non content de visionner des films tous les soirs en projection privée, traînait sa chère Gisèle au cinoche pendant le week-end. Un vrai drogué !

A seize heures — séance à peine terminée — il comptait me téléphoner pour avoir mon opinion. Je poussai de hauts cris. Ce n'était pas deux heures mais DEUX JOURS de réflexion qui m'étaient nécessaires pour trouver ÉVENTUELLEMENT l'ombre de l'ombre d'une idée. D'autant plus que je partais déjeuner chez ma belle-mère, où les repas étaient fort copieux, ce qui me prendrait tout l'après-midi pour digérer. Pierre marmonna quelque chose concernant la paresse des auteurs qui font feu de tout bois, y compris de leur belle-mère, pour éviter de travailler. Et raccrocha.

Deux jours plus tard, je rappelai mon cher producteur. Non, « Quatre heures de transport par jour » ne me semblait pas un sujet assez riche pour tenir un film entier. Par contre, le problème de la vie en banlieue en était un. Et formidable ! J'étais, à mon tour, tout excitée.

— Parfait ! dit Papa Boum Boum, impérial. Vous vous mettez à écrire immédiatement. Dès que vous avez fini, on tourne. Avec Pirès, bien sûr ! Et ne venez pas m'embêter avec vos histoires de télévision.

Je plongeai dans le travail avec enthousiasme. Hantais les banlieues pour me documenter. Interviewais les locataires des H.L.M. Sautais dans des trains bondés. Vivais banlieue. Pensais banlieue. Écrivais banlieue.

Et déjeunais régulièrement avec Pierre Braunberger, perpétuellement avide de savoir où j'en étais et toujours prêt à m'encourager comme un propriétaire de chevaux de courses qui entraîne sa pouliche pour le Prix de l'Arc de Triomphe.

... Ceci malgré un léger différend concernant les comptes d'*Erotissimo*...

Ayant obtenu les comptes en question, après des dizaines de coups de fil et de lettres, d'abord aimables puis franchement comminatoires, Jean Rossignol, mon agent et très cher ami, avait fini par obtenir de vagues chiffres qui lui firent piquer une grosse colère :

— Non seulement il vous vole, mais il me prend pour un con ! hurla-t-il. Regardez-moi ça ! Il m'indique les recettes pour quinze pays, dont la Colombie et la Hongrie, pour un total de 27 601,32 francs. C'est précis ça, au moins ! Et à la ligne d'en dessous, il annonce froidement : « Dépenses diverses : 150 000 francs. »

Et de m'expliquer que mon cher producteur était célèbre dans tout Paris pour sa réticence à se séparer de ses sous. « Se faire payer par lui était surhumain », écrira un jour le metteur en scène Bertrand Tavernier. On ne comptait plus les auteurs et les réalisateurs qui l'avaient menacé de le jeter, lui ou ses machines à écrire, par la fenêtre, tchac ! sur le trottoir des Champs-Élysées. Le pauvre Jean Anouilh, très fauché à ses débuts, avait réussi un jour à lui faire signer un contrat de coscénariste accompagné d'un chèque que l'auteur couvait des yeux. Soudain Papa Boum Boum prit le chèque, le fourra dans sa bouche et commença à le mâchonner.

— Mon chèque ! cria Anouilh, affolé.

— Mais je vous l'ai donné, dit Braunberger.

— Non ! Vous êtes en train de le manger... ! fit Anouilh, au bord des larmes.

Papa Boum Boum recracha le chèque... ou plutôt ce qu'il en restait..., admit son étourderie et même, ô miracle ! en refit un deuxième. Il tenait vraiment à Anouilh... !

— Et si j'allais pleurer dans son bureau ? proposai-je à mon Rossignol.

— Alice Sapritch le fait régulièrement pour le compte de son mari Guillaume Hanoteau. Aucun résultat. Il la prend dans ses bras, essuie ses larmes avec son mouchoir... et la ramène doucement dans l'entrée... sans un rond !

— Je peux peut-être lui envoyer mon grand mari pour lui faire peur ?

— Il n'a peur de rien, sauf justement de se

séparer de son argent. Je préférerais qu'on lui adresse un expert-comptable.

— Eh bien, faisons-le !

Rossignol parut soucieux.

— Personne ne l'a jamais osé et j'ai peur que ce ne soit très mal vu par... les autres producteurs.

— C'est très mal vu par moi qu'on me pique mes sous, ripostai-je. J'ai carrément horreur de ça !

— Bon ! Alors, on fonce !

Car sous son air doux et souriant, Jean Rossignol était un redoutable agent. Un jour, ayant affaire aux frères Hakim, célèbres producteurs, il dut faire face à leur terrible technique. Première discussion sur le contrat avec le premier Hakim, Raymond. Accord. A ce moment-là, Raymond disait : « On va rendre compte à mon frère. » Et la négociation reprenait, encore plus âpre et acharnée. Jusqu'à ce que l'agent craque.

La dispute fut tellement violente ce jour-là que Jean Rossignol choisit de s'évanouir purement et simplement.

Les frères Hakim, sidérés et un peu inquiets, lâchèrent le morceau.

En ce qui concerne les comptes d'*Erotissimo*, deux semaines plus tard, un certain Monsieur Vermeille mettait son nez dans la comptabilité des Films de la Pléiade. Et nous signalait qu'il n'avait jamais vu de sa vie entière une pagaille pareille.

Cela ne nous empêchait nullement, comme je l'ai dit, de déjeuner ensemble, Pierre et moi, pour parler de : *Elle court, elle court, la Banlieue*. Nos relations affectueuses ne s'interrompirent même pas le jour où, dans son bureau, je ne sais quelle idée me passant par la tête, je lui reprochai véhémentement d'avoir essayé de me carotter cinq millions (de francs de l'époque) sur les recettes d'*Erotissimo* en Italie.

Papa Boum Boum sauta en l'air, la mine stupéfaite, et courut de toute la vitesse de ses petites papattes à ressorts vers la porte de son bureau d'où il cria :

— Maguy !

— Oui, Monsieur.

— C'est inouï ce que j'apprends !!! Nicole de Buron me dit qu'on a oublié l'Italie dans ses comptes ! Convoquez-moi le comptable demain !

— Bien, Monsieur, répondit sans s'émouvoir Maguy qui m'adressa un petit clin d'œil rieur dans le dos de son patron.

— Voilà, c'est réglé, vous aurez votre chèque demain ! me dit ce dernier avec satisfaction. Et aujourd'hui, je vous emmène déjeuner dans un petit bistrot à Asnières complètement inconnu mais fabuleux...

C'était Guérard.

Je touchai mes cinq briques non pas le lendemain ni le surlendemain, mais six mois plus tard, après de nombreuses réclamations de Jean Rossignol et une lettre carrément menaçante de mon avocat, Maître Hebey.

Pendant ce temps-là, je travaillais d'arrache-pied sur *Elle court, elle court, la Banlieue.* Et Pierre Braunberger cherchait désespérément de l'argent pour monter le film. Il finit par trouver un coproducteur (et distributeur) américain : Les Artistes Associés. (Je n'ai jamais su pourquoi Harrispuru nous avait lâchés.)

J'avais lu des choses effrayantes sur les producteurs américains à Hollywood.

Le célèbre Darryl Zanuck était incapable de rester assis pendant une conversation. Il ne cessait d'arpenter son bureau en braillant et en brandissant un maillet de polo avec lequel il se livrait à un match imaginaire. (L'abattait-il sur le crâne des auteurs récalcitrants ?)

Wintzel, à la 20th Century Fox, surnommé « le roi de la série B », recevait par contre ses interlocuteurs, bien installé dans son fauteuil, ses pieds nus (propres ?) posés sur son bureau, tout en écoutant des matches de foot ou de base-ball. Lorsque la partie devenait intéressante, il montait le son de sa radio à plein volume et ses interlocuteurs n'avaient plus qu'à attendre la fin du jeu... Le despotique Jack Warner supervisait jusqu'aux nuances de brun de la moustache d'Errol Flynn.

Leur inculture (des producteurs américains) était prodigieuse. Un jour, Orson Welles évoqua Méliès au cours d'une conversation avec Mike Todd, le célèbre producteur et énième mari de Liz Taylor.

— Méliès ? C'est qui ? demanda Mike Todd.

Sam Goldwyn, de la Metro-Goldwyn-Mayer, questionna une fois Billy Wilder, le grand metteur en scène de comédies :

— Vous travaillez sur quoi, en ce moment ?

Billy Wilder (pour rigoler) : Mon autobiographie.

Sam Goldwyn (intéressé) : Ah ! Et ça parle de quoi ?

Le metteur en scène Josef von Sternberg, le Pygmalion de Marlène Dietrich, pour marquer son mépris, remit un jour à la Paramount le scénario de *L'Impératrice rouge* sans la moindre ponctuation ni la moindre majuscule. « De toute façon, aucun des illettrés de ce studio n'est capable de lire et de comprendre mon script », expliqua-t-il.

Stanley Kubrick écrivit deux versions du fameux *Docteur Folamour*. L'une pour la Columbia, l'autre... qui fut tournée. Il assurait que si le Studio avait lu le vrai texte, jamais le film ne se serait fait.

Et là, j'ai un aveu à faire. Il m'est arrivé à moi aussi d'écrire de fausses scènes, à la demande de mon producteur, destinées en particulier à la Préfecture de Police, pour obtenir l'autorisation de tourner dans la rue. Et puis, une fois l'autorisation en poche, on faisait ce qu'on voulait. Personne n'a jamais entendu parler d'un Préfet venant vérifier un scénario sur le terrain.

La brutalité des rapports dans le petit monde hollywoodien était également célèbre.

On racontait que Zanuck — toujours lui — avait fait venir en grande pompe l'actrice française Simone Simon pour jouer dans une comédie. Au bout de trois jours d'essais, il la renvoya à Paris avec ce seul commentaire :

— Vous n'avez aucun talent.

Et vlan ! prends ça dans la gueule, chérie !

Encore lui qui mit à la porte du Studio en deux heures, comme un chien, son propre fils Richard, alors directeur.

Les frères Jack et Harry Cohn et leur cousin John Brandt (Columbia Pictures), trois ex-épiciers, étaient connus pour leur grossièreté, leur avarice et le fait qu'ils mentaient absolument toujours, même s'ils juraient sur le Talmud. Bref, de charmants personnages. Et doués d'un grand sens artistique : Harry Cohn aimait à dire : « C'est mon cul qui me dit si un film est bon ou mauvais... » Ce dernier possédait également un très large vocabulaire. Le réalisateur Charles Vidor lui fit un procès pour l'avoir traité de « fils de pute » de vingt-trois façons différentes.

J'avais moi-même vécu une modeste mais désastreuse expérience à Hollywood.

Ayant très envie de devenir metteur en scène de mes propres scénarios de télévision, j'avais fait le projet de passer un mois dans un studio américain pour apprendre la technique du travail à plusieurs caméras.

Les gentils producteurs des *Saintes Chéries* (exception faite de celui qui, des années plus tard, pour une sombre histoire de droits, me menaça de « me faire donner une leçon par des copains » !) me recommandèrent à l'un de leurs amis de Los Angeles, producteur lui-même de séries télévisées, et qui accepta gentiment de parrainer mon stage.

Je pris le premier avion, accompagnée par l'Homme qui devait se rendre ensuite à New York.

Mes bagages à peine déposés au Beverly Hill Hotel, je téléphonai à mon producteur américain, chez lui.

— Venez immédiatement, me chuchota-t-il d'une voix curieusement lointaine.

Je sautai dans un taxi.

Le quartier où il habitait était composé d'une succession de maisons toutes plus luxueuses les unes que les autres, avec piscines somptueuses, jardins magnifiques, jardiniers japonais, garages bourrés de Rolls et de Cadillac, et nounous noires avec tablier de dentelle dont l'une m'ouvrit la porte de « l'hacienda » de mon « parrain ».

Choc.

Mon Américain était étendu en pyjama sur une chaise longue dans le jardin. L'air affreusement malade.

Il l'était. A peine rescapé d'un infarctus.

Mais le pire n'était pas là, m'expliqua-t-il d'une voix mortellement lasse. La nouvelle de son accident cardiaque à peine connue, le Studio l'avait purement et simplement renvoyé. Jeté à la poubelle comme un vieux citron pressé. Il était ruiné. Devait vendre sa belle maison, ses tableaux, ses voitures, ses chevaux de course. Retirer ses filles du collège chic où elles terminaient leurs études. Et n'étant plus rien au Studio où son bureau, ses W.-C. personnels et sa place au parking avaient déjà été attribués à un autre, il ne pouvait même pas me pistonner auprès de qui que ce soit. Ah si ! Il pouvait écrire un petit mot en ma faveur au concierge.

— Merci. Mais ce n'est pas la peine, dis-je doucement. Je vais rentrer à Paris via New York.

Il parut surpris.

— J'appartiens à une vieille civilisation, expliquai-je avec une certaine emphase, qui est, paraît-il, décadente mais où les rapports humains sont... plus humains ! Chez nous, on n'achève pas les blessés. Enfin, en principe. Je ne crois pas que je pourrais supporter votre règle du jeu, même un seul jour.

Je quittai dès le lendemain matin ce que Faulkner désignait comme « le trou de balle en plastique de la planète ». Mais j'avais appris autre chose qui devait me tarauder la cervelle quand Pierre Braunberger me parla de travailler pour Les Artistes Associés (United Artists).

On m'avait dit qu'à Hollywood, les auteurs devaient venir travailler (et même pointer) de neuf heures à dix-huit heures dans des petits bureaux qui leur étaient réservés dans un horrible bâtiment. Comme des employés de la Sécu. Ils devaient livrer x pages toutes les semaines tapées sur du papier rose ou jaune. Si les producteurs de la Mecque du Cinéma avaient traité ainsi les plus grands noms de la littérature américaine, de Faulkner à Fitzgerald en passant par Hemingway, Somerset Maugham, John Steinbeck, etc., qu'en serait-il de moi, humble petite scénariste française ?

Serais-je enfermée dans un placard à balais aux Artistes Associés/Paris ? Enchaînée à ma machine à écrire ? Obligée de remettre ma copie tous les soirs ?

— « Seulement quatre pages, aujourd'hui, Missise dé Bouronne ? Mauvais rendement ! Très mauvais rendement ! » Je faisais des cauchemars et me réveillais en hurlant : « Non ! Pas le mitard ! J'écrirai dix pages demain ! Je le promets... »

Quand j'en parlai à Papa Boum Boum, il éclata de rire.

— Je vous jure que Saul Cooper qui dirige Les Artistes Associés à Paris est un homme charmant, courtois et cultivé, qui n'envisage absolument pas de vous ligoter à l'un de ses radiateurs dans un bureau sans fenêtres !

Connaissant les capacités de Pierre pour le mensonge, je ne fus pas entièrement rassurée. J'avais tort. Saul Cooper avait toutes ces qualités. Plus une — la plus importante à mes yeux : il aimait mon scénario.

Seul petit problème commun à toutes les sociétés américaines en France (j'avais travaillé chez Conde Nast), personne ne pouvait soulever un crayon sans l'accord de la maison mère aux États-Unis. Or Saul Cooper avait déjà dépensé son budget annuel. Il lui fallait l'autorisation d'un crédit supplémentaire pour produire notre film. Cela prit un bout de temps mais la réponse revint : O.K.

Whaouhhhh !

Une seule obligation : la vedette devait être Marthe Keller, l'héroïne d'un feuilleton de Frédérique Hébrard, *La Demoiselle d'Avignon,* qui avait eu beaucoup de succès. Nous fûmes enchantés, Pirès et moi, d'abord parce qu'elle était ravissante et adorable. Ensuite parce que la comédienne à laquelle j'avais pensé en écrivant le rôle : Marlène Jobert, nous avait poliment mais fermement envoyés sur les roses lorsque nous étions allés la voir au théâtre où elle jouait (elle m'avoua plus tard l'avoir beaucoup regretté).

Marthe Keller nous dit « oui » sans chichis, avec

son radieux sourire et je fis des ajustements dans mon scénario pour justifier son accent suisse.

C'est alors que les Américains débarquèrent.

Les avocats de United Artists.

Jean Rossignol me prévint :

— Cette engeance-là est pire qu'un banc de piranhas !

Il avait raison.

Ils s'attaquèrent immédiatement à mon contrat qui n'était pas encore signé. J'avais la prudence à cette époque de ne signer que la veille du tournage. Ce qui m'évitait de voir mon cher scénario récrit par n'importe qui (y compris le coursier qui n'est pas forcément le plus mauvais coscénariste), comme cela se pratique actuellement et constitue une des causes principales de la dégringolade du cinéma français (j'en parlerai plus loin ! Ne craignez rien, c'est mon dada !).

Les avocats américains tombèrent en arrêt devant mon pourcentage de 10 % sur les bénéfices.

— Ce sera 5 % ou rien du tout, affirmèrent-ils froidement à Jean Rossignol.

J'entrai dans une grande colère.

— Ce sera... rien du tout ! Ces 10 % sont prévus dans tous les contrats des auteurs français. Et ces chiens d'avocats yankees ne vont pas venir faire la loi ici. *Go home,* les Amerloques. Je reprends mon scénario.

— Comme vous voudrez, dit mon Rossignol.

Qui transmit.

Au beau milieu de la nuit suivante, bravant la consigne, Pierre Braunberger me téléphona et me demanda d'un ton désespéré de venir le voir dès l'aube suivante.

Je le trouvai dans son bureau, marchant de long en large, sans maillet de polo comme Darryl Zanuck mais avec son éternel mouchoir qu'il déchiquetait nerveusement entre ses dents (il devait les acheter au kilo au B.H.V.).

— Je suis bouleversé ! me déclara-t-il d'une voix brisée, vous savez l'amitié, même l'affection que j'ai pour vous... Je croyais que c'était réciproque. Et vous me plantez un poignard dans le dos !

— Moi ?

— Oui. Vous. En refusant les 5 % des Américains.

— Vous savez bien que je ne demande rien de spécial. Ce pourcentage de 10 % figure dans le contrat type. Vous me l'avez même donné pour *Erotissimo*...

— Oui, moi, je suis d'accord. Mais pas les Américains. Et je SAIS, je SENS et vous SAVEZ comme je SENS ces choses-là, que s'ils n'obtiennent pas ce qu'ils veulent, ils ne feront pas le film.

— Eh bien ! Ils ne feront pas le film, dis-je avec l'ardeur d'un chevalier du Moyen Âge s'élançant dans un tournoi, la lance au poing. Il y a d'autres producteurs/distributeurs sur la place de Paris.

— Non. J'ai essayé tous mes partenaires habituels. Personne ne veut mettre un sou dans cette affaire. Seuls les Américains y croient. S'ils nous lâchent, le film est à l'eau.

— Eh bien, tant pis, il coulera, panache haut ! m'écriai-je, toujours à cheval sur mon blanc destrier.

En fait, j'étais embêtée. Ce film, c'était mon enfant et ne pas le voir naître était une perspective affreuse. Sans compter que j'aurais travaillé un an pour des nèfles. Mais j'en faisais bêtement une question d'honneur. La France ne céderait pas à l'Impérialisme Américain.

— Ma petite Nicole, reprit Pierre Braunberger en avalant quelques lambeaux de son mouchoir, *glup, glup*, je vous dois la vérité. Je suis ruiné. *Elle court, elle court, la Banlieue* est ma dernière chance. Si le film ne se fait pas, je n'ai plus qu'à me suicider.

Je le regardai, effarée. C'est qu'il avait l'air sincère, le bougre ! La mine défaite. Le teint blême. Je crus même voir des larmes dans ses yeux.

Pouvais-je laisser se suicider mon papa de cinéma ?

Pour un mesquin 5 % que, de toute façon, je ne toucherais pas... la plupart des producteurs étant maîtres dans l'art d'établir des comptes où aucun bénéfice n'apparaît jamais. Quant aux Américains, eux, leur technique était, disait-on, plus simple : ils n'envoyaient carrément pas de comptes du tout et les leur réclamer par l'intermédiaire d'avocats américains — coucou les revoilà ! — coûtait la peau des fesses.

— D'accord, Pierre, dis-je doucement, vous pouvez dire à ces enfants de salauds que je suis d'accord avec leurs conditions. Je signerai demain.

Papa Boum Boum me sauta au cou et m'embrassa sur les deux joues.

— Dieu vous le rendra, s'écria-t-il chaleureusement, et je prierai pour vous à Yom Kippour.

Ses prières furent entendues par Yahvé. Non seulement le film obtint un grand succès à sa sortie, mais je continue à recevoir tous les ans des Artistes Associés un merveilleux petit chèque... Si ! Si ! Bien entendu, sur le moment, je ne crus pas un mot de ce que m'avait raconté mon grand *menteux* de Pierre. J'avais tort. J'ai appris, il n'y a pas très longtemps, qu'il était réellement en liquidation judiciaire et qu'il avait dû vendre tous ses biens de famille, excepté sa maison de Saint-Jean-de-Luz. Le tournage de *Elle court, elle court, la Banlieue* fut une bouffée d'oxygène qui lui permit de survivre. Je suis contente de l'avoir aidé.

Entre-temps, nous avions eu droit aux incidents et problèmes divers inhérents à toute préparation et tournage de film.

Et, plus inattendu, à la jalousie de Papa Boum Boum !

Lui qui nous avait « mariés », Pirès et moi, prit ombrage des rapports de complicité et presque d'affection qui s'étaient établis entre nous. Je n'ai jamais su si notre solidarité sans faille l'inquiétait ou s'il était dépité de se sentir exclu de cette belle entente. Toujours est-il qu'il tenta de diviser pour régner.

Il se mit à me téléphoner d'une voix sépulcrale.

— Ma petite abeille de génie, je suis effondré. J'ai peur que ce film ne soit un flop. Pirès n'a pas le talent que je croyais. C'est un gamin gâté, un bon photographe et puis c'est tout... ! Heureusement que vous êtes là, mon bel ange, avec votre humour et votre sens du public !!!... Si ce film marche, ce sera grâce à vous !

Puis, dans la foulée, il appelait Gérard.

— Mon cher, vous savez que je vous considère comme mon fils spirituel. Eh bien, je suis effondré : j'ai peur que ce film ne soit un flop. Nicole n'a pas le talent que je croyais : son texte ne décolle pas. Et elle n'a aucun sens artistique. Heureusement que vous êtes là avec votre humour et votre génie de l'image ! Si ce film marche, ce sera grâce à vous !

Ce que notre *produc* * favori a toujours ignoré, c'est que nous nous téléphonions, Pirès et moi, pour nous raconter ses propos, à peine notre cher malfaisant avait-il raccroché.

— A moi il a dit que vous n'étiez qu'un bon photographe et que si le film marchait, ce serait grâce à mon génie, tra la la !

— Eh bien, à moi il a dit que vous n'aviez aucun talent ni sens artistique et que si le film

* Producteur, en jargon cinoche.

marchait, ce serait grâce à mon génie à moi, la la laire !

Et on rigolait comme des gamins.

Une fois, cependant, ce petit jeu faillit mal tourner.

Une nuit — bravant une fois de plus toutes les consignes —, Papa Boum Boum me réveilla vers deux heures du matin, d'une voix dramatique :

— Cette fois, nous sommes perdus ! Pirès ne le sait pas encore, mais les Américains ont refusé son film-annonce de *Elle court, elle court, la Banlieue* qu'il a fait n'importe comment, naturellement !... Ce garçon ne pense qu'à la course automobile. Il faut refaire une bande-annonce et le film ne pourra pas sortir à la date prévue. C'est la catastrophe.

Consternée, je décidai que la nouvelle était assez grave pour réveiller Gérard à son tour.

— Hein ? Quoi ? marmonna-t-il peu gracieusement (lui non plus n'aimait pas entendre sonner le téléphone à deux heures du matin). Qu'est-ce que c'est que cette histoire bidon ! J'ai vu Saul Cooper hier soir et les Américains sont très contents du film-annonce. C'est encore ce vieux sagouin qui essaie de foutre la merde !

— C'est ma faute ! m'excusai-je, ce coup-ci, j'ai marché ! J'ai même couru...

— ... pas grave ! Mais je commence à en avoir marre de ses magouilles...

Le lendemain il y avait une projection privée pour la presse dans une petite salle, rue de Ponthieu. Saul Cooper me parut de très bonne humeur. Pierre Braunberger pérorait. Soudain, Pirès surgit, l'attrapa par les revers de son costume et le secoua comme un vieux prunier.

— Qu'est-ce que vous avez encore inventé cette nuit ?... Marre de vos mensonges ! Il n'y a aucun problème avec ma bande-annonce...

Notre cher Papa se mit à couiner :

— Mais... mais... je n'ai jamais dit qu'il y avait un problème... !

Indignée par une telle mauvaise foi, j'explosai :

— QUOI ? Ce n'est pas vous, peut-être, qui m'avez réveillée à deux heures du matin pour me dire que les Américains l'avaient refusée ?

— Beuh... Beuh... vous m'avez mal compris, ma petite fille !

J'allai, de rage, lui filer un coup de pied dans les tibias tandis que Pirès tentait de l'étrangler, quand Saul Cooper et Nicole Liss, l'attachée de presse, nous l'arrachèrent. Il courut se cacher je ne sais où et nous ne le revîmes plus ni pendant ni après la projection.

Et il abandonna ses micmacs pour essayer de nous brouiller.

Quelques années plus tard — en 1975 —, il nous supplia même de le prendre comme associé dans le film que nous avions décidé de produire, Claude Brasseur, Pirès et moi, tous seuls comme des grands.

Je ne sais plus lequel des deux garçons en eut le premier l'idée, Claude, je crois.

Cela se passait au cours d'un dîner de copains.

— Et si on faisait ensemble un film marrant et bon marché : une parodie d'un film porno. Buron ! Tu peux nous écrire ça en un clin d'œil ?

— En un clin d'œil, non. Mais pour le sujet, je suis d'accord.

— Y a qu'un hic, dit Brasseur, c'est que je ne suis libre que pendant le mois de juillet. Gérard, tu peux nous tourner ça en vingt-deux jours ?

— Et même en dix-neuf, dit Pirès, parce que, le 26 et le 27 juillet, je participe au Grand Prix Automobile de Spa en Belgique.

— Vous et vos courses automobiles à la noix, vous

nous cassez les pieds, grommelai-je*. Puis je sursautai : QUOI ??? JUILLET ! Mais vous êtes fous ! C'est dans deux mois et si on compte un mois minimum de préparation, cela me laisse un mois pour écrire le scénario ! Impossible ! Il me faut un an !

— Tu auras un mois ! Et tu te démerderas très bien. Allez ! On fonce !

On fonça si bien, entraînant Papa Boum, ravi, dans notre aventure, que le tournage commença, à la surprise générale, au jour prévu.

Pour l'écriture, n'ayant jamais vu de films pornos de ma vie, j'avais commencé par écumer les petits cinémas spécialisés autour de la Bastille. Je me retrouvai seule femme au milieu de mâles peu ragoûtants qui se masturbaient pendant la séance. Je m'enfuis. J'essayai ensuite d'entrer dans un sex-shop. Le vendeur me regarda avec une telle surprise, me considérant visiblement comme une mémère bourgeoise égarée dans son temple, que, bredouillant n'importe quoi : « Je croyais que vous vendiez de la laine à tricoter... », je me sauvai éperdument. Heureusement, un de mes copains, ancien reporter de guerre, avait dû se reconvertir — il faut bien manger ! — en chef opérateur/cameraman de films classés X. En deux ou trois après-midi de bavardages, il me raconta avec beaucoup de délicatesse de quoi écrire quinze pornos. Je me mis à taper frénétiquement. Les assistants — la préparation avait déjà commencé — venaient arracher les feuilles de ma vieille Olivetti au fur et à mesure que je rédigeais avec une telle

---

* J'avais encore tort. Pirès gagna dans sa catégorie et, enchanté, se montra d'une humeur délicieuse pendant tout le montage.

ardeur que j'avais l'impression que de la vapeur s'échappait de mon crâne bouillonnant.

Sans préavis, un orage éclata sur nos têtes.

Par une lettre ouverte dans *Le Film français,* le scénariste bien connu Francis Veber nous faisait savoir qu'il préparait également une satire des films pornos avec Pierre Richard et Miou-Miou et que j'étais une vilaine petite copieuse qui faisait que piquer ses brillantes idées de comédies à lui, « livrées clé en main ». Du reste, il s'était procuré mon scénario (qui le lui avait donné ?... que j'abatte le traître !), lequel scénario ne lui avait pas paru présenter grand intérêt (merci, mon chou !). Quant à Pirès, je crois qu'il avait droit également à des remarques peu flatteuses.

Fous de rage, nous décidâmes d'aller casser la gueule à ce petit monsieur après avoir envisagé de faire sauter sa maison (ma solution) ou de le tuer en duel (Pirès y tenait assez. Je reconnus que ce serait très chic. Et une formidable publicité pour le film — le nôtre).

Seul Papa Boum Boum ne partageait pas notre indignation et notre soif de laver dans le sang cette offense à notre honnêteté intellectuelle.

— Mes enfants, nous déclara-t-il au cours d'une réunion tumultueuse dans son bureau, le petit Veber, on s'en fout ! Mais c'est la Gaumont qui produit et, avec la Gaumont, il faut prendre des gants !

— Pas de gants ! criâmes-nous avec un bel ensemble, Gérard et moi. La Gaumont, on l'emmerde !

— Vous, peut-être, mais moi, non ! pleurnicha notre cher producteur et associé. Je vous en supplie, parlez à vos avocats, d'abord.

Nous promîmes.

Et nous découvrîmes que nous avions tous le même avocat.

Veber = agent Artmédia et avocat : Me Hebey.

Pirès = agent Artmédia et avocat : Me Hebey.

Moi = agent Rossignol et avocat : Me Hebey.

Maître Hebey (qui était, qui est toujours, un très bon avocat, un homme charmant et un fin écrivain) plaidait également pour *Le Film français*.

Bref, Maître Hebey se parla à lui-même, à tour de rôle.

Et déclara que tout cela n'était pas bien grave et qu'une réponse de ma part — toujours dans *Le Film français* —, accompagnée de quelques mots bien sentis de Pirès, effacerait l'injure.

Je passai quelques nuits à écrire et récrire la lettre la plus venimeuse possible.

Elle parut.

Le silence lui répondit.

Personne n'y pensa plus.

Quelques années plus tard, je rencontrai Francis Veber au théâtre. Nous éclatâmes de rire et nous nous embrassâmes, comme c'est la coutume dans la Tribu des Grenouilles de Cinéma.

Pour le tournage d'*Attention les yeux !* nous eûmes une surprise sympathique : beaucoup d'acteurs et d'amis acceptèrent de faire des passages ou même des panouilles dans ma petite pochade... (fauchée, une fois de plus !). Les noms de Pirès, de Brasseur et peut-être le mien (?) étaient un gage que l'entreprise serait honorable et que la parodie du porno ne serait pas elle-même porno (c'était le grand danger). Ainsi, les plus beaux mannequins du monde acceptèrent de se montrer nus, y compris Grace Jones et la célèbre et splendide Marie-Christine sur les fesses de qui Claude Brasseur devait manger des œufs sur le plat, frits par la scripte sur un camping-gaz qui, naturellement, tombait en panne. On dut refaire la scène je ne sais combien de fois, non pas à cause du camping-gaz mais en raison des exigences artistiques de Pirès qui voulait ses œufs cuits avec le blanc parfaitement rond et le jaune exactement au milieu du blanc ! Il fallut casser des douzaines d'œufs avant d'obtenir un chef-d'œuvre digne de Vasarely.

D'excellents acteurs amis comme Daniel Auteuil (en assistant agité), Guy Marchand (en jeune premier à la virilité défaillante et rêvant de la Comédie-Française), Anémone (en maquilleuse râleuse dont la réplique : « Je suis peut-être pas la meilleure, mais je suis la moins chère » fit un malheur) se contentèrent de petits rôles peu payés. Moustache fit un paysan accompagné d'une chèvre dont il découvrait avec indignation l'usage auquel elle était destinée. Pourris de Parisiens ! Georges Descrières, de la Comédie-Française, joua, avec son air distingué, le vendeur du sex-shop. Stéphane Collaro passait, courant vers une partouze.

Quant à Brasseur, il jouait très drôlement le rôle d'un metteur en scène préparant le film de sa vie : *La Chartreuse de Parme* et se retrouvant implacablement acculé par ses producteurs à tourner un porno délirant adapté d'un texte sur le Docteur Schweitzer écrit par un Académicien gâteux.

Une de mes scènes préférées était la déclaration du vol de sa voiture par Christine Dejoux (en ingénue rougissante) et l'énumération de tous les accessoires sado-maso qu'elle contenait à trois flics hilares interprétés par Michel Blanc, Christian Clavier et Thierry Lhermitte ! Ce n'était pas triste !

Bernard Sury, vrai *chef-op**, jouait le chef-op du film dans le film *Il est moins une, Docteur Sexe* et

---

* Chef opérateur, en jargon cinoche.

demandait sans circonlocutions à la vedette : « Alors, on baise ou on baise pas ? » Et comme celle-ci renâclait, il l'avertissait sans fard qu'il ne se donnerait plus aucun mal pour bien l'éclairer : « Tu vas voir ta gueule, demain ! C'est ton dernier film ! C'est moi qui te le dis ! »

Je m'étais également amusée à développer un thème qui m'avait frappée : la totale indifférence des électros et des machinos aux scènes de cul « torrides » qu'on tournait ou surtout qu'on était supposés tourner. Les plus belles filles pouvaient courir à poil sur le plateau (un hangar désaffecté de la R.A.T.P. à Gennevilliers), les « ouvriers » de l'équipe ne pensaient qu'à bouffer leur casse-croûte avec commentaires sur les rillettes du Mans ou à discuter inlassablement de la santé de leurs mômes et de leurs prochaines vacances (« Moi, je connais un camping deux étoiles près de Palavas... — Moi, je préfère aller chez les beaux-parents, ça coûte rien et c'est bonnard », etc.).

Attention les yeux ! se voulait une satire du cinéma porno mais aussi et surtout du cinéma tout court... et en particulier des producteurs ! Je m'en donnai à cœur joie dans la caricature de ces messieurs capables de donner des chèques non signés à une équipe en plein tournage, pour gagner quelques jours de crédit à la banque. Ou de partir en voyage le matin d'une échéance un peu lourde... Ou même — on m'a juré l'histoire authentique — de se faire plâtrer un bras droit en parfait état, alibi épatant pour ne RIEN signer pendant trois semaines !

Pour un grand nombre de répliques... je m'inspirai, bien entendu, de Pierre Braunberger. Que j'appelais M. Rothberger.

Non seulement cela le fit beaucoup rire, mais il poussa l'humour jusqu'à accepter que nous tournions toutes les scènes des producteurs (jouées par Jean-

Pierre Darras et André Pousse) dans son propre bureau, célèbre dans tout le cinéma français. C'était vraiment quelqu'un, le petit Papa Boum Boum.

Mon grand regret fut de n'avoir pas réussi à « caser », malgré tous mes efforts, une charmante histoire un peu légère que j'affectionne :

Un petit marquis du XVIIIe dans un bal se trompa et pinça affectueusement les fesses d'une délicieuse marquise. Honteux de sa méprise, il s'enfuit chez lui et écrivit un billet à la dame :

« Si votre cœur est aussi dur que votre cul,
Je suis, Madame, un homme foutu. »

La marquise, qui ne manquait pas d'esprit, lui répondit :

« Si votre chose est aussi ferme que votre main,
Monsieur, je vous attends demain. »

(Eh bien, voilà ! Je l'ai casée, mon histoire... !)

A notre grande fierté, le film gagna des sous (et nous avec). Et je baladai longtemps dans mon petit cartable de plastique rose une lettre de la Censure me félicitant d'avoir traité avec délicatesse un sujet un peu scabreux. Olé ! Il faut dire que la Censure en France n'a rien à voir avec celle qui a terrorisé le cinéma américain pendant des années. Le négatif de *Citizen Kane* n'a pas été *brûlé* parce qu'à la fin de la projection Orson Welles, mine de rien, fit tomber de sa poche sous le nez de Joe Breen, le terrible chef de la Censure à l'époque... **un chapelet** !... Sans ce geste, assura Orson Welles, c'en aurait été fini de *Citizen Kane* !

Quelques années plus tard (en 1980), je reçus un coup de téléphone de la secrétaire de Georges Cravenne. A l'occasion de la cérémonie des Césars, un

César d'honneur serait remis à Pierre Braunberger. Celui-ci avait demandé que l'on fasse monter sur la scène tous ceux qu'il avait fait débuter dans le cinéma. C'était sa fierté d'avoir été « un découvreur de talents »...

... même si cette fierté l'entraînait quelquefois un peu loin.

C'est ainsi qu'un jour, il me téléphona du Festival de Cannes : il avait un PROJET dont il voulait parler IMMÉDIATEMENT à Pierre Sisser, mon cher vieux copain et coscénariste et qui ne rêvait que d'être metteur en scène. Celui-ci n'hésita pas. Sauta dans le premier avion. Fonça à l'hôtel Martinez où il trouva un Pierre Braunberger débordé.

— Je n'ai pas le temps de vous parler, dit ce dernier, je dois aller à un déjeuner important à Antibes. Accompagnez-moi jusque-là. Nous discuterons dans le taxi.

Et Papa Boum Boum de pérorer, sans reprendre son souffle, de la pluie, du beau temps, d'un court-métrage togolais que personne n'avait vu, etc., jusqu'à Antibes. Où il abandonna froidement mon Pierre dans une rue déserte où ne passait aucun taxi, ni autobus, ni train pour le rapatrier à Cannes. Sisser ne revit plus Pierre Braunberger et ne sut jamais de quel projet de film il voulait lui parler avec une telle urgence.

Bertrand Tavernier raconte, de son côté, dans son livre *Qu'est-ce qu'on attend ?*, que Papa Boum Boum le convoqua impérativement dans son bureau, aux Champs-Élysées, pour lui dire :

— Je suis très en colère contre vous... vous venez de me décevoir avec *La Bande à Bonnot*.

Bertrand Tavernier répondit qu'il était très triste de le décevoir, surtout avec un film qui n'était pas de lui mais de Philippe Fourastié ! Papa Boum Boum ne parut nullement gêné par sa méprise et, vingt ans plus tard, après la projection de *Autour de minuit*, tapa sur l'épaule de Tavernier en lui disant joyeusement : « Vous vous souvenez ? J'ai cru en vous depuis le début ! »

Pour en revenir au César de Pierre Braunberger, sa liste comportait une bonne cinquantaine de noms, y compris celui de Pirès et le mien. Étais-je d'accord pour lui rendre cet hommage ? Je dis oui, bien sûr ! Et me retrouvai convoquée la veille de la cérémonie pour une répétition à la Salle Pleyel.

Quand j'arrivai, j'excusai Pirès auprès de Cravenne. Il était retenu par le tournage d'une pub. Mais il serait là, sans faute, le lendemain soir, et ne manquerait pas de monter sur scène, lui aussi, le moment venu.

Georges Cravenne me parut un peu crispé. Je compris vite pourquoi. Sur la cinquantaine de personnes prévues, nous étions quatre présents. Trois metteurs en scène et moi. Et je crus comprendre que, même en tenant compte de ceux retenus loin de Paris par un tournage, il n'y aurait pas grand monde pour rendre publiquement hommage à Pierre Braunberger, le lendemain.

Il fut alors décidé que seuls Claude Lelouch et Annie Girardot monteraient sur scène et que Claude lirait, au nom de tous, un hommage à l'œuvre de celui qui était, malgré tout, le papa de cinéma pour beaucoup d'entre nous.

Je ne sais pas comment Georges Cravenne expliqua la chose à Pierre, mais il reçut son César d'honneur avec une joie enfantine et écouta l'hommage lu par Lelouch avec ravissement. Moi, j'avais envie de gueuler de rage devant l'ingratitude, l'indifférence, le manque de gentillesse de ce petit monde cruel du Showbiz. La Tribu des Grenouilles de Cinéma — famille venimeuse des *Dendrobates* — ne fait pas de cadeaux.

Jusqu'à sa mort, Papa Boum Boum ne rêva que de cinéma. Malade, du fond de son lit, il me téléphonait encore (à moi et à d'autres !) pour parler des scénarios que j'écrivais, évoquer des projets, discuter des films à l'affiche.

Pierre Braunberger, vous me manquez.

CHAPITRE 3

... où l'auteur rencontre d'autres curieux producteurs, voit un de ses films financé par l'émir du Koweït et se retrouve entraînée dans le conflit israélo-arabe...

Matin. Sonnerie du téléphone. Gaston, réponds ! Hélas, j'avais oublié de brancher mon répondeur. Je décrochai, un peu surprise, tous mes amis sachant que j'écrivais de cinq heures à midi et qu'ils devaient éviter de me déranger pendant ce temps-là.

Voix d'homme : Nicole de Buron ? Je suis Eugène Tucherer, producteur de films...

Je crus reconnaître la voix de Jean Becker, mon metteur en scène des *Saintes Chéries,* un copain toujours prêt à faire des blagues. Je répondis aussi sec :

— Hi ! Et moi, je suis Liz Taylor !

D'accord, ce n'était pas très original. On me pardonnera en songeant que j'avais l'esprit ailleurs.

Voix du Monsieur (un peu surpris) : Mais je vous assure : je suis bien pro-duc-teur-de-films. Je viens de sortir *La Race des seigneurs* avec Alain Delon...

Moi (gloussant) : Mais c'est très bien, ça ! Continuez !... Jean Becker ! Arrêtez vos plaisanteries idiotes ! Je sais que c'est vous !

Le Monsieur (continuant patiemment) : Mais

non ! Je-ne-suis-pas-Jean-Becker ! Je-suis-Eugène-Tucherer-producteur-de-cinéma et je voudrais vous rencontrer parce que j'ai envie de faire un film avec vous !

Moi (toujours réjouie du canular et entêtée) : Mais c'est très gentil, ça, mon petit chat !

Le Monsieur (digne mais entêté, lui aussi) : Que diriez-vous de nous rencontrer jeudi dix-sept heures au bar de l'hôtel du Prince-de-Galles ?

Moi (écroulée de rire) : Ah ! Parce que vous, vous donnez vos rendez-vous directement à l'hôtel ? On ne passe même pas par votre bureau ! Eh bé ! Dites donc, vous êtes un rapide... Vous travaillez dans le porno ou quoi ?

Le Monsieur (commençant à s'énerver) : Non ! Je-ne-travaille-pas-dans-le-porno ! Je n'ai pas de bureau à Paris mais à Montfort-L'Amaury. Et il y aura ma femme !

Moi (faussement indignée) : En plus, c'est une partouze ! Vous n'avez pas honte ! Je suis une honnête mère de famille, moi, Monsieur. Bon. Jean, ça suffit, la plaisanterie ! J'ai du travail. Salut !

Je raccrochai, toujours hilare. Me remis à taper à la machine. Mais une pensée se mit à me tarauder le fond de la cervelle comme un ver une pomme.

Et si c'était vraiment un producteur de cinéma ?

On voit de si étranges choses dans le Showbiz.

Je n'y tins plus. J'appelai mon Rossignol et lui demandai s'il existait dans la Tribu des Producteurs Pas Fauchés un dénommé Eugène Tucherer.

— Parfaitement ! C'est même un bon. Il vient de sortir *La Race des seigneurs* avec Delon.

Effondrée, j'expliquai à mon cher agent ma méprise. Il rit beaucoup et me promit de rappeler immédiatement le pauvre homme pour m'excuser et... confirmer le rendez-vous.

Le jeudi suivant, je pénétrai à dix-sept heures pile

dans le bar de l'hôtel Prince-de-Galles où ma mine confuse amusa beaucoup un charmant monsieur plus tout jeune et sa femme, une brune ravissante.

— J'ai une idée de film, attaqua Eugène Tucherer (allons bon ! Encore un producteur avec « son » idée de film !). Et j'aimerais savoir si cela vous intéresserait de l'écrire pour moi.

— Pourquoi pas ? C'est si rare une bonne idée, surtout de comédie, que je ne refuse jamais à l'avance.

Hélas ! L' « idée » d'Eugène Tucherer ne fit pas tilt dans ma tête. Je le lui expliquai avec moult circonlocutions et amabilités (règle n° 1 : surtout ne jamais vexer un Producteur qui se prend pour un Auteur).

Puis j'enchaînai immédiatement (règle n° 2 : ne laisser, à aucun prix, s'échapper un Producteur sans essayer de lui vendre son propre projet de film).

— Par contre, moi, j'ai un sujet dans mes cartons. Ou plutôt un thème : la solitude des gens qui vivent dans les grandes villes. A travers l'histoire d'un couple de deux esseulés qui se rencontrent par une petite annonce dans *Le Chasseur français*.

— Cela m'intéresse, dit Eugène. Vous pouvez m'en dire plus ?

— Lui est percepteur et n'ose pas l'avouer parce que c'est antipathique, un percepteur. On imagine immédiatement une peau de vache. Alors il prétend qu'il est « fonctionnaire en relation avec le public »... ! Et Elle, mon héroïne, elle arrive de la province et ne connaît personne car c'est très difficile de se faire des amis à Paris. Métier : tondeuse de chiens. Cela m'amuserait de me moquer un peu au passage des mémères à chienchiens... (J'étais loin de me douter que j'en deviendrais une, un jour !).

— J'aime votre sujet, dit Eugène Tucherer. Combien de temps vous faut-il pour écrire le scénario ?

— Un an.

— Oh, la, la ! C'est long, ça !

— Heu... disons neuf mois, comme pour un bébé !

— Vous avez un titre ?

— *Percepteur cherche âme sœur.*

— Je prends. Vous me donnez votre texte en juin de l'année prochaine et nous tournons l'hiver suivant.

— Peut-être pourrions-nous quand même déjeuner ensemble avant ? intervint en riant Claire Tucherer qui était restée jusque-là silencieuse.

— Avec plaisir, bien que les déjeuners d'affaires me fassent grossir. Je suis très gourmande et je ne peux pas résister aux desserts ! Les chariots de pâtisserie, c'est la mort de mes régimes !

— Moi, je vous trouve très bien comme vous êtes ! déclara Claire.

Ce gros mensonge me fit comprendre qu'elle aussi aimait mon histoire...

Au moment de nous séparer, Eugène me posa la question rituelle :

— Et à qui avez-vous pensé comme acteurs pour le couple ?

— Annie Girardot et Philippe Noiret.

On conviendra que j'ai de la suite dans les idées.

— Ah ! très bon couple. Mais déjà vu !

Je me retins de me rouler par terre dans le bar du Prince-de-Galles en griffant la moquette et en poussant des cris de bête.

Pendant que j'écrivais et tournais : *Elle court, elle court, la banlieue* et la troisième série des *Saintes Chéries,* d'autres que moi avaient eu l'idée — les enfants de salauds ! les sales copieurs ! — de réunir Annie et Philippe. En particulier Jean-Pierre Blanc dans une comédie, *La Vieille Fille.* J'avais lu, en me rongeant les ongles jusqu'au poignet, des critiques élogieuses félicitant le metteur en scène d'avoir pensé à faire jouer ensemble ces deux acteurs. Et quand Molinaro les fit tourner, toujours en couple, dans *La*

Mandarine, il me fallut une grande force d'âme (et surtout la peur de la prison) pour ne pas aller trouer à coups de carabine 22 long rifle le petit bedon de Harrispuru (« Noiret ? Pas un strapontin ! »).

— Jean-Pierre Marielle serait très bien, lui aussi, suggéra Claire.

— Oui, formidable ! C'est un merveilleux comédien, mais je suis amoureuse de Philippe Noiret ! soupirai-je.

Les mois passèrent à une vitesse folle. J'écrivais et récrivais sans relâche. Je faisais des enquêtes dans des chenils et découvrais toutes les folies auxquelles des dames d'apparence raisonnable se livraient pour les beaux yeux de leurs toutous : achats de petits manteaux en cachemire assortis à leur propre toilette, colliers en or, steaks premier choix servis sur des assiettes de Porcelaine de Paris, psychiatres spécialisés, etc.

Par ailleurs, je sortis d'une grande boîte en carton rouge toutes les histoires que m'avait racontées mon amour d'Inspecteur des Impôts lors de ma première vérification fiscale (je crois l'avoir raconté dans mon livre : *Arrêtez de piquer mes sous !*) et en fis mon miel.

Les Tucherer m'invitaient régulièrement à déjeuner. L'Homme de ma vie prétendait que chaque fois je prenais un centimètre de tour de taille en plus et que si l'on me sciait en deux comme un arbre, on pourrait lire en cercles concentriques, comme sur l'aubier d'un chêne, le nombre de festins auxquels je m'étais livrée.

Arriva juin. Eugène réclama le manuscrit promis. Mais je n'en étais pas totalement satisfaite et demandai quelques jours de sursis pour le peaufiner.

De toute façon, entre le 15 juin et le 5 septembre, toute la Tribu du Cinéma est en vacances. Sauf les quelques Grenouilles (*Litoria splendida*) qui tournent un film. Et encore. Je ne connais pas une profession où les gens soient si souvent absents de leur bureau. Noël aux Seychelles ou en Corse (très chic) ou aux Indes (les metteurs en scène intellos). Février aux sports d'hiver avec les enfants. Pâques en Floride, toujours avec les enfants. Mai : le Festival de Cannes. L'été, pfffttt : tout le monde s'envole à Saint-Tropez comme un immense vol d'étourneaux et y rencontre... mon plombier. Ajoutez des dizaines de voyages : à Cannes de nouveau (pour le Mip), à Rome (pour la coproduction italienne), à Munich (pour la coproduction allemande), à New York (pour être « branché »), à Hollywood où c'est ça qu'est chic d'avoir une villa, en Tunisie (pour repérer un décor), à Venise (pour le Festival de Venise), à Berlin (pour le Festival de Berlin), en Abitibi-Témiscamingue (où est-ce ? *...) pour le Festival International en Abitibi-Témiscamingue, à Deauville (pour le Festival de Deauville), etc. Et vous comprendrez qu'il est pratiquement impossible de piéger un producteur au nid, à Paris. Sauf entre le 15 septembre et le 15 décembre.

Moi-même, je quittai hâtivement la capitale pour ma chère campagne, avant le début de l'été, promettant d'envoyer le texte de *Percepteur cherche âme sœur* dans les plus brefs délais.

Le 18 juin, je téléphonai à Eugène de mon bureau ex-bergerie/300 moutons.

— Allô ? Eugène ? C'est Nicole... J'ai fini !

— Formidable ! s'exclama-t-il d'un ton ravi, je vais enfin lire mon film...

— Oui, je vous l'envoie tout à l'heure...

Je fus interrompue par un grand bruit à l'autre bout du fil... Puis plus rien.

— Allô ? criai-je, surprise. Et un peu inquiète. Allô, Eugène ?

---

* Dans le nord du Québec.

Toujours le silence. Puis j'entendis la petite voix calme de Claire.

— Nicole ? Tout va bien. Je vous rappellerai tout à l'heure.

Et elle raccrocha.

Ne me rappela pas.

Je n'en fus pas surprise. Un des premiers principes si vous fréquentez la Tribu du Cinéma est de ne jamais croire une grenouille qui vous dit : « Je lis votre scénario et vous rappelle dans les huit jours. »

Parce que :

1er cas : Le producteur n'aime pas du tout votre travail. Et il ne perdra pas cinq minutes de son précieux temps pour vous le dire. Surtout maintenant que vous ne présentez plus d'intérêt pour lui.

2e cas : Il aime votre scénario (à condition de refaire la fin, le milieu et le début, bien sûr) mais vous laisse macérer dans votre impatience pour faire baisser vos prétentions financières (toujours exorbitantes à ses yeux).

3e cas (très rare) : Non seulement il a envie de produire votre film, mais il croit savoir qu'un autre producteur s'y intéresse. Alors, là, ne craignez rien. Il vous retrouvera, même planquée dans un igloo au Kamtchatka.

Je conclus donc du silence d'Eugène Tucherer que mon script ne l'intéressait plus.

Bon. L'été passa. Avec ses heures délicieuses de lecture sous la tonnelle de glycine et les cris joyeux des enfants jouant à cache-cache avec les chiens.

Septembre. Il était temps de songer à rallier Paris. Et de trouver un nouveau producteur. Je fis une petite liste. Mais décidai, malgré les bons principes, de téléphoner à Eugène une dernière fois.

Ce fut Claire qui me répondit de sa petite voix calme.

— ... Allô ? Bonjour, Claire. C'est Nicole. Je

voulais juste m'assurer qu'Eugène avait bien abandonné le projet de tourner *Percepteur cherche âme sœur*.

Petit silence. La voix de Claire :

— Eugène est mort, Nicole.

Je reçus la nouvelle comme un coup de poing dans le ventre qui me coupa le souffle. Je bégayai :

— Je ne savais pas... ! Personne ne m'a dit... C'est affreux... mais quand est-ce arrivé ?

— Pendant votre conversation au début de l'été, il a eu un infarctus. J'ai appelé le Samu et je l'ai emmené à l'hôpital... où il est mort en août.

— Oh ! Claire, je suis désolée et pardonnez-moi...

Claire m'interrompit :

— Oui, c'est dur. Nous nous aimions beaucoup. Et je préfère ne pas en parler. Je m'efforce de reprendre ses affaires. Vous savez, je travaillais énormément avec lui. Je suis prête à produire votre film si vous voulez bien me le donner.

Je réfléchis un éclair de seconde. Ce serait son premier film, seule. Pouvais-je lui faire confiance ? Je pensai « oui » instinctivement. Et puis laisser tomber une autre femme, presque une amie, dans des circonstances pareilles, ne me paraissait ni élégant ni sympa.

— Je suis d'accord. Je vous envoie le texte tout de suite.

— Merci, Nicole, me répondit-elle, toujours de sa petite voix calme. Je ne l'oublierai jamais.

Et elle devint (et est restée) l'une de mes meilleures amies.

Pour mettre en scène *Percepteur cherche âme sœur*, nous choisîmes ensemble, Claire et moi, un jeune metteur en scène, Robert Pouret, qui venait de terminer sa première comédie. *La Soupe froide* avait le charme et la tendresse que je voulais retrouver dans mon propre film.

Annie Girardot et Jean-Pierre Marielle donnèrent leur accord, d'autant plus volontiers que c'était la première fois qu'ils jouaient un couple ensemble. André Génovès (Les Films La Boétie) devint notre distributeur. Je le trouvais très beau gosse (et alors ?), surtout quand il me reprocha de ne pas mettre en scène moi-même...

Bref, tout marchait comme sur des roulettes.

Sauf qu'il manquait encore une bricole : les sous !

Enfin Claire m'annonça qu'elle avait trouvé un coproducteur qui avait l'argent nécessaire pour boucler le budget. Mais, avant de signer, il désirait me connaître. Jeudi, quinze heures, chez lui, du côté de l'avenue Foch, ça m'irait ?

Mais oui, bien sûr. Ah, un petit détail ! Sylvio Tabet était libanais. Avais-je une prévention contre un producteur libanais ? Mais non, pourquoi ?

Au jour et à l'heure prévus, j'entrai dans un bel immeuble très chic, très cher. (Bon signe : ce monsieur avait visiblement de quoi beurrer sa tartine.)

Ce fut donc avec enthousiasme que je sonnai à la porte.

Première surprise. Ce fut une jeune femme arabe qui m'ouvrit en robe de fatma, babouches, voile sur la tête, et me conduisit dans un salon. Là, deuxième étonnement. Des petits angelots nus et dodus, peints style XVIIIe, voletaient au plafond au-dessus d'un décor typiquement oriental : divans bas recouverts de coussins, poufs en cuir, tables en cuivre, paravent en forme de moucharabieh, etc.

Dans un coin, deux vieux messieurs accroupis, un fez rouge sur la tête, jouaient au jacquet avec acharnement, clic clac, clic clac, clac clac...

Pas de doute. J'étais à Beyrouth.

Entra alors Sylvio Tabet. Déception. Il ne portait pas de djellaba, ni de serviette à carreaux sur la tête, ni de chapelet d'ambre à la main. Mais une chemise hawaïenne bariolée et largement ouverte sur une poitrine velue où se nichait une dent de requin au bout d'une chaîne d'or.

Un golden-boy californien.

Nous nous affalâmes tous les deux sur les divans à ras de terre. Il me dit qu'il aimait beaucoup ce que j'écrivais. Était sûr que le film serait un succès. Regrettait seulement que ce ne soit pas moi qui mette en scène (ah ! lui aussi...)... Bref, un homme charmant. Il n'avait même aucune remarque à faire sur le scénario. Cela m'inquiéta. Un producteur content d'un texte à la première lecture et qui ne réclamait aucun changement (du début — du milieu — de la fin), ce n'était pas normal. Je ne pus me retenir :

— Pardonnez-moi de vous poser la question aussi brutalement, mais est-ce votre argent ou celui de quelqu'un d'autre que vous mettez dans le film ?

Il me regarda, surpris :

— Pourquoi ? Cela change quelque chose pour vous ?

— Oui. Ma modeste expérience dans le cinéma m'a appris que c'est celui qui allonge les sous qui est le patron en fin de compte. Et qu'on a, un jour ou l'autre, affaire à lui. Je ne voudrais pas avoir à récrire le scénario quinze jours avant le tournage...

Sylvio Tabet se mit à rire.

— L'argent du film est celui de l'Émir du Koweït. Mais il me fait confiance et je vous promets que vous ne le verrez jamais !

En effet, pour ma plus grande déception, l'Émir du Koweït n'apparut jamais sur le tournage, coiffé d'une nappe blanche, un poignard à la ceinture, son faucon favori au poing. Mais si ce n'était lui, c'était un de ses frères ou un de ses fils ou un de ses neveux qui vint en costume d'émir assister à la première projection privée. A ma grande horreur. Car, me croyant assurée de l'impunité, j'avais multiplié les allusions farceuses à une tournée dite culturelle d'une troupe de danseuses nues... au Koweït ! Je ne fus rassurée que lorsque, le film terminé, le seigneur arabe me fit un grand sourire. Ouf ! On n'allait pas me fouetter ni me lapider ni me trancher la main droite sur la place publique de Koweït City... ! (La justice est très expéditive dans ces coins-là.)

Le tournage du film s'était déroulé sans trop d'histoires. Après l'écriture d'une dernière version de *Cours après moi que je t'attrape*, titre qui avait remplacé celui de *Percepteur cherche âme sœur* à la suite de longues discussions avec Robert Pouret, pendant les semaines où il vint travailler avec moi dans ma maison de la Micoulette.

Il arriva avec sa femme et son vélo.

Quand nous ne relisions pas ensemble le scénario, hop, il sautait sur sa bicyclette, et filait à l'assaut de toutes les collines des environs. Et Dieu sait qu'il y en a.

La pauvre Jocelyne Pouret périssait visiblement d'ennui dans ma campagne isolée.

— Il n'y a pas un bar dans le coin où l'on pourrait aller boire un verre sur le coup de sept heures du soir ? me demanda-t-elle dès le lendemain de son arrivée, avec des sanglots dans la voix.

— Si, à Toulouse. Cent vingt kilomètres.

Elle résolut alors de se livrer aux joies du bronzage intégral dans un coin de la terrasse, protégée des regards indiscrets par une haie de cyprès.

Là-dessus, mon cher régisseur, Monsieur Louis, m'informa qu'il devait monter sur le toit de la maison pour remettre en place les vieilles tuiles canal déplacées par le vent.

Je n'y vis aucun inconvénient.

Et l'oubliai complètement sur son toit, tout entière à mon film.

Au bout de quelques jours, cependant, je ne pus m'empêcher de remarquer :

— Comment ça se fait, Monsieur Louis ? Vous n'avez pas encore fini avec le toit ?

— Si ! Si ! dit-il précipitamment, mais c'était long parce qu'il y a des petits essaims de guêpes sous toutes les tuiles... et heu... *à y être*, je les ai enlevés.

Et il rougit...

Je ne pus me retenir d'éclater de rire.

Et de le menacer de le dénoncer à sa femme.

— *Boudiou* ! Faites pas ça ! « La Femme », elle me rabattrait les oreilles jusqu'à ma mort ! Et c'était pas méchant ! Surtout que, *macarel*, elle est bien jolie, votre amie.

Jocelyne Pouret fut ravie du compliment et trouva son séjour chez moi charmant.

Quinze jours avant le tournage, Robert eut un accident de voiture avec son Alpine Renault sport. Ah ! la mode des voitures de course chez les jeunes metteurs en scène de cette époque ! J'appelai la sienne « la Chaussette », car elle était tellement basse et étroite que, quand je me faufilais dedans, j'avais l'impression d'être une couleuvre se glissant dans un bas de laine irlandais.

On l'emmena à l'hôpital (Pouret, pas la Chaussette) qui le renvoya en assurant qu'il n'avait rien.

Il faillit mourir deux jours plus tard d'une hémorragie interne. On dut lui enlever la rate d'urgence et retarder le tournage du film.

(Depuis, au moindre accident, je réclame une radio de la rate.)

En attendant, moi, j'avais des ennuis avec Papa Boum Boum.

Il m'avait fait une scène terrible, d'abord parce que je faisais un film avec un autre producteur que lui, mais surtout parce que celui-ci était ARABE.

— Ma petite Nicole, vous me décevez beaucoup. Je ne vous croyais pas antisémite.

— Vous savez bien que je ne le suis pas, fis-je, éberluée.

— Vous travaillez quand même avec nos ennemis. Ceux qui veulent la mort d'Israël.

— Je ne crois pas que Sylvio Tabet veuille la mort d'Israël. Du reste, il est chrétien ! affirmai-je à tout hasard. (Je n'en savais strictement rien et ne le sais toujours pas.)

— Oui, mais c'est l'homme de paille des émirs du Golfe qui ont juré de chasser les Juifs non seulement de Jérusalem, mais du cinéma mondial, et en particulier du cinéma français. Et cela grâce à leurs pétrodollars.

— Vous m'emmerdez ! Ce n'est pas ma faute si Eugène Tucherer — qui, tiens, j'y pense, était sûrement juif — est mort. Et si sa femme a trouvé un Libanais comme coproducteur. Vous n'aviez qu'à vous proposer vous-même.

Il me bouda pendant des mois.

Sorti un 25 août, *Cours après moi que je t'attrape* obtint un grand succès (il devait atteindre les 660 000 entrées Paris/Banlieue) quand Alain Coiffier, le directeur de production, me téléphona, hors de lui :

— Vous savez que le distributeur, cet enfant de salaud de Génovès, veut retirer notre film de l'affiche alors que nous faisons encore 26 000 entrées en seizième semaine, ce qui est formidable.

— Mais pourquoi fait-il cela ? Ce n'est pas son intérêt ?

— Il est au bord de la faillite et il veut sortir un Sautet, qui, espère-t-il, fera encore plus d'entrées que nous.

Hélas, le succès ne fut pas au rendez-vous du film de Sautet (cela arrive même aux meilleurs).

Génovès fit faillite. Et disparut. En tout cas, je ne l'ai plus jamais rencontré sur les Champs-Élysées.

Splendeurs et misères des producteurs.

CHAPITRE 4

... où l'auteur et sa voisine font la connaissance de Louis de Funès, d'un producteur discourtois (ce qui n'est pas rare), d'un autre qui est un escroc (ce qui n'est pas rare non plus). Et entend parler de la Mafia.

Un beau matin, je reçus, sans avertissement préalable de mon horoscope, une lettre de Louis de Funès. Il venait de voir *Elle court, elle court, la Banlieue* et m'adressait de charmants compliments. (J'adore les compliments, pas vous ?) Ajoutant qu'il avait une idée de film (ce qui ne m'étonna pas : qui n'a pas une idée de film dans le petit monde du cinéma ?). Est-ce que cela m'intéresserait de l'écrire ?

Je sautai comme une rainette en folie dans mon bureau. Un film pour de Funès ? Le projet m'enchanta. Je courus poster une réponse enthousiaste au grand comédien. Lui proposant de venir prendre le thé à la maison pour en discuter. (Une tasse d'Earl Grey me parut plus appropriée à la personnalité de Louis de Funès qu'un verre de vodka.)

Le jour dit, à l'heure prévue, ponctuel comme une horloge, le célèbre acteur pénétra dans mon immeuble.

Mais se trompa d'étage.

Sonna chez ma voisine du dessous, laquelle était en train de faire des mots croisés, un masque de beauté au concombre et à la purée de carottes sur la figure.

Elle alla ouvrir la porte sans méfiance, pensant qu'il s'agissait de l'employé du gaz ou de la concierge avec le courrier. Et faillit s'évanouir de saisissement en se trouvant nez à nez avec Louis de Funès. Qui, ne me connaissant pas, fut à son tour stupéfait — et inquiet — de voir que je l'attendais, un masque de beauté au concombre et à la purée de carottes sur la figure. Dieu merci, la voisine comprenant le quiproquo mais incapable de parler (l'émotion) lui indiqua, de son index dressé, que j'habitais au-dessus.

Ce fut donc dans un éclat de rire que le comédien pénétra chez moi et vint se poser comme un petit pinson sur le bord de mon canapé. Je fus surprise en effet de découvrir à quel point il était menu. Et délicieusement affable malgré sa célébrité. (J'ai lu plus tard qu'il pouvait piquer de terribles colères sur un plateau et tout casser autour de lui. Peut-être une conséquence des années de galère et même de misère au début de sa carrière.)

Il me raconta son « idée » et le rôle qu'il voulait que je lui écrive. Je fus emballée. Le seul point qui me chagrina fut son refus absolu de jouer la moindre petite scène d'émotion ou de tendresse dont j'aime bien parsemer mes comédies. Bon. Tant pis. Pas de violons pour Monsieur de Funès.

Le comédien, passionné par « notre » projet, manifesta le désir que je déjeune, pour en parler, avec son producteur : Christian Fechner. Ce dernier avait ses bureaux dans un petit hôtel particulier sis dans une rue au bout de la mienne. Le repas — exquis — fut servi par un maître d'hôtel fort chic. Je fus simplement légèrement étonnée de voir passer et repasser dans notre dos un individu à la mine compassée qui semblait établir la liste des meubles. S'agissait-il d'un huissier préparant la vente du mobilier de Christian Fechner ? Ce dernier semblait pourtant de fort bonne humeur, et Louis de Funès aussi. Je résolus de ne pas m'inquiéter. Les fortunes dans le cinéma sont fluctuantes. Un coup, on ne sait pourquoi, c'est le succès et l'or ruisselle. Le film suivant, on ne sait toujours pas pourquoi, fait un bide retentissant. Faillite et éventuellement vente du fauteuil du producteur sur le trottoir. Inch'Allah ! Cependant, Henri Jeanson l'avait remarqué de son œil perçant : « J'ai connu des producteurs ruinés. Je n'en ai jamais connu de pauvres ! »

Christian Fechner était jeune et souriant. On m'avait raconté qu'au début de sa carrière il était si fauché qu'il dormait dans une vieille Rolls dont le chauffeur — qui avait des économies — payait l'essence. Un S.D.F. de luxe ! Je savais aussi qu'il faisait tourner Louis de Funès malgré le refus des Assurances de l'assurer, pour raison de santé. Bref, un produc sympa. Qui m'assura aimablement au dessert que, dès que je lui aurais remis un synopsis d'une centaine de pages, il le lirait im-mé-dia-te-ment et me téléphonerait dans les quarante-huit heures.

Je le crus, folle que j'étais.

Quelques jours avant Noël, j'allais donc déposer, rue de la Néva, mon cher manuscrit et un petit mot dans une chemise en carton **rose** (Radio-Vipère m'avait prévenue que Christian Fechner, très superstitieux, détestait le vert*. Je ne voulais pas que mon texte — génial, naturellement ! — aboutisse directement dans la corbeille à papiers. Ah ! il faut en savoir des trucs pour filer bon vent dans le Showbiz).

---

* On est très superstitieux dans le Showbiz. Autre exemple : Philippe Sarde, le musicien, n'enregistre jamais, ne travaille même pas ni ne sort de chez lui... le 22 du mois ! Von Stroheim était pendu au téléphone toute la journée avec sa voyante en

Trois jours, cinq jours, huit jours plus tard, aucun appel. RIEN.

Je décidai de ne pas m'énerver. Christian Fechner était sûrement aux sports d'hiver avec la moitié du cinéma français.

Quinze jours plus tard, toujours RIEN. Silence radio.

Trois semaines plus tard, malgré tous mes principes, je craquai.

Je téléphonai.

La secrétaire me répondit :

— C'est de la part de qui ?... Ne quittez pas.

Puis elle revint en ligne :

— Je suis désolée, Monsieur Fechner n'est pas là.

A d'autres ! J'ai été secrétaire moi-même et je sais très bien que si leur patron n'est pas là, les secrétaires le savent en priorité. Et le font savoir AVANT même de vous demander votre nom. Si elles bredouillent qu'il est absent APRÈS que vous avez décliné votre identité, c'est que l'enfant de salaud (qu'il soit producteur, avocat ou directeur d'une agence de pub) a grommelé : « ... Veux pas lui parler à cette emmerdeuse... répondez que je suis en rendez-vous (avec des clients coréens)... ou en projection d'un film (tchétchène)... ou parti plaider (aux Galapagos)... ou en repérage (en Mongolie extérieure)... ou en réunion (avec mes « créatifs » givrés)... ou juré au Festival des Antilles (très apprécié des Grenouilles de Cinéma à Enfants à cause des belles plages où l'on peut amener ses têtards), et que... heu... je la rappellerai... »

Suisse. Pontecorvo, metteur en scène italien d'avant-garde, tournait toujours le premier plan de ses films vêtu d'un épais manteau — même s'il faisait 55° sur le plateau — aux poches bourrées de gris-gris. En plus, il redoutait la couleur mauve au point de faire effacer la moindre tache mauve dans ses décors.

Ce qu'il ne fait JAMAIS. Absolument JAMAIS. Producteur ou pas. (Voir chapitre précédent.)

Hélas, je voulus oublier la règle du jeu. Je rappelai cinq ou six fois, avec une voix de plus en plus honteuse et misérable, la malheureuse secrétaire qui n'en pouvait mais. Et laissai des messages de plus en plus pressants.

Puis, un jour, je finis par l'admettre. (D'accord, je suis un peu lente de la comprenette.) Christian Fechner ne voulait pas me parler. Parce qu'il ne voulait pas produire mon film avec Louis de Funès. Et basta ! C'était aussi simple que ça !

Oui, mais pourquoi ?

Mon scénario était-il donc si mauvais ?

Cette idée se mit à me hanter. Des jours. Des mois. Des années.

Entre-temps, j'avais écrit à Louis de Funès que j'abandonnais le sujet, n'étant pas contente de mon travail. Je me refusai (on a son petit orgueil) à cafter que son copain Fechner ne voulait même pas me prendre au téléphone.

Louis de Funès mourut. J'en fus attristée. Cet homme de grand talent, cet écorché vif, cet anxieux permanent s'était montré très gentil avec moi. Et, chose encore plus rare dans la Tribu du Showbiz, « poli » !

Puis un jour, il n'y a pas très longtemps, je n'y tins plus. J'ai prié un copain qui était aussi un copain de Fechner de lui demander pourquoi il ne m'avait jamais rappelée...

A ma grande surprise, j'obtins une réponse.

Christian Fechner ne s'intéressait qu'aux projets dont il avait eu l'idée.

Et toc !

Bon, voilà au moins qui était clair et net. J'avais eu affaire à un Producteur qui se prenait pour un Auteur.

Et même pour un Metteur en scène. Puisqu'il a réalisé depuis, tout seul comme un grand, son propre film, *Le Bâtard de Dieu*, qui fit un bide retentissant. Je jure que je n'y suis pour rien, ayant abandonné depuis longtemps l'envie de larder d'épingles la statuette de Christian Fechner, au cours d'une séance de vaudou dans ma cave.

*
**

J'avais commis entre deux films une pièce de théâtre : *Remarie-moi*, qui fut jouée en 1979 au Daunou par Jacqueline Gauthier, Henri Garcin, Bernard Lavalette, etc. J'en aimais beaucoup le sujet : le remariage de deux divorcés ayant chacun ex et enfants et les rapports parfois compliqués et tumultueux de tout ce petit monde. J'entrepris une adaptation pour le cinéma. Mon cher Pirès fut d'accord pour la réaliser. Jane Birkin, Jacques Dutronc et Guy Marchand pour la jouer.

Bref, ô miracle, tout baignait dans l'huile.

Restait à trouver un producteur.

Un nouveau venu dans la profession — un certain Monsieur X. chaudement recommandé par un copain monteur — se montra très intéressé. Origine des sous : des distributeurs bretons. (Tiens, les Bretons ne produisent pas que des artichauts et des coquilles Saint-Jacques !)

Affaire emballée.

X. vint donc à la maison où je l'attendais, en compagnie de mon Rossignol, le stylo à la main, pour signer les deux contrats de quinze pages, en cinq exemplaires, qu'accompagnait un premier chèque que je regardai avec gourmandise.

Ce fut alors que X. me murmura en se tortillant sur sa chaise :

— Cela ne vous ennuierait pas de ne l'encaisser que la semaine prochaine : l'argent des Bretons ne m'est pas encore parvenu.

Aïe, aïe, aïe ! Petit Jésus, *Miserere mei* ! Un produc encore plus fauché que d'habitude ! J'hésitai à me jeter sur lui pour lui arracher mon contrat déjà signé, le déchirer en mille morceaux et l'avaler, comme Pierre Braunberger. Un petit signe du Rossignol calma mon inquiétude.

Je remarquai seulement :

— En ce qui me concerne, pas de problème. Mais je me permets de vous conseiller de ne pas faire le même coup aux acteurs, qui sont de grands inquiets par nature. Ils risquent de ne rien signer du tout. Débrouillez-vous pour trouver l'argent.

— O.K., dit simplement X.

J'étais loin de me douter des conséquences presque fatales de ce simple conseil.

La préparation se déroula sans problème. Le tournage commença à l'heure dite, avec les acteurs et les décors prévus, dans une ambiance chaleureuse. Le rêve.

Dutronc se révélait charmant et pince-sans-rire, toujours entouré de deux copains/gardes du corps à qui il confiait, à l'un son cigare, à l'autre son verre de vin blanc, quand on l'appelait pour jouer. Jane Birkin avec sa voix enfantine, ses cheveux artistiquement dépeignés et son célèbre petit panier de fermière était adorable. Guy Marchand se montrait toujours prêt à rire. Mais je savais qu'il pouvait piquer de grosses colères. Un jour, pendant le tournage de *Loulou* (avec Gérard Depardieu et Isabelle Huppert), mis en scène par Pialat — un grand réalisateur mais connu pour avoir un sacré caractère —, exaspéré, Guy s'était rué sur lui, l'avait soulevé de terre et secoué en hurlant :

« Tu vas nous la laisser jouer tranquilles, cette scène, oui ou merde ? » Du coup, Pialat, médusé, avait fermé sa gueule !

Pour en revenir à *Rends-moi la clé*, titre qui avait remplacé je ne sais pourquoi — et à tort — celui de *Remarie-moi* — plus gai —, le tournage continua à se dérouler épatamment bien...

... jusqu'à un certain Vendredi Noir.

Il existe une pratique curieuse dans le cinéma. On est payé à la semaine. Que ce soit l'équipe technique, les acteurs, ou même le metteur en scène. Comme des commis de restaurant en extra. L'opération a lieu le vendredi en fin de journée. Le ou la comptable arrive avec un air important et un attaché-case, s'installe à une petite table et distribue des enveloppes contenant chèque et fiche de paie. Chacun glisse la sienne dans sa poche d'un air discret — sans rien vérifier du tout — et va joyeusement boire le « pot » offert à tour de rôle par la production, un acteur, le metteur en scène... ou même l'auteur. A noter que les membres de l'équipe refusent parfois de faire des *heures sup* le vendredi soir, sous prétexte que leur famille les attend pour partir en week-end. Ce qui ne les empêche pas de s'attarder autour d'une coupe de champagne.

On n'est pas des bêtes !

Ce vendredi-là, les chèques furent distribués comme d'habitude.

Le lundi suivant fut calme.

Le drame explosa, le mardi, comme un volcan des Philippines.

Les chèques étaient sans provision !

Le plateau se mit à ressembler à une ruche d'abeilles folles furieuses.

Certains membres de l'équipe hurlaient que, comptant sur cet argent, ils avaient émis des chèques qui allaient à leur tour se révéler sans provision. Et qui c'est qui aurait des emmerdements avec sa banque, hein ? D'autres se ruèrent pour prévenir leurs agents qui, sur-le-champ, téléphonèrent à leurs avocats, lesquels appelèrent la production où personne ne répondit.

X. avait disparu.

Une grève fut votée.

La décision d'arrêter un tournage est toujours dramatique. D'autant plus que, dans le cas présent, la moitié du film était déjà en boîte. C'était râlant. Pirès et moi (bien que nous ayons reçu, nous aussi, notre petit chèque en bois) nous nous retirâmes, consternés, dans un coin. Que faire pour sortir de ce merdier ? Et finir le film à tout prix (c'était le cas de le dire). Oui mais comment ?

Une autre rumeur se mit à circuler.

X. avait levé le pied avec nos sous !

Des cris fusèrent : « Sale voleur !... Ah ! si on le tenait, ce fils de pute, ce serait sa fête !... Moi, je n'ai jamais eu confiance dans ce mec-là !... T'as raison, il avait une sale tronche... T'en connais, toi, des producs qui n'ont pas une sale tronche ?... », etc.

Soudain le directeur de production monta sur une table pour annoncer une grande nouvelle. Il venait de téléphoner aux Bretons. Qui, stupéfaits et fous de rage, sautaient dans leurs voitures et arrivaient, accélérateur au plancher, du fond de leur Armorique.

Avec de l'argent plein les poches.

Des cris de joie éclatèrent. La grève fut annulée et l'équipe reprit le travail.

Sauvés !

Non.

Quand les Bretons apparurent, ils annoncèrent qu'ils ouvraient un compte dans une banque à Paris et que, dès le lendemain, de nouveaux chèques allaient remplacer ceux « en bois ».

Malheureusement, lorsque l'équipe, méfiante, mit

sur l'heure ces nouveaux chèques à l'encaissement, ils revinrent à leur tour... impayés !

Cette fois l'émeute gronda. La grève fut à nouveau votée et Riton, mon copain le machino, jura qu'elle serait l'une des plus dures du cinéma français.

Les Bretons, non sans courage, réapparurent et expliquèrent que les sous venant de Bretagne (à pied ?) n'étaient pas encore arrivés à Paris quand les chèques avaient été présentés. Mais juré/craché et si je mens, je vais en enfer, LE FRIC était maintenant là. Il suffisait de représenter les chèques.

— J'en ai marre de vos histoires de chèques, dit alors un Dutronc impassible derrière ses lunettes noires... Désormais, je veux être payé en liquide.

— Nous aussi ! Nous aussi ! crièrent les membres de l'équipe.

C'est ainsi que le vendredi suivant, le comptable apparut avec une valise et escorté d'un gorille armé. La valise ouverte se révéla pleine de billets. On nageait en plein western. La paie commença dans la bonne humeur retrouvée.

Quand ce fut au tour de Dutronc, je vis à son sourire de chat et à ses yeux malicieux qu'il s'amusait follement et que son exigence d'être réglé en espèces était surtout due à son tempérament farceur.

Quant à X., il avait disparu dans la mare des producteurs escrocs, l'affreux crapaud.

Ou plutôt non, je le rencontrai un beau matin au pied de l'immeuble où se trouvait le décor de l'appartement de Jane.

— Où allez-vous ? demandai-je, stupéfaite et sans aucune amabilité.

— Ben... voir le tournage...

— Vous êtes inconscient ou fou ! criai-je. Après

ce que vous avez fait, ça va être votre fête, là-haut. Commandez l'ambulance avant de monter !

— Mais je peux expliquer...

— Si j'étais vous, je n'essaierais même pas. Je me tirerais *fissa* !

Il se tira *fissa* et nous n'entendîmes plus jamais parler de lui.

Quelques années plus tard, cependant, Radio-Vipère me chuchota une drôle d'histoire.

Quand j'avais conseillé à X. de trouver l'argent pour payer les premiers chèques des acteurs et du metteur en scène, il emprunta...

... à la Mafia.

Comment ça, à la Mafia ? Qui c'était d'abord, la Mafia ? Où la trouvait-on ? Avait-elle un bureau à Neuilly ?

— Chut ! me murmura Radio-Vipère, on ne parle pas à voix haute de ces choses-là, c'est dangereux. Mais tout le monde sait que la Mafia investit dans le cinéma français.

— Ah bon, je ne savais pas ! Et alors ?

Alors X. n'avait pas pu rendre au jour prévu l'argent prêté par la Mafia... Et par une nuit sans lune, deux gros bras l'attrapèrent au bas des Champs-Élysées où se trouvait son bureau et lui firent remonter la célèbre Avenue en lui plongeant au passage la tête dans toutes les poubelles.

X., terrorisé, remboursa avec l'argent du film.

Naturellement, je ne peux pas jurer que l'histoire soit vraie.

Mais sait-on jamais...

⁂

Écrire est plus fatigant qu'on ne croit. Il m'arrivait de temps à autre, surtout en hiver, d'avoir sérieusement besoin d'une bonne semaine de repos complet. Si possible au soleil et sur une plage bordée d'une mer chaude. Je jetais alors dans une valise deux maillots de bain, deux paréos, un masque avec tuba et quinze kilos de livres.

Et je m'envolais vers l'un des deux mille îlots des Maldives dans l'océan Indien.

Seule.

L'Homme ne m'accompagnait que rarement. Prétextant qu'il avait trop de travail, LUI, pour prendre ne serait-ce que deux jours de vacances. Et je n'insistais pas car j'étais tellement épuisée que même parler au Grand-Amour-de-ma-vie me semblait un effort insurmontable.

Une fois dans mon îlot de deux kilomètres de diamètre, je me consacrais farouchement à dormir, me baigner, lire, manger ce que je trouvais dans mon assiette. Me refusant à échanger la moindre parole avec qui que ce soit. Y compris ce très bel officier russe (que faisait-il là ? Espionnait-il les poissons ?) qui parlait parfaitement le français et tenta de me faire la cour d'une splendide voix de basse.

Je lui expliquai brièvement que je n'étais pas une Parisienne esseulée comme il semblait le croire, mais une méduse. Parfaitement. Une méduse épuisée, hébétée, étalée, flac, sur le sable ou flottant paresseusement au gré des vagues.

— Quel dommage, jolie petite madame, me roucoula-t-il de sa voix veloutée et enveloppante, mais Piotr comprend...

Et il alla s'installer sous un autre palmier.

J'eus une seconde de regret.

Hélas, non seulement j'aimais toujours passionnément l'Homme, mais j'ai une nature terriblement fidèle (c'est quelquefois lourd à porter).

Je ne regrettai pas ma sagesse lorsque, le lendemain, je vis mon beau dragueur slave se précipiter goulûment sur une petite créature affreusement blanchinette, débarquée du dernier avion d'Europe, et lui baiser la main, en murmurant de sa voix chaude qui avait failli me faire fondre :

— Bienvenue, jolie petite demoiselle, Piotr est là si vous avez besoin de quoi que ce soit...

Et Notre-Dame de Buron, toujours bienveillante quand je suis sage, me fit la grâce d'une inspiration foudroyante. Je tenais le sujet de mon prochain livre : à la suite d'une révolution locale, une vingtaine de touristes se retrouvent bloqués, tels des Robinson Crusoé, sur un minuscule îlot de l'océan Indien... où mille péripéties les attendent... Oui ! Cela pouvait être amusant *.

L'avion du retour avait à peine atterri à Orly que je courus me jeter sur ma machine à écrire.

Un an plus tard, le livre, *Dix-jours-de-rêve*, sortait en librairie.

Déjà, ma copine Claire Tucherer m'avait demandé d'en tirer une adaptation pour le cinéma. Hop ! Remachine à écrire. Le scénario lui plut. Il plut aussi aux fameux producteurs d'Ariane Films : Sania Mnouchkine et Georges Dancigers.

Tout se passait vraiment très bien.

Trop.

Cette fois, le problème ne se présenta pas sous les traits d'un producteur filant avec la caisse. Non. Il nous manquait simplement un personnage indispensable : le metteur en scène.

---

* Tellement que Gérard Jugnot a utilisé mon cher sujet (à sa façon) pour son film *Casque bleu.* Bravo Juju, et tant pis pour moi !

Première difficulté : trouver un metteur en scène de comédie. Tâche plus malaisée actuellement que de découvrir un point d'eau au Sahara. Faire rire exige non seulement un don, mais une technique spécifique. Faire rire est un art casse-gueule malheureusement dédaigné en France (sauf par le public), où les élites dites intellectuelles trimbalent le snobisme du tragique. Ou tout au moins du morose. Et de l'emmerdant.

Deuxième difficulté : trouver un metteur en scène qui accepte de tourner une comédie déjà écrite aux trois quarts. Car désormais les Réalisateurs se prennent pour des Auteurs à part entière et quand ils ne tartinent pas directement leurs propres balivernes, ils veulent à toute force les introduire dans votre scénario avec, si possible, leurs souvenirs d'enfance, le drame de leurs premières amours et les difficultés de leur ego. Même si tout ça n'a aucun rapport avec le sujet de départ. C'est ce qu'ils appellent : collaborer avec l'Auteur.

Résultat : une ratatouille.

Après des recherches auprès desquelles la quête du Graal ressemble à un jeu de piste pour enfants, mes producteurs et modestement moi-même tombâmes d'accord pour confier la réalisation de *Dix-jours-de-rêve* à un jeune-metteur-en-scène-d'avenir : un certain A.T. dont le premier film venait de sortir avec un bon petit succès.

Il fut convenu que cet oiseau rare viendrait déjeuner chez moi — en un délicieux tête à tête — pour que nous fassions connaissance et voir si une certaine connivence allait jaillir entre nous, tel un torrent impétueux dans le maquis corse.

Je mis exceptionnellement les petits plats dans les grands. Et attendis mon gaillard avec impatience, la bouteille de Blanquette de Limoux bien au frais.

Il apparut, l'air sinistre et lointain.

Malédiction ! « *Que vois-je ? Je n'avais pas l'heur de lui plaire. Ô ciel, je suis perdue**. »

Mais un metteur en scène de comédie, libre, et qui convient à tout le monde (c'est-à-dire à trois producteurs et un auteur) est un trésor aussi précieux que le rubis du Prince Noir. Je résolus de le charmer à tout prix — enfin, d'essayer —, et me lançai dans l'éloge de son dernier film que j'avais couru voir dans le seul but de le féliciter.

Il resta impassible.

Peut-être avait-il faim ? J'ai remarqué depuis mon adolescence qu'on n'obtient jamais rien de bon d'un homme qui a le ventre vide. Je lui offris du foie gras délicieux qu'il avala comme du vulgaire pâté.

J'essayai alors de l'égayer à la Blanquette de Limoux et lui versai coupe sur coupe.

Il but mais s'assombrit au fur et à mesure.

Enfin, il fallut bien parler de mon scénario.

Il ne me fit aucun compliment sur mon petit chef-d'œuvre.

Ce qui me déplut, je serais malhonnête de le cacher. Je l'ai déjà dit : j'adore les compliments, même faux et immérités.

Au lieu de quelques louanges polies résonnant comme une musique céleste aux oreilles d'un auteur, il me dit :

— Je trouve qu'il manque, à votre histoire, une dimension.

Vlan ! Prends ça sur le coin de la gueule.

— Ah bon, murmurai-je, effondrée. Quelle dimension ?

— Politique.

---

* Corneille, *Horace*.

Cette remarque m'envoya vaciller dans les cordes comme un boxeur surpris par un bon direct du droit.

— Comment ça, politique ?

— Oui, je verrais bien votre héroïne, que vous avez décrite comme une simple avocate, être une avocate DE GAUCHE. Style Gisèle Halimi. Et le héros dont vous avez fait un savant américain deviendrait un mercenaire... DE DROITE.

Cette fois, le direct du gauche m'envoya valdinguer à l'autre bout du ring. Je bêlai :

— Un QUOI ?

— un MERCENAIRE. Vous savez ce que c'est, un MERCENAIRE ?

J'étais au tapis. Mais le cher sang basque espagnol de ma grand-mère se réveilla et commença à bouillir dans mes veines. Je me relevai de mon K.-O. et résolus de moucher le monsieur.

— Je connais assez bien Bob Denard et quelques-uns de ses amis, assurai-je d'un ton négligent. Je lis même régulièrement leur revue.

Ce qui était un affreux mensonge, bien sûr. Mais je n'éprouvai aucun sentiment de culpabilité quand je vis — enfin !! — briller une lueur d'intérêt dans les yeux de veau jusque-là assez mornes de mon interlocuteur.

— Comprenez-moi, reprit-il avec un ton un peu plus animé. En plus de l'histoire d'amour de nos deux héros qui ne présente pas grand intérêt, vous êtes bien d'accord avec moi ?... (Hein ? Quoi ? Mais non, je n'étais pas du tout d'accord !)... et des péripéties... heu... disons burlesques que vivent les Robinson sur leur île, il s'installerait un vrai débat politique. Voilà qui serait vraiment passionnant. Transcendant, même. Depardieu le jouera très bien.

— Vous croyez que Depardieu acceptera de jouer dans ce film ?

C'était mon tour d'être bluffée. Et tentée. Depardieu dans le coup, c'était le succès, le triomphe, national, international. Et pourquoi pas des Césars ! Même un Oscar !!

D'un autre côté, je n'aimais pas du tout, mais alors pas du tout, cette politisation de ma petite comédie. Pour moi, le public ne va pas au cinéma pour retrouver le journal télévisé.

— Laissez-moi y réfléchir cinq minutes. Le temps de prendre le café !

Je bus le plus lentement possible. Le jeune A.T. attendait avec impatience. Quand je reposai enfin ma tasse, il attaqua :

— Alors ?

— Alors... heu..., balbutiai-je, je ne suis pas d'accord. Moi, ce que je cherche, c'est à faire rire tout le public, de droite comme de gauche. Ou alors j'écris carrément une satire sur les mœurs politiques. J'adorerais, remarquez. Mais introduire un débat gauche-droite dans *Dix-jours-de-rêve* me semble aussi bizarre que mettre un bonnet à pompon sur le crâne du Pape.

Mon histoire de Pape et de bonnet à pompon — pourtant proférée avec le sourire le plus charmeur de ma collection — n'eut pas l'air de plaire à mon jeune-metteur-en-scène-d'avenir. Il se leva brusquement. Je crus qu'il allait partir en claquant la porte. Maman, au secours ! Non. Il se planta devant la fenêtre et contempla longuement l'immeuble d'en face qui ne présente pourtant aucun intérêt architectural.

— Bien, finit-il par dire assez froidement, je vais réfléchir de mon côté.

Et il s'en alla.

Me laissant effondrée sur mon canapé. Qu'avais-je fait là ? Pour une fois que je tenais un futur-petit-génie-de-la-comédie, je l'avais brusqué, déçu, découragé... avec mon esprit borné et ma manie de m'accrocher à mes histoires. Harrispuru l'avait bien dit : « Trop attachée à ses idées ». Après tout, pourquoi ne pas imaginer Gisèle Halimi, esseulée sous un palmier, tombant folle amoureuse de Le Pen ?... On a vu des choses plus incroyables...

Le téléphone sonna.

L'un de mes producteurs.

Il m'informa que le jeune A.T. était très mécontent de mon attitude obtuse (ça, j'avais compris) et qu'il n'acceptait de tourner le film (mon film, mon cher film) que si j'abandonnais mon adaptation qu'il récrirait, lui, avec un de ses copains.

— Il a du culot ! glapis-je avec indignation. D'après mon contrat, c'est moi qui participe au choix du metteur en scène et pas le contraire.

Il y eut un silence. Terrible. Puis le Producteur dit :

— Nous aimerions attirer votre attention sur le fait que si A.T. ne réalise pas le film, nous laisserons tomber l'affaire.

Le coup m'atteignit en plein cœur. Je finis par murmurer :

— Si je comprends bien, c'est lui ou moi.

— Nous croyons qu'il serait intéressant que cette histoire soit revue par des auteurs jeunes, pour un public de jeunes.

Autrement dit, j'étais trop vieille pour adapter mon propre livre.

TROP VIEILLE.

Le seul crime qu'on ne pardonne pas dans le cinéma.

J'étais au-delà du K.-O. La Vioque que j'étais devenue en une seule phrase murmura :

— Je vous rappelle dans dix minutes pour vous donner ma réponse.

Je sortis faire au pas de course dix fois le tour du quartier.

J'avais la haine — comme on dit à Chanteloup-les-Vignes.

Ce qui m'enrageait le plus, c'était que mon producteur Sania Mnouchkine baladait, lui, près de quatre-vingts balais et Georges Dancigers pas loin. Et voilà que ces deux patriarches me jetaient froidement comme une vieille poêle usagée...

Quand je revins chez moi, j'avais retrouvé un peu de sang-froid pour téléphoner à mon cher agent Rossignol — à qui j'appris qu'il était, lui aussi, une « antiquité » — qui poussa des cris d'indignation :

— C'est insensé, cette manie de courir inlassablement après le public des jeunes. Moi, quand je vais au cinéma, en semaine, je ne vois que des retraités !

Cette remarque ne me consola pas.

— J'ai pris ma décision, lui dis-je. Pouvez-vous téléphoner à ces deux VIEUX salauds que je suis d'accord pour laisser tomber MON film. Que ce blanc-bec qui ne m'a pas l'air d'avoir un kopeck d'humour en fasse de la merde. Mais je veux un énorme dédit. Un beau gros tas de sous pour me consoler d'être reléguée au grenier comme un tableau décrépit.

Les Films Ariane payèrent le fastueux dédit sans discuter.

J'envisageais d'utiliser cet argent à me « nioulouquer* » en jeune femme de trente ans... (et quelques !) et commençai à courir les chirurgiens esthétiques. C'est alors que Radio-Vipère m'apprit que le jeune A.T. avait écrit un synopsis de vingt pages avec son fameux copain (devenu depuis un personnage très important de la Télévision, mais je ne vous dirai pas son nom, la la laire) et que les deux compères

* Expression anglaise francisée pour faire plaisir à M. Toubon, dit Allgood.

l'avaient porté triomphalement à Messieurs Mnouchkine et Dancigers.

Qui le lirent avec soin.

Et le jetèrent sans hésiter dans leur corbeille à papiers.

Puis, sans la moindre vergogne, appelèrent mon Rossignol pour savoir si j'accepterais « de revenir dans le film », c'est-à-dire d'écrire la version finale de *Dix-jours-de-rêve* avec un autre réalisateur momentanément libre.

Je fis répondre que oui. Si on me signait un nouveau « jeune » contrat comportant un beau gros tas de sous pour me remettre de ma dépression. Je suggérai même que les deux vieillards indignes, les sieurs Mnouchkine et Dancigers, se présentent à moi, pieds nus et la corde au cou comme les bourgeois de Calais, et me tendent, en pleurant de honte, quelques lingots d'or. Jean Rossignol me fit comprendre que là, j'en demandais peut-être un peu trop. Bon. Tant pis !

Les Films Ariane acceptèrent — et payèrent — sans discuter.

Du coup, ma déprime s'envola avec mes projets de chirurgie esthétique. Je trouvais même mes rides adorables. Et je me remis au travail avec un nouveau metteur en scène, bourré de talent, lui, et qui devint un ami très cher : Patrice Leconte.

Il faut des nerfs d'acier pour rester jeune dans le cinéma français.

LES ACTEURS

CHAPITRE 5

... où l'auteur se réjouit tous les jours qu'aucune de ses filles n'ait voulu exercer un des plus durs métiers du monde : celui de comédien.

Un journaliste demanda un jour à Robert Mitchum sa définition de l'acteur. Il répondit avec son célèbre sourire ironique : « ... un accessoire en chair et en os qui travaille de neuf heures du matin à six heures du soir et le vendredi reçoit sa paie. On lui dit ce qu'il faut faire et comment le faire. C'est ainsi qu'une des plus grandes stars de Hollywood a été le chien Rintintin... »

Ce qu'il ne disait pas c'est que, pour devenir une star, même le chien Rintintin a dû en baver... et supporter deux rivaux. En effet, il existait trois Rintintins : l'un pour courir et sauter, un autre pour les bagarres et le troisième pour les câlins avec les enfants. Peut-être se haïssaient-ils tous les trois ? Quoi qu'il en soit, Rin-tin-tin avait un succès fou et le Studio devait envoyer sa photo à des milliers de fans avec l'empreinte de la patte de la « star » en guise d'autographe. (Une vie de chien !)

Un comédien débutant doit — sauf rares exceptions — traverser des années de galère avec attentes interminables dans les maisons de productions, CV, photos ou vidéo-cassettes à la main, pour s'entendre répondre d'un ton las par un assistant qu'on le rappellera. Il fait le siège de son agent — s'il a la chance d'en avoir déjà un — pour que ce dernier empoisonne à son tour la vie de la production et même du metteur en scène qui, s'il n'est pas encore sur liste rouge, se camoufle derrière un répondeur. Il passe des journées entières à faire le pied de grue près du téléphone dans l'espoir fou d'un appel et de la phrase espérée : « On a peut-être quelque chose pour vous... »

Ce quelque chose pouvant être une simple « figuration intelligente », car toutes les figurations ne sont pas forcément... « intelligentes ».

En fait, il existe — paraît-il — six classes de figurants professionnels. Le *figurant/foule* : au bas de l'échelle et payé le minimum syndical (et quelquefois... moins !). Le *figurant normal* « avec vêtements de saison » (Tiens ? le *figurant/foule* était-il nu ou une fois de plus habillé d'un sac poubelle ?). Le *figurant/costume* (de flic, de motard, de garçon de café, etc.). Le *figurant/tenue habillée* (robe du soir ou de cocktail, smoking). Ensuite, on grimpe à l'échelon *silhouette* ou *figurant-capable-d'avoir-une-réaction* (muette). On ne me croira peut-être pas mais un *figurant/foule* n'est pas forcément capable de mimer la surprise ou la peur ! Et enfin ! enfin ! le *figurant-parlant*. Payé au nombre de mots — cinq minimum. On ne me croira peut-être toujours pas, mais j'ai vu une *silhouette* incapable de prononcer convenablement la simple phrase : « Oui, Monsieur, j'apporte tout de suite votre addition... »

Ensuite, ça y est ! Alléluia ! On devient *petit acteur*. Le premier pas vers la gloire. Avec beaucoup de chance et une persévérance diabolique.

A Hollywood, le Bureau Central des Distributions ne s'occupait que des figurants. Et, à l'entrée, un immense panneau avertissait : « N'essayez pas de devenir acteur ! Pour chaque personne que nous employons, nous en refusons mille... » Encourageant.

A force d'insistance, David Niven — qui n'était pas encore le grand David Niven — finit par y être inscrit comme « type anglo-saxon n° 2008 ». Moyennant quoi, la première fois qu'on le convoqua, ce fut pour « figurer » comme Mexicain. Il se rendit au Studio Universal à cinq heures du matin, où on lui tendit un costume de coton blanc de péon, un énorme sombrero pour cacher ses cheveux blonds et de vagues sandales. Puis on le maquilla A LA CHAÎNE en le barbouillant de marron avec un pistolet à peinture tandis qu'une deuxième équipe lui collait à toute vitesse une moustache noire !

Pour déjeuner, il eut droit à un carton contenant un morceau froid de poulet frit (beurk !), des biscuits secs, une orange et un verre de lait.

En France, les figurants préfèrent avoir leur « panier-repas » remboursé et se contentent d'avaler un sandwich et un café offert par la production au cri de : « On n'est pas des monstres ! »

Orson Welles a raconté que la meilleure scène de foule qu'il ait jamais dirigée fut celle, où dans *Macbeth*, les troupes attaquent le château. Elles foncèrent avec une ardeur guerrière tout à fait épatante. Le metteur en scène comprit pourquoi en entendant sonner midi. Les figurants affamés se précipitaient vers leurs sandwiches.

En fait, on compte trois types de figurants. Les pros, les non-pros et les futurs acteurs qui essaient de ne pas mourir de faim en attendant de jouer *Hamlet*. Les pros ont choisi la figuration comme métier et n'ont aucune ambition d'acteur. Ils forment un petit monde à part, se connaissent pratiquement tous, échangent potins et adresses, jouent aux cartes entre eux, ou font des mots croisés tranquillement dans un coin. Certaines dames tricotent. Ils savent à peine dans quel film ils sont. Et absolument pas de quoi il est question. Une grande préoccupation : être au premier rang dans une scène de façon à être redemandé pour *raccord* si le réalisateur ne l'a pas terminée (la scène).

Leurs ennemis : les figurants non professionnels.

Une grande partie du tournage des fameux *Cinquante-cinq jours de Pékin* eut lieu... aux environs de Madrid où fut reconstruite la Cité Impériale. J'y passai une journée fort amusante grimpée sur un échafaudage avec l'Ambassadeur de Grande-Bretagne (mais oui, en toute simplicité !) qui me raconta qu'il n'y avait plus un seul restaurant chinois ouvert dans l'Espagne entière, tous les patrons, cuisiniers et garçons aux yeux bridés ayant été engagés comme figurants par la production américaine.

L'emploi de figurants non pros peut apporter des surprises.

Ainsi Pierre Assouline, dans son livre *Germinal*, relate que Claude Berri, pour son film, avait engagé d'anciens mineurs, des habitants du cru, des paysans du coin, etc. Dirigeant une scène en pleine campagne et impatienté par le temps mis par les maquilleurs à fignoler leur travail, il cria :

— Arrêtez les raccords et dégagez le champ !

Il voulait parler, bien entendu, du champ de la caméra.

Les figurants-agriculteurs comprirent le champ (de pommes de terre, de blé, de luzerne, etc.) où ils étaient, et s'enfuirent dans toutes les directions. Il fallut leur courir après et cela prit un temps fou !

Autres figurants non professionnels, économiques, nombreux et bien disciplinés : les soldats. Certains pays mettent facilement des troupes régulières à la disposition des metteurs en scène de films « peplum » ou d'aventures ou de guerre (*La Liste Schindler* de Steven Spielberg réclama l'emploi de 30 000 hommes !). Cela explique certains tournages en Hongrie, en Pologne ou même en Espagne.

Où un scandale éclata — du temps de Franco — lorsqu'un jeune soldat raconta à un journaliste qu'en trois ans de service militaire il n'avait jamais porté son uniforme mais « la toge romaine, la jupette phénicienne, la cotte de mailles médiévale, ou les hauts-de-chausses de la Renaissance. Bref, en cas de conflit, ce guerrier andalou n'était capable de défendre sa patrie qu'à l'aide de lances, de frondes, d'arc et de flèches, d'arbalètes ou d'épées à deux mains* », etc.

Existent aussi les figurants amicaux. Jean Becker, pour *Les Saintes Chéries,* avait l'art d'obtenir l'aide des badauds. Le grand problème avec eux étant de les empêcher de regarder la caméra et même d'adresser — comme à la télé — un petit signe de la main « à la mémé du Pouliguen »...

Un jour, cependant, les choses faillirent mal tourner. Jean lâcha Daniel Gélin sur une plage où il devait courir, un cerf-volant à la main, Becker le suivant avec la caméra (cachée) et une équipe réduite.

Daniel se déchaîna, bondissant par-dessus les corps paisiblement étendus de vacanciers innocents, sautant même à pieds joints sur le ventre d'honnêtes dormeurs, entrant dans les tentes — ce qui provoquait les piaillements de dames nues en train d'enfiler leur maillot —, piquant même au vol les glaces des enfants.

Bref, quand Gélin arriva au bout de la plage, l'émeute grondait chez les baigneurs dont certains le

---

* *Hollywood sur Nil* de Noël Howard.

poursuivaient pour lui casser la gueule ! Quand ils aperçurent la caméra et reconnurent Gélin, ils éclatèrent de rire, réclamèrent des autographes... et acceptèrent même de rejouer la scène !

La technique cinématographique surprend parfois des figurants non professionnels.

Sur *L'Été meurtrier*, Jean Becker — toujours lui — avait demandé l'aide des habitants d'un petit village provençal pour applaudir au passage une course cycliste. La prise est bonne. Le metteur en scène veut alors filmer simplement des figurants en train d'applaudir.

Arrive un villageois — pas au courant — qui demande, surpris, à ses copains :

— Eh bé, qu'est-ce que vous faites ?

— Ben, on applaudit.

— Je le vois bien, *couillongs*, mais vous applaudissez quoi ?

— *Té* ! La course cycliste qui passe...

L'assistant fait un geste et tous de taper des mains en criant :

— Bravo ! Vas-y Mimile ! Allez, les gars, etc.

Le villageois rentre chez lui, hagard. Sa femme lui demande :

— Qu'est-ce que t'as ?

— J'ai été regarder une course cycliste mais y avait pas de cyclistes !

Un acteur débutant — même s'il sort d'un conservatoire ou d'un cours renommé — est prêt à tout pour s'insérer dans la chaîne cinématographique.

Jean-Pierre Mocky raconte à ce propos une charmante petite histoire :

« ... Un jeune comédien au chômage descend les Champs-Élysées, passant dans toutes les maisons de production à la recherche d'un rôle, lorsque tout à coup une main lui tape sur l'épaule. Il se retourne et voit Federico Fellini (c'était avant sa mort) qui s'adresse à lui :

— Jeune homme, vous êtes celui qu'il me faut pour le rôle principal de mon prochain film.

Ils discutent un moment et Fellini termine en disant :

— Si, à minuit ce soir, vous n'avez pas reçu d'appel contraire, c'est que je n'ai pas trouvé mieux et que vous êtes engagé.

Le comédien, fou de joie, rentre chez lui, raconte la scène à sa femme et attend fébrilement les douze coups de minuit.

Neuf heures, dix heures, onze heures, rien ne se passe. La tension monte au fur et à mesure que l'heure fatidique approche.

A minuit moins cinq, la sonnerie du téléphone retentit.

Le jeune comédien décroche, livide... écoute... puis se retourne vers sa femme et crie, radieux :

— Chérie ! C'est ta mère qui est morte ! »

Les débuts de Louis de Funès sont un exemple éloquent de démarrage difficile.

Au départ, personne, absolument personne, n'en voulait et il gagnait à peine de quoi survivre comme pianiste de bar de cinq heures de l'après-midi à quatre heures du matin. (Heureusement, le patron lui glissait gentiment les restes des repas des clients !)

En 1948, toujours terriblement fauché et le moral à zéro, il est pris en pitié par un assistant qui lui offre des panouilles dans le film *Du Guesclin.* Il y joue tout à la fois un mendiant, un brigand, un courtisan de Charles V et même un chevalier en armure.

Las, le malheureux a tellement le trac que la colique le prend et qu'à sa grande honte il doit courir aux toilettes toutes les dix minutes, dans son armure qui bringuebale dans un tapage infernal de ferraille, ce qui fait hurler de rire l'équipe. Mais pas le producteur qui grommelle : « *Le compteur tourne* *. »

Cinq années plus tard (cinq longues années), de Funès galope toujours comme un fou à travers Paris pour gagner tant bien que mal sa vie et celle de sa petite famille. C'est ainsi que le matin, il double des films italiens, l'après-midi, fonce jouer une silhouette dans un film quelconque et le soir, cavale répéter au théâtre *On purge bébé* qu'il ne jouera jamais.

Il n'y a pas qu'en France que les débuts d'un jeune acteur sont durs. Il arriva au (futur) grand Mitchum de travailler sur trois films à la fois. Toute la nuit sur *Le Médaillon* au studio de la R.K.O. Puis à sept heures du matin, il commençait à tourner *Lame de fond* mis en scène par Vincente Minnelli. Jusqu'à midi. Il filait alors jouer l'après-midi dans un troisième film avec Greer Garson. Quand dormait-il ? Mystère. Ce qui fit dire à Minnelli :

— Pas étonnant qu'il soit devenu célèbre pour ses yeux cernés !

Orson Welles, lui-même, survécut pendant toute une période grâce à sa voix qui passait bien à la radio. Il raconta à Peter Bogdanovitch ** comment il commençait par « mourir » dans un mélo au septième étage de la C.B.S. Puis, à peine défunt, il s'élançait haletant au neuvième étage, grâce à un ascenseur bloqué par un assistant. Il entrait dans le studio un quart de seconde avant que la lumière rouge ne

* Expression de producteur en argot cinoche signifiant qu'on perd du temps, donc de l'argent. Très grave.

** *Moi, Orson Welles.*

s'allume tandis qu'un autre assistant lui tendait un texte en chuchotant : « un mandarin... soixante-quinze ans... ». Enfin, à peine débarrassé de son personnage de vieillard chinois, il sautait dans une ambulance qui l'attendait au pied de l'immeuble pour foncer, pin-pon, pin-pon, vers une autre radio où il interprétait... un colonel mexicain par exemple !

J'ai découvert par hasard — il y a longtemps — Pierre Richard et Victor Lanoux en pleine galère. Encore complètement inconnus, ils faisaient ensemble un numéro épatant dans une petite boîte de la Rive gauche : le Club 55, je crois. Or, à cette époque-là, les Bateaux-Mouches donnaient un grand réveillon pour Noël et mon amiral de mari cherchait des attractions pour l'égayer. J'adorais l'accompagner. Et tombai donc — une année — en admiration devant le texte et le sens du comique des deux comédiens. L'Homme les engagea immédiatement pour venir faire leur numéro, chez lui, le soir de Noël.

Malheureusement, quand nos deux artistes embarquèrent, le bateau était plein de clients déjà... bourrés et décidés à « bien rigoler ». Le bruit était infernal. Malgré tout, l'Amiral réussit à obtenir le silence et Richard et Lanoux commencèrent leur duo. Ils furent interrompus trois minutes plus tard par un chahut monstre, des huées et des cris : « Qu'est-ce que c'est que ces deux gugusses ?... On veut danser, nous ! Arrêtez vos conneries !... AS-SEZ ! AS-SEZ ! SORTEZ-LES !!! »

Les deux malheureux durent s'enfuir sous les lazzis et se réfugier aux cuisines, dans la cale, où mon mari déboucha vite une bouteille de champagne pour les réconforter. Nous étions consternés, nous aussi.

— Je vous demande pardon pour mes clients ! s'exclama l'Homme avec force. Ce n'est pas vous qui êtes mauvais, c'est mon public qui n'a pas de talent ce soir. Tous des cons à moitié saouls qui veulent sautiller sur la danse des canards !

— Oui ! m'écriai-je à mon tour, je vous jure que votre numéro est formidable !

Les deux pauvres comédiens repartirent, apparemment un peu réconfortés par le champagne.

Quelques années plus tard, en plein milieu du tournage de *Elle court, elle court, la Banlieue,* Claude Brosset, pour qui j'avais écrit un rôle, nous lâcha pour je ne sais quelle raison (même si elle est bonne, je ne supporte pas d'être « lâchée » et n'écris plus jamais une seule ligne pour le traître). Gisèle Braunberger proposa Victor Lanoux. J'approuvai avec enthousiasme. Mais Pirès ne le connaissait pas. On fit donc venir dare-dare le comédien qui plut au metteur en scène et fut engagé immédiatement.

Il se révéla formidable dans son rôle de mari gueulard et cocu de Nathalie Courval.

Profitant d'un déjeuner détendu à la cantine, je lui rappelai — avec le plus de tact possible — l'épisode des Bateaux-Mouches.

— Ah ! C'était vous ! s'exclama-t-il dans un grand éclat de rire. Ah, la, la ! Voilà un des pires souvenirs de ma vie ! Avec une virée en Bretagne où notre agent nous avait envoyés, Pierre Richard et moi, faire notre numéro dans un casino. Arrivés sur place, nous constatons avec horreur qu'il ne s'agit pas d'un superbe établissement de jeu mais... d'une épicerie « Casino » ! Et, pour comble, la patronne, revêche, soulève la trappe donnant sur la cave et crie d'un ton dégoûté : « Eh ! Jules ! Viens voir ce qu'ils nous envoient de Paris... !!! »

Autres débuts difficiles. Ceux de Gérard Philipe que Micheline Presle imposa dans *Le Diable au corps.*

Claude Autant-Lara, le metteur en scène, hésitait car il n'aimait pas ses oreilles (trop grandes). Aux essais, il les lui colla avec du sparadrap. A la fureur du jeune comédien qui l'arracha avec rage. Malgré cela, Autant-Lara décida de l'engager. Ce fut alors le tour du producteur, Graetz, de n'en vouloir à aucun prix. Jean Aurenche, le scénariste, fut obligé de le persuader... à coups de poing ! Et Gérard Philipe devint une star.

A propos d'esgourdes, quand Irving Thalberg, producteur à la M.G.M. à Hollywood, vit les premiers essais de Clark Gable, il s'exclama : « Celui-là, avec ses oreilles, on dirait une chauve-souris ! » (Zanuck, lui, avait traité Tyrone Power de singe. *) Malgré tout, la M.G.M. signa un contrat à celui qui allait devenir « The King » et, curieusement, lui fit refaire non pas ses feuilles de chou, mais ses dents... (personnellement, j'ai été un peu attristée d'apprendre que le sourire éblouissant de Rhett Butler dans *Autant en emporte le vent*, qui me fit rêver pendant toute mon adolescence, était dû à un très bon dentier !).

Deuxième petite histoire de dents, mais en France celle-là. Pagnol, momentanément brouillé avec Raimu, promit son rôle dans *La Femme du boulanger* à un acteur du nom de Poupon. A une condition : que celui-ci fasse arranger sa denture : « Tu n'as pas des chicots de boulanger », assura-t-il au comédien. (Je dois avouer que je n'ai pas d'idée sur la question, n'ayant jamais fait attention aux quenottes de mon « Maître du pain » mais plutôt à ses mains pour

* Il n'y a pas que les Américains pour se tromper. René Clair conseilla à Belmondo débutant d'abandonner le cinéma parce que, avec sa (vilaine) gueule, il ne pourrait jamais jouer une scène d'amour...

vérifier leur propreté lorsqu'elles me tendent ma baguette après avoir tripoté des kilos de monnaie sale !) Le comédien Poupon, lui, n'hésita pas. Il se fit limer les incisives. Pour apprendre, l'opération terminée, que Pagnol, réconcilié avec Raimu, lui rendait son rôle. Et le pauvre Poupon resta sur le carreau avec ses crocs de vampire.

Encore un bel exemple de jeune actrice ramant pour obtenir un petit rôle : celui de Marilyn Monroe. Sous contrat à la Fox à 50 dollars par semaine, elle fut modestement employée pendant des années à la promotion du Studio et à des photos de calendriers. Dans son premier film, elle n'avait qu'un mot à dire : « Hi ! »... et encore, il fut coupé au montage ! Quand elle obtint enfin son premier vrai petit rôle dans *Asphalt Jungle (Quand la ville dort)*, son nom fut carrément oublié au générique.

A la grande surprise du Studio — la M.G.M. —, des centaines de lettres arrivèrent pour réclamer l'identité et la photo de la débutante. Après un deuxième rôle dans *All about Eve* — de nouveau pour la Fox —, le courrier à son sujet fut tellement énorme que Zanuck, stupéfait mais toujours méfiant, se demanda si un amoureux de la jeune actrice ne trafiquait pas les chiffres pour aider au succès de sa chérie. Quand, après enquête, il fut enfin convaincu de l'impact de Marilyn sur le public, il décida de lui donner un vrai rôle dans la première comédie où il y aurait une blonde. Et la carrière de Marilyn démarra enfin... doucement, très doucement, tellement les films étaient stupides. Il lui fallut attendre *Les hommes préfèrent les blondes* pour devenir la reine du box-office.

Une petite comédienne inconnue voulait absolument obtenir un rôle, même minuscule, dans *Erotissimo*. Elle avait une bouille et une voix marrantes, mais l'impitoyable Pirès trouvait sa poitrine trop menue.

— T'en fais pas ! lui dit-elle sans se laisser abattre.

Quelque temps plus tard, elle se présenta à nouveau, arborant fièrement des seins qui avaient doublé.

— Regarde comme ils sont beaux ! dit-elle à Gérard. Et gros ! Et durs ! Tu peux toucher pour voir !

Elle s'était fait siliconer sans hésiter.

Du coup, Pirès, un peu bluffé, lui donna le rôle, qu'elle joua parfaitement.

Je ne sais pas ce qu'elles sont devenues, elle et sa poitrine en melons de Cavaillon...

Un des plus grands problèmes que rencontre un acteur débutant est une concurrence impitoyable. Pour UN rôle, des dizaines de comédiens se précipitent. Pour celui de Tarzan dans *Greystoke*, ils étaient 1 000 (mille !) à se ruer. « Afin de montrer qu'on était physiquement en forme, raconta Christophe Lambert — qui obtint le rôle —, on faisait des bonds dans tous les sens dans les bureaux et les couloirs de la Production... ! Des centaines de singes déchaînés ! A un moment, j'en ai eu tellement marre de tous ces mecs qui sautaient comme des fous, que je me suis assis au milieu sans rien faire. C'est comme ça qu'on m'a repéré ! »

Évidemment, quand une star en herbe a la chance d'avoir un papa ou une maman dans la Tribu du

Cinéma, ce n'est plus un pied qui lui est mis à l'étrier, mais les deux fesses sur la selle.

Je connais personnellement plusieurs cas.

D'abord Niels Tavernier, fils de Bertrand. Quand il avait cinq ou six ans, il était copain de Petite Chérie car ils allaient au même jardin d'enfants de l'École Bilingue. J'invitais donc ce jeune homme à venir jouer à la maison le samedi ou le dimanche avec ma fille, et Bertrand, en bon père de famille, venait le rechercher le soir vers six heures. Il n'était pas encore metteur en scène (Bertrand, pas Niels) mais attaché de presse et fou de cinéma. Moi aussi. Nous bavardions comme des pies sur notre sujet favori jusqu'à ce que le téléphone sonne et que la mère de Niels (femme de Bertrand) fasse remarquer d'une voix désolée qu'il était déjà neuf heures du soir et qu'à cette heure-là, les enfants auraient dû être lavés, nourris et couchés...

Un dimanche après-midi, j'emmenai les deux mouflets voir *La Belle au bois dormant* au théâtre du Petit-Monde, Salle Pleyel. J'avais dû avoir des problèmes de places car nous étions installés tout en haut, au dernier rang, à côté des projecteurs.

Brusquement, pendant que la Méchante Reine chantait en solo, juste éclairée par un rond de lumière sur une scène plongée dans l'obscurité, le jeune Niels, vif comme une anguille, sauta de son fauteuil, attrapa le projecteur et le dirigea vers le plafond. La Méchante Reine se trouva brusquement dans le noir le plus total. Elle émit un couac de détresse. Le public protesta. Des cris s'élevèrent des coulisses (« Qu'est-ce que c'est que ce merdier, Popaul ? — Ch'ai pas... Y a un projo qu'a bougé !... » etc.). Je me précipitai à mon tour pour remettre le projecteur dans la bonne direction et rendre à la Méchante Reine sa lumière.

Rassérénée, elle se remit à chanter.

Je compris alors que le petit Niels avait de précoces dispositions pour le cinéma.

Autre débutant : le jeune Thomas Langman dont j'appris l'existence dans des conditions tumultueuses.

Un soir, vers minuit, alors que je dormais paisiblement, je fus réveillée brutalement par la sonnerie odieuse du téléphone.

— J'en tiens un ! hurla la voix triomphante de mon cher époux.

— Un quoi ? murmurai-je, à moitié endormie.

— Un de ces sales petits gamins qui jettent des œufs du haut des ponts sur mes clients !

C'était la plaie en juin, au moment des examens. Des bandes de jeunes, sous prétexte de joyeux chahuts, se rassemblaient sur les ponts de Paris pour bombarder d'œufs, de sacs d'eau, de farine, etc., les innocents touristes qui se promenaient en Bateaux-Mouches. Les innocents touristes n'appréciaient pas du tout et se plaignaient furieusement à l'Amiral dès leur retour de promenade. Surtout les Américains prompts à menacer d'un procès. L'Homme payait des pressings à tour de bras et envoyait les Américains râleurs au Préfet de Police, responsable de la sécurité de la capitale. En fait, ce que l'Homme craignait le plus, c'était qu'un projectile n'atteigne à la tête le capitaine du navire — pourtant protégé par une cabine de verre blindée comme le Pape dans sa papamobile — et que celui-ci (le capitaine, pas le Pape), perdant pendant quelques secondes le contrôle du bateau, n'aille heurter une pile de pont.

Aussi, dès juin, l'Homme sur sa mobylette à téléphone, rôdait sur les quais en compagnie de Chérif, dit le Kid, ancien champion de catch du Maroc, garde du corps de l'Amiral et chargé de la sécurité de la Flotte.

Et ce soir, ils avaient attrapé un de ces petits

voyous que mon mari tenait prisonnier dans son bureau.

— J'allais l'emmener chez les flics et porter plainte, reprit l'Homme, mais il pleurniche que son père est un de tes copains. Je ne te félicite pas...

— Qui c'est, son père ? demandai-je, toujours ensommeillée.

— Claude Berri. Tu le connais vraiment, ce mec ?

Du coup, je me réveillai tout à fait.

— Hein ? Bien sûr que je le connais. C'est non seulement un bon metteur en scène, mais mon producteur pour *Vas-y Maman !* Il est très gentil. S'il te plaît, appelle-le au lieu d'emmener son fils chez les flics !

L'Homme me raconta le lendemain la suite des événements. Claude Berri, alerté par le coup de téléphone de mon époux, arriva sur-le-champ.

Et colla une monumentale paire de gifles à son rejeton. Bing-Bang.

— La plus belle que j'ai jamais vue, déclara l'Homme avec une certaine admiration.

Je n'entendis plus parler du jeune Thomas Langman jusqu'au jour où je lus dans *Le Film français* qu'il commençait une carrière de comédien. Radio-Vipère m'apprit qu'il allait tourner une scène dans une rue de Paris, pas très loin du pont de l'Alma. Je proposai à l'Homme de nous glisser dans la foule qui badaude toujours autour d'un tournage de film. Et au moment où le metteur en scène crierait « MOTEUR ! », de bombarder à notre tour le jeune Langman avec des œufs (si possible pourris).

A ma grande déception, cette idée n'amusa pas l'Homme.

Mais je n'ai pas dit mon dernier mot.

CHAPITRE 6

... où l'auteur découvre que l'ennemi d'un acteur peut être un autre acteur, à moins qu'il ne s'agisse d'une guenon !

Dur pour un comédien de débuter. Dur, dur aussi... de durer. Et de gravir toutes les étapes menant de la panouille au vedettariat.

Attendre perpétuellement qu'on vous demande, qu'on vous choisisse, qu'on vous aime, quel cauchemar ! D'autant plus qu'une carrière d'acteur peut s'arrêter, crac, du jour au lendemain. Sans préavis ni explication.

La chose arriva à mon copain Claude Brasseur.

Fils de Pierre, il n'en avait pas moins entamé une carrière d'acteur prometteuse. Tout marchait bien.

Puis brusquement, son téléphone s'arrêta de sonner.

Il fut d'abord surpris. Aucun insuccès ne justifiait ce silence.

Qui dura une année entière...

... pendant laquelle aucun appel ne lui parvint, pas la moindre proposition, ni l'évocation du plus petit projet.

L'indifférence l'entourait comme un édredon mou.

Il crut devenir fou. Qu'avait-il fait, nom de Dieu ?

Rien.

Sans aucune raison valable, personne n'avait plus envie de faire jouer Claude Brasseur.

Dans son malheur, il avait une chance. Mimi, sa femme, travaillait et faisait bouillir la marmite. Eh oui, un acteur, ça mange comme tout le monde.

Puis, un beau jour, de la même façon imprévisible, le metteur en scène Georges Lautner lui proposa un très joli rôle dans *Les Seins de glace*. Le film eut du succès.

La carrière de Claude Brasseur repartit et ne s'arrêta plus.

Mais il n'a jamais oublié la leçon.

Cet exemple explique l'angoisse du comédien qui l'accompagne toute sa vie et l'amène parfois à adopter des attitudes soit extravagantes, soit au contraire effacées comme celles d'une souris terrorisée sous un tapis.

J'ai toujours eu la passion des acteurs du café-théâtre. Je hantais les bancs durs à mes petites fesses rebondies du Café de la Gare et surtout du Splendid. Déjà dans *Les Saintes Chéries* s'agitaient Rufus, merveilleux dans le rôle d'un petit employé misérable, et Romain Bouteille, en publicitaire vantant les mérites d'un yaourt dans une automitrailleuse lancée dans la circulation parisienne. L'engin guerrier appartenait à l'Homme et je n'ai jamais pu savoir comment il se l'était procuré. (Je n'ai jamais pu non plus réaliser un de mes fantasmes les plus échevelés de Parisienne perpétuellement coincée dans les embouteillages : remonter les Champs-Élysées en char d'assaut, en écrasant toutes les voitures sur mon passage. Craaaac ! Oh ! que ce serait bon !)

Mais c'est surtout quand il fallut faire le casting de *Elle court, elle court, la banlieue* que je pus donner libre cours à ma passion et proposer à Pirès une liste d'inconnus qui vinrent se proposer modestement pour des panouilles. C'est ainsi que Miou-Miou récolta deux phrases à dire et qu'un gros type obtint le petit rôle de l'employé de la R.A.T.P. qui travaille le jour tandis que sa femme est infirmière de nuit. Ils peuvent se voir et échanger quelques phrases lorsque leurs trains se croisent dans une petite gare de banlieue (« Y a du veau froid dans le frigo... n'oublie pas qu'on va dimanche chez ma mère », etc.).

Le gros type en question se fit remarquer le jour où il vint tourner, par son agitation, sa voix tonitruante, ses remarques gouailleuses. Il faisait plus de bruit à lui tout seul qu'un car de rugbymen.

Il parvint même à agacer Pirès. Qui me demanda :

— Qui c'est, ce casse-couilles ?

— Un mec du café-théâtre. Il s'appelle Coluche.

J'étais devenue assez amie avec certains de la troupe du Splendid au point que, sortant un soir du théâtre avec Fille Aînée, j'éclatai de rire lorsqu'un type passa en courant à côté de moi et m'arracha mon sac.

— Ce qu'il est con, ce Jugnot, de faire des blagues pareilles ! m'exclamai-je, hilare.

— Ce n'est pas une blague et ce n'est pas Jugnot, observa calmement Fille Aînée : c'est un voleur qui t'a piqué ton sac...

Je poussai un hurlement de rage et m'élançai à la poursuite de l'enfant de salaud. Hélas, je ne pus le rattraper et me retrouvai, sur le pavé de Paris, sans papiers, sans clé de la maison, sans chéquier et surtout, surtout, sans mon vieux coupe-fil tricolore de journaliste que j'avais obtenu une année et qui me protégeait des foudres policières. Je n'ai jamais réussi à en obtenir un autre. Et pourtant, c'est là un de mes vœux les plus chers. Si le Président de la République ou le Premier Ministre, ou un homme politique quel qu'il soit, ou même un haut fonctionnaire d'un ministère quelconque, lit ces lignes et me fait avoir en douce et par piston un coupe-fil tricolore, qu'il sache que non seulement il fera un plaisir fou à une honnête citoyenne, mais que ma reconnaissance lui sera acquise. Et que je dirai et écrirai inlassablement du bien de lui. Ça peut être utile, non ?

Je fis la connaissance de Sylvie Joly dans ma rue, alors que j'allais acheter du tarama et des pirojki chez mon épicier russe.

Elle marchait tranquillement sur le trottoir.

Sans réfléchir, je l'accostai :

— Vous êtes bien Sylvie Joly ?

— Oui, dit-elle, un peu surprise mais contente d'être reconnue (elle était au début de sa carrière).

— J'adore ce que vous faites ! m'écriai-je avec enthousiasme. Je m'appelle Nicole de Buron et j'ai vu tous vos spectacles.

— Mais moi aussi, je vous connais, et j'aime beaucoup ce que vous écrivez, répondit-elle gentiment.

Mon enthousiasme redoubla. Une idée un peu folle me passa par la tête.

— J'habite là, dans l'immeuble d'en face. Si vous avez le temps, je vous invite à boire une tasse de thé et à bavarder...

Aussi primesautière que moi, elle accepta. Nous passâmes une heure délicieuse à bien rigoler toutes les deux.

(Je tiens cependant à signaler que je n'ai pas pour habitude d'accoster les acteurs en pleine rue et de les kidnapper pour déguster un Earl Grey dans mon salon. C'est peut-être un tort.)

En tout cas, quand je mis en scène *Vas-y Maman !*, j'écrivis pour Sylvie un tout petit rôle de directrice d'école odieuse, qu'elle accepta de jouer avec humour alors qu'elle était déjà très connue et pouvait prétendre à mieux.

Autre attitude déconcertante d'un acteur qui débarque sur un tournage pour une panouille : celle du demeuré.

Toujours dans *Elle court, elle court, la Banlieue*, Gisèle Braunberger et moi avions fait engager Dubillard, auteur déjà célèbre — mais fauché — et qui jouait dans ses propres pièces. Gisèle, qui le connaissait, envoya un assistant et sa voiture le chercher au café en dessous de chez lui. « Sinon, il ne viendra pas... », m'expliqua-t-elle. Je fus un peu étonnée car il n'est pas d'usage de déplacer assistant et voiture pour un « petit rôle ». Mais je n'étais pas au bout de ma surprise.

Quand il arriva sur le plateau, je me précipitai pour l'accueillir.

— Je suis heureuse de vous connaître, m'écriai-je avec enthousiasme, j'ai adoré *Naïves Hirondelles*. C'est un chef-d'œuvre !

Dubillard hocha simplement la tête d'un air vague, en guise de réponse.

Pirès lui expliqua alors son rôle. Il devait jouer un dentiste diabolique qui fait asseoir Jacques Higelin — visiteur médical, représentant d'un anesthésique buccal — sur le siège du patient et entreprend, malgré ses protestations, de lui passer toutes les dents à la roulette avec son propre produit...

Dubillard écouta sans dire un mot, hocha à nouveau la tête, d'un air vague, et alla attendre un peu à l'écart.

Pirès (chuchotant dans mon oreille) : Vous croyez qu'il a compris ?

Moi (embêtée) : Je n'en sais rien !

Pirès (mécontent) : Qui a choisi ce type ?

Moi (de plus en plus embêtée) : Gisèle et moi. Mais vous savez, je l'ai vu jouer dans sa pièce et il était remarquable.

Pirès (aigre) : A moi, il donne l'impression d'être un débile mental. A moins qu'il ne soit ivre mort. Si je suis obligé de refaire dix fois la prise à cause de lui, vous m'entendrez !... MOTEUR !...

A sa grande stupeur (et à la mienne), Dubillard joua sa scène d'une façon tellement éblouissante que Gérard jugea inutile de faire une deuxième prise. Il s'avança vers l'étrange bonhomme et le félicita.

Dubillard se contenta de le regarder de son éternel air vague en hochant la tête, puis marmonna :

— Est-ce que l'assistant peut me ramener en voiture ?

L'assistant le rapporta en silence à son bistrot favori.

Boire un petit coup est aussi une formule pour calmer l'angoisse et apaiser le trac. Et ce n'est pas diffamer le cher Hubert Deschamps que de dire qu'il aimait picoler. Un jour, un metteur en scène décida de le faire jouer une journée entière en pleine garrigue provençale. Et tout content de son tour, dit à sa scripte :

— Là, on va rigoler ! Il n'y a pas un bistrot à dix kilomètres à la ronde.

Il fut épaté de constater le lendemain qu'au fur et à mesure que les heures passaient, le comédien semblait emporté par une légère ivresse qui allait grandissant... et jouait de plus en plus joyeusement.

Il était venu en douce, la nuit précédente, planquer

quelques bouteilles sous les buissons de lavande et de romarin...

Le grand Losey était célèbre, à la fin de sa vie, pour diriger tout son film une bouteille de gin à la main.

Autre cas fameux : celui de l'acteur Trevor Howard qui, lui, titubait carrément sur le plateau. Mais lorsque le cri : MOTEUR ! retentissait, il se mettait à marcher droit et jouait impeccablement bien. Jusqu'à ce qu'il entende : « Coupez ! C'est parfait. On la tire... » Alors là, il se remettait à tanguer et à bafouiller pâteusement.

Le metteur en scène Otto Preminger renvoya Robert Mitchum du film *Rosebud* sous prétexte qu'il buvait trop et prit Peter O'Toole à la place. Pour s'apercevoir que ce dernier se rinçait le gosier encore plus, au whisky !

Récemment, pendant le tournage des *Trois Mousquetaires* — version Hollywood —, un des acteurs (plus connu pour ses amours avec Julia Roberts), ivre mort, flanqua son poing dans la gueule d'un figurant. Il fut condamné à dix jours d'intérêt public pendant lesquels il dut ramasser les ordures sur la voie publique. Je connais un grand comédien français, formidablement doué, que la perspective de trimbaler les poubelles, le matin, avec les éboueurs, guérirait peut-être de son alcoolisme et lui éviterait la honte de voir le théâtre baisser le rideau tellement il est saoul.

Et la drogue qui apaise l'angoisse ou surexcite l'esprit ? Les acteurs français en prennent-ils ?

Je n'en dirai rien pour deux bonnes raisons. Premièrement, il est interdit d'y faire allusion sous peine de procès, même si c'est de notoriété publique. Deuxièmement, je ne l'ai jamais constaté... étant une pauvre créature qui, non seulement n'a pas d'intuition féminine — je l'ai déjà dit —, mais en plus ne remarque absolument rien autour d'elle. Si, si, c'est vrai (pour être franche, il y a des jours où je m'étonne moi-même de ce que j'écris, ayant si peu le sens de l'observation. Mais peut-être ai-je un troisième œil caché derrière la tête).

Par contre, en Amérique, où la vie privée s'étale dans tous les journaux, on en apprend de belles. La plupart des stars ont été, sont, ou seront toxicos. Un tel a fait deux mois de prison pour détention de H (il devait avoir son grenier plein pour ce prix-là !). Une telle, qui a l'air si convenable, s'est fait coincer avec de la blanche dans son sac dans le Concorde. John Belushi est mort d'une overdose de coke et d'héroïne au cours d'une party où se trouvaient deux acteurs internationalement connus et complètement défoncés ! Etc.

Mais j'ai remarqué (pour une fois !) que les comédiens américains en font un élément de publicité. Ils déclarent : « Oui ! Je me suis drogué ! Pardon, Seigneur Jésus ! Pardon, cher Public ! Mais c'est fini ! J'ai retrouvé le chemin de la grâce et de la désintoxication grâce à l'amour de ma nouvelle femme (la septième) et à la naissance du merveilleux bébé qu'elle m'a donné (il a déjà cinq enfants, de cinq femmes différentes, mais on ne les compte pas)... »

Que ceux qui n'ont jamais connu les affres de panique qui peuvent s'emparer d'un artiste leur jettent la première pierre. (Non, je n'ai jamais fumé moi-même le moindre pétard. Et franchement... je le regrette. Je saurais au moins l'effet que ça fait ! J'espère que cet accès de franchise ne me coûtera pas trois jours d'intérêt public à vider les poubelles de ma rue, sous le regard goguenard de ma chère concierge.)

Par contre, je crois pouvoir dire que dans le Cinéma français, un grand nombre de grenouilles se balade avec des petites pilules calmantes, excitantes, endormantes, etc. J'ai participé un jour à un dîner de metteurs en scène et la conversation est venue sur le sujet. Tout le monde a sorti de sa poche ses médicaments. Il y avait de quoi monter une pharmacie… !

Mais avant d'être star, les comédiens doivent affronter la galère des petits rôles où ils n'ont droit qu'à lire une page ou deux du scénario : celle(s) de leur scène. Et basta ! Parcourir le script en entier est un privilège réservé aux vedettes et aux grands seconds rôles. Beaucoup de comédiens atterrissent donc souvent dans un film dont ils ne savent pratiquement rien pour jouer un personnage dont ils ignorent tout !

Ils se débrouillent plutôt bien que mal. Et n'embêtent personne.

Sauf les « intellos » sortis de certains cours d'art dramatique que je ne citerai pas. J'ai eu ainsi la joie d'entendre le dialogue suivant :

Pirès (montrant une chaise à un jeune comédien) : Tu t'assieds là et tu dis : « Merci… » Je suis désolé… mais c'est tout ce que tu as à faire.

Le jeune comédien (ton dramatique) : Comment je m'assieds ?

Pirès (surpris) : Comment ça, comment tu t'assieds ?

Le jeune comédien (torturé) : Tu veux que je le joue de l'intérieur ou de l'extérieur ?

Pirès (agacé) : Je m'en fous ! Tu poses ton cul sur cette chaise et tu me fais pas chier !

En plein milieu du tournage de *L'Été meurtrier* débarquent, pour un rôle d'une journée de travail, Michel Galabru et Marie-Pierre Casey, venant d'un autre tournage et tous les deux gais comme des fauvettes. En chemin, ils avaient un peu oublié le sujet de ce deuxième film et furent stupéfaits de tomber dans une ambiance dramatique. Jean Becker, le metteur en scène, pour garder ses acteurs dans l'humeur tragique de l'histoire et aider Isabelle Adjani à se concentrer, avait donné la consigne : pas de rigolade !

Dès leur arrivée, Galabru et Marie-Pierre Casey passèrent au maquillage où ils furent accueillis par des têtes sinistres.

— Alors, on ne se marre pas ici ? demanda Galabru, interloqué.

Personne ne lui répondit.

De plus en plus surpris, il se rendit sur le plateau où il se retrouva, aussi sec, assis sur une petite chaise roulante avec Adjani à ses genoux, qui lui étreignait les jambes en sanglotant (elle jouait sa fille qui ne lui avait pas parlé depuis quatre ans). Galabru — qui avait un peu perdu de vue l'anecdote — roula des yeux effarés (qui convenaient parfaitement au rôle). Marie-Pierre Casey, en infirmière, était supposée intervenir. Ce qu'elle fit. Mais elle n'avait pas prévu qu'Adjani — possédée par son personnage — se jetterait sur elle, lui arracherait son chemisier et son soutien-gorge. La pauvre Casey, les seins à l'air, tenta de se défendre et... reçut une formidable beigne qui lui cassa son bridge. Elle se mit à piailler et à réclamer qu'on arrête la scène.

— Ta gueule ! On finit la prise : elle est géniale ! hurla le metteur en scène.

Le soir même, les deux « seconds rôles » reprirent le train, encore hagards, l'un d'avoir passé la journée dans une chaise roulante avec une Adjani hystérique à ses genoux, et l'autre de se retrouver sans soutien-gorge mais avec un bridge cassé...

Autre petit problème que doivent affronter un certain nombre de comédiens : le poids. L'angoisse, toujours elle, est probablement responsable de ces kilos en trop qui les obligent régulièrement à des régimes d'enfer ou à des séjours (coûteux) à Quiberon. Je connais ainsi une merveilleuse grande actrice qui, entre deux films, ressemble à un petit cochon rose.

Idem pour les stars américaines. La pauvre Kelly Mac Gillis passe son temps à perdre et à reprendre une trentaine de kilos. Cette instabilité pondérale rend son mari fou de rage au point de vouloir divorcer — le salaud —, ce qui n'aide pas la malheureuse à suivre un régime d'enfer. Quant à Liz Taylor, elle gonfle et dégonfle puis regonfle d'une photo à l'autre. Mais, attention ! A Hollywood, la Radio-Vipère locale profite de ces écarts de poids pour siffler les bruits les plus venimeux. Si une star maigrit trop vite, c'est qu'elle est toxico. Si elle prend brutalement 25 kilos, parce qu'elle attend un bébé, c'est que la grossesse se passe mal... Etc. Bref, je suppose que ces malheureuses, dès qu'elles ont avalé un noyau de pêche, grimpent vite vite sur leur balance.

La notoriété vient. Enfin. L'âge aussi. Et son cortège de petits drames. Pour les femmes, les rides. Difficile de jouer les jeunes premières passé... le troisième lifting ! Celui qui vous fait une gueule différente, et des joues tirées jusque derrière la tête (on connaît le méchant mot qui courait sur la duchesse de Windsor : « Quand elle sourit, ses seins remontent »). Tout le monde n'est pas la Maillan qui se permettait avec un abattage fantastique de jouer les séductrices à l'âge d'être grand-mère, avec ses kilos en trop et toutes ses rides (les dents, je ne sais pas). C'est déjà dur de vieillir pour une femme. Pour une actrice, c'est l'enfer. Je pense souvent à ma chère Jacqueline Gauthier qui avait créé au théâtre nombre de pièces d'André Roussin et accepté de jouer mon *Remarie-moi*. Et qui se suicida un soir de désespoir parce que personne ne lui proposait plus rien... Trop vieille ! Elle aussi !

Quand j'avais écrit la pièce, je l'avais proposée à Jean-Michel Rouzière, directeur du Palais-Royal, qui l'aima. Mais refusa de la monter avec Jacqueline. « Elle est finie ! *Out* », me dit-il brutalement. Et de me demander dans la foulée de tout récrire pour la Maillan. « C'est une chance pour vous : elle est libre. » Il fut très surpris que je refuse : « J'ai écrit le rôle pour Jacqueline Gauthier et il ne correspond pas du tout à la personnalité de Maillan. » Et je remportai mon texte dans mon petit cartable rose. Deux ou trois ans plus tard, Denise Petitdidier le prit pour le Daunou avec Jacqueline.

Rita Hayworth tournait *Pal Joey* à San Francisco, en extérieur. Les badauds s'étaient rassemblés et regardaient. Soudain une voix cria dans la foule : « Qu'est-ce qu'elle a l'air vieille ! » Rita continua à jouer, les larmes aux yeux. C'est vache, hein, la vie d'actrice !

Et la mémoire qui flanche ! Autre terreur du comédien.

Le grand Rex Harrison fit ainsi perdre toute une journée de tournage du grand péplum *Cléopâtre* en jouant la fameuse scène où il entrait dans Rome escorté de 6000 figurants, 300 esclaves noirs, des danseurs, des acrobates, des éléphants (le tout coûtant une fortune) parce qu'il fut incapable de se rappeler correctement son texte !!!

Il m'arriva une fois de rencontrer ce cas (celui d'un acteur à la mémoire dramatiquement fuyante, pas le tournage d'un péplum). Je proposai alors d'engager un deuxième acteur qui devint, dans mon histoire, l'associé du premier… et à qui je confiai la moitié de son texte. Il fit tant et si bien qu'il vola la vedette à l'autre.

Car un des plus grands soucis d'un comédien, ce sont les autres… comédiens. Ils doivent être assez bons pour bien lui donner la réplique et qu'ainsi le film soit réussi. Mais attention ! Ils ne doivent pas être TROP bons et tirer la couverture à eux. Certains acteurs ont, en effet, une telle présence que, même s'ils restent dans un coin du décor en se contentant de lever les yeux au ciel, le public ne voit qu'eux. Il arrive qu'une star soit jalouse d'un petit rôle moins connu mais qui a « un effet ».

C'est ainsi que Paulette Dubost rapporte dans *C'est court, la vie* qu'elle fut stupéfaite d'apprendre que Michel Simon s'était opposé à sa présence dans une tournée Karsenty à travers toute la France qu'ils devaient faire après avoir joué ensemble au théâtre, pendant des mois, *Du vent dans les branches de sassafras* de René de Obaldia.

« N'en croyant pas ses oreilles, elle bondit demander au grand acteur si c'était vrai.

— Oui, dit Michel Simon, je ne veux pas de toi.

— Mais pourquoi ?

— Chaque fois que tu fais rire, tu me donnes un coup de poignard. C'est MOI qui dois faire rire ! »

Deux stars ensemble et la compétition peut devenir carrément insensée.

Orson Welles jouait dans le film *Les Tartares* avec Victor Mature.

Or les costumiers cancaniers avaient averti ce

dernier qu'Orson allait porter des sandales avec des semelles de cinq centimètres pour le grandir. Ce qui était absolument faux. Mais le sang de Victor Mature ne fit qu'un tour et il fit rehausser ses propres cothurnes de sept centimètres. Ah, mais ! Hélas, le malheureux, juché sur ses échasses, avait un mal fou à traverser le décor, trébuchant et se tordant les pieds, « comme une Brésilienne dansant la samba pendant le Carnaval de Rio », persifla plus tard Orson Welles.

Vincente Minnelli, lui, frappa fort. Il dirigea trois stars à la fois dans *Lame de fond :* Katharine Hepburn, Robert Mitchum et Robert Taylor. La haine fut immédiate.

La première réussit à terroriser ce grand gaillard de Mitchum lui-même avec ses réflexions moqueuses. C'est ainsi que ce dernier lui ayant demandé poliment au cours d'une séquence où il jouait du piano :

— Pouvez-vous me voir, Miss Hepburn, avec tout ce matériel entre nous ?

Katharine répondit avec un sourire suave :

— Pas même si j'en avais envie...

Du coup, Mitchum n'ouvrit plus le bec de tout le film.

Il fut vengé par Boyd Cabean, sa doublure, qui était aussi un excellent créateur de robes, en particulier pour Jane Russell.

« Jeune homme, lui dit un jour Kate Hepburn, vous devriez vous lancer dans les dessins de mode, au lieu de jouer les doublures d'un acteur aussi « esbroufe » que Mitchum.

— Merci pour le conseil, Miss Hepburn, répondit poliment Boyd. Puis-je à mon tour vous faire une requête ?

— Mais oui !

— Si je vous survivais, voudriez-vous être assez

aimable pour me léguer votre adorable collection d'os ! »

Et il lui claqua la porte de la loge au nez.

... Quant à Robert Taylor, il était obsédé par l'idée que le metteur en scène (Minnelli) lui préférait Mitchum dont il supportait mal qu'il fût plus grand que lui de un à deux centimètres* !

Malheur si la Star n° 1 constate que la Star n° 2 a plus de texte qu'elle dans un film où elles sont supposées participer à égalité.

Un drame éclata pendant le tournage du *Corniaud*. Louis de Funès s'aperçut brusquement que Bourvil avait plus de plans que lui. Et menaça de ne plus jouer. Gérard Oury, le metteur en scène, dut ajouter en catastrophe une scène pour le calmer. Ce fut celle, si drôle, où Fufu, tout maigre et humilié, prend une douche à côté d'un énorme catcheur qui le regarde avec dédain. Le gag eut un succès fou. Ouf !

Dans *Pas de caviar pour tante Olga,* Jean Becker — toujours lui — tournait un plan avec la caméra installée en haut d'un escalier et plongeant vers le bas des marches où se tenaient groupés Pierre Brasseur et une foule de bons comédiens : Francis Blanche, Pierre Bertin, Rellys, Roquevert, etc. Ils devaient tous s'exclamer en chœur en levant la tête et les bras vers la caméra : « Ah ! Les voilà ! »

— MOTEUR ! cria Becker.

Cris rituels : ... Moteur demandé !... Silence ! SILENCE !... Ça tourne... Annonce... PAS DE CAVIAR... n° 259. Première !... Clap !

---

* Vincente Minnelli dans son livre, *Tous en scène*.

— Allez-y, dit le metteur en scène aux comédiens.

— Ah ! LES VOILÀ !!! s'exclamèrent-ils avec un bel ensemble.

Mais Becker n'avait pas remarqué que Pierre Brasseur portait une immense cape noire. Qui se déplia comme un rideau, masquant tous les autres acteurs...

Dans le même film, Pierre Brasseur et Pierre Bertin étaient filmés de profil et devaient s'embrasser sur la joue.

Jean chuchota alors, en se marrant, à son assistant :

— Tu vas voir, ils vont se filer un coup de boule.

— Pourquoi ?

— Regarde !... MOTEUR !

Cris rituels et le « Allez-y » du metteur en scène.

Et BING, les deux acteurs, au lieu de s'embrasser, heurtèrent leurs fronts avec une grande violence.

Parce que tous les deux voulaient être celui dont le profil apparaîtrait à l'image (le profil le moins rapide étant forcément caché par la tête du premier)...

A ma grande surprise, j'ai dû affronter, oh ! très légèrement, cette situation de compétition pendant le tournage des *Saintes Chéries*.

Rêvant en effet de devenir à mon tour metteur en scène, j'avais demandé à diriger, toute seule comme une grande, des séquences de la troisième série. Entre autres, la plupart des scènes tendres entre Micheline Presle et Daniel Gélin dans leur chambre.

Je me croyais très maligne : mes deux vedettes, des scènes faciles à jouer pour des comédiens chevronnés, un seul décor... cela me semblait du gâteau pour une débutante.

— O.K. Amusez-vous bien ! me répondit Jean Becker (le metteur en scène des trois séries).

Je crus voir une lueur narquoise dans ses yeux.

Je compris vite pourquoi.

En tant qu'auteur, j'avais écrit le feuilleton autour d'un personnage principal : une femme, jouée délicieusement par Micheline Presle.

Or, dès la première série, le couple Micheline Presle/Daniel Gélin avait merveilleusement fonctionné. Mais chacun voulait être le numéro un. Micheline, parce que le feuilleton tournait autour d'elle. Daniel, parce que le public s'était mis à beaucoup aimer son personnage de *Mon Minet*.

Et, en gamin qu'il était, il essayait par moments de « déstabiliser » ma Sainte Chérie.

C'est ainsi que, lorsqu'il arrivait le matin — Micheline étant déjà au maquillage —, il claironnait d'une voix moqueuse :

— Est-ce qu'ELLE va se rappeler son texte aujourd'hui, notre Sainte Chérie ?...

Du coup, Micheline, capable de réciter un *tunnel** d'une page entière en l'absence de *Mon Minet*, avait le trac et se mettait à bafouiller dès que le texte faisait plus de trois lignes.

Vint le moment de tourner les fameuses scènes au lit, le soir, dans la chambre conjugale.

Moi (avec l'ardeur d'une débutante) : Là, mes chéris, on va tourner la SEULE scène d'amour de l'épisode numéro quatre... Il faut donc qu'elle soit forte, très forte, pleine de passion, pour que le public n'oublie pas que vous êtes un couple qui s'aime profondément. C'est follement important !

Micheline et Daniel : Ouais ! Ouais !

Moi : Bon. Daniel ! Tu passes ton bras autour de Micheline, tu l'attires doucement à toi en disant : « Je t'aime, mon amour, je ne sais pas ce que je

---

* Long monologue, en jargon cinoche.

deviendrais sans toi »... et tu lui files dans le cou plein d'exquis petits baisers... ! Et toi, Micheline, tu souris, extasiée. Tu es l'image même du bonheur !

Micheline et Daniel : Ouais ! Ouais !

Moi : Bon. On y va !... MOTEUR !

Cris rituels : ... Moteur demandé !... Silence ! VOS GUEULES, derrière !... Ça tourne... Annonce !... SAINTES CHÉRIES n° 117... Première !... Clap !

Moi (aux acteurs) : Allez-y !

C'est alors qu'à ma stupeur horrifiée, Daniel empoigna Micheline comme un sac de sable et l'attira vers lui en marmonnant d'une voix dénuée de chaleur : « Je-t'-aime-mon-amour-je-ne-sais-pas-ce-que-je-deviendrais-sans-toi... »

Moi (criant) : Coupez ! Enfin, Daniel, qu'est-ce que tu me fais là ? Je t'ai bien dit que c'était la SEULE scène d'amour de l'épisode et qu'elle devait être follement tendre... Tu me joues ça comme un cabillaud surgelé !

Daniel (boudeur) : Je fais ce que je peux... mais je ne me sens pas très câlin, ce matin.

Moi : Arrête ! Je sais très bien que tu es un acteur formidable. Et que tu peux jouer ce que tu veux ! Alors, sois sympa. Vas-y, du fond de ton cœur et de tes tripes...

Micheline : Dis-lui d'éviter quand même de me mordre, comme hier !

Daniel (hilare) : Moi, dans la passion, je mords, et d'habitude les femmes ne s'en plaignent pas !

Moi : MOTEUR !

La maquilleuse (s'élançant) : Juste un petit raccord sur le nez de Micheline qui brille.

Moi : Bon, O.K.

Daniel : Et moi, je brille pas ?

La maquilleuse : Juste un peu sur le front...

Moi (impatiente) : C'est fini, oui, les raccords de maquillage ?

Le coiffeur (agitant son peigne) : Est-ce que je peux arranger une mèche de Micheline ?

Moi : Ah non ! Rien ne m'énerve plus qu'une femme dans son lit qui a l'air de sortir de chez le coiffeur... MOTEUR !

Cris rituels : Moteur demandé... Silence ! SILENCE, bordel ! Qu'est-ce qui marche derrière ?... Ça tourne !... Annonce... *Les Saintes Chéries*, n° 117, deuxième... Clap !

Moi (aux acteurs) : Allez-y, mes chéris !

Daniel (attirant Micheline vers lui et d'un ton enfin passionné) : Je t'aime, mon amour, je ne...

C'est alors que PAN, PAN, PAN, résonnent de violents coups de marteau.

Moi (hurlant) : COUPEZ !... Nom de Dieu, d'où sort ce bruit ?

L'assistant : C'est le plombier de l'immeuble qui installe le chauffage central et tape sur les tuyaux.

Moi : Mais je croyais que c'était réglé, cette histoire, et qu'il devait s'arrêter de taper pendant les prises.

L'assistant : Oui, mais faut le prévenir chaque fois... et lui filer un petit billet !

Moi : Qu'est-ce que t'attends, alors ?

L'assistant : La Production commence à gueuler que ça lui coûte cher !

Moi : Je m'en fous ! Ils z'-avaient qu'à louer dans un immeuble terminé. Et si je décide d'attendre le départ du plombier, ça leur coûtera encore plus cher !

L'assistant (au stagiaire) : Tiens, voilà cinquante balles. Fonce !

Toute l'équipe attend alors en silence (et sans marcher) que les coups de marteau s'arrêtent. Ouf !

Moi : MOTEUR !!!

Etc.

A noter au passage qu'autrefois les metteurs en scène disaient : « Partez ! » pour indiquer aux acteurs de commencer à jouer. Jusqu'au jour où je ne sais plus quel réalisateur vit, à ce signal, son équipe au complet, des acteurs aux machinos, s'enfuir du plateau… et resta seul et désemparé ! Puis tout le monde revint en riant aux éclats de la bonne blague. Depuis, la majorité des (jeunes) metteurs en scène crient « ACTION ! », à l'américaine. Ça fait chic.

Personnellement, je préfère dire doucement : « C'est à toi, Jeanne… ou Pierre… ou Paul. » Ou bien : « Allez-y, les enfants. » Tout mais pas « ACTION ! » qui me fait penser à un rugissement d'instructeur de *marines*.

Autre façon de tirer la couverture à soi, pour un comédien : piquer les gros plans de l'autre. Tout un art. Vous avez, par exemple, un dialogue très important, mettons amoureux et intime, entre les deux protagonistes. Généralement (si le budget n'est pas trop serré) le metteur en scène cadre un premier plan large avec les vedettes et le décor. Puis un deuxième plus serré avec juste nos deux héros en train d'échanger à nouveau ces paroles définitives. Et enfin, on attaque le plus important : les gros plans dits G.P. Une guerre sournoise s'engage alors parfois entre les deux acteurs. Mettons que le réalisateur commence par tourner le G.P. de Lui, avec Elle « hors champ », c'est-à-dire pas dans l'image. Les comédiens redisent leur dialogue passionné, Lui avec tout son cœur et son talent. Et Elle, debout près de la caméra, en fait autant pour aider son partenaire à donner le meilleur de lui-même. Et à garder la continuité de l'émotion entre le plan large et le gros plan. Puis c'est à son tour à Elle d'être filmée en G.P. avec Lui « hors champ ». Et voilà-t-y pas que Lui doit absolument donner un coup de téléphone urgentissime à sa vieille mère malade à Plan-les-Balais ou foncer dans une pharmacie acheter un médicament que lui seul peut obtenir pour guérir une affreuse et brutale migraine.

Bref, Lui disparaît. Et c'est un assistant ou la scripte qui ânonne ses répliques. Elle, peu portée par ce partenaire qui n'en est pas un, joue moins bien que dans les plans précédents.

Et, au montage, le metteur en scène prendra le G.P. de Lui et laissera plus ou moins tomber celui — moins bon — de Elle. Et le tour est joué.

Pour en revenir aux *Saintes Chéries*, ce fut Micheline Presle qui eut le dernier mot.

La Télévision m'avait demandé d'écrire dès la sortie de la troisième série une quatrième suite. N'ayant pas de thème assez fort pour être développé sur treize épisodes d'une demi-heure (l'équivalent de quatre grands films), je déclinai la proposition.

Puis, quelques années plus tard, « l'Idée » surgit dans ma tête : le couple Sainte Chérie-Mon Minet face à leurs enfants adolescents.

Je téléphonai à mon gentil producteur, Roger Deshayes, qui s'exclama, enchanté :

— On tourne quand ?

— Dans deux ans... Un an pour écrire, six mois pour discuter, six mois pour préparer. Mais avant de me mettre au travail, je veux avoir l'accord de nos stars !

Je téléphonai à Daniel en premier, ayant son numéro de téléphone sous la main.

— Formidable ! s'écria-t-il. On tourne quand ?

— Laisse-moi écrire d'abord, dis-je en riant, contente de sa réaction chaleureuse.

Puis j'invitai Micheline à déjeuner. Elle arriva toute souriante. Mais dès que je commençai à lui parler du projet, elle se ferma comme une huître.

— Ah non ! me dit-elle farouchement. Plus jamais le personnage de Sainte Chérie ! Il me colle à la peau ! On ne me propose que des rôles identiques... J'en ai marre, plus que marre !

— Désolée !

— En plus... enfin, *ça y est :* je suis en train de répéter une pièce de théâtre sur Freud avec Jérôme Savary, dans un registre complètement différent.

— Tant pis pour moi. Je te souhaite un grand succès...

Quand je rappelai Gélin pour lui faire part du *niet* de Micheline, il piqua une grosse colère :

— Quelle conne ! s'exclama-t-il sans la moindre charité chrétienne.

— Je la comprends un peu. Tu sais mieux que moi comme c'est terrible pour un acteur d'être enfermé dans un emploi.

— Foutaises ! Écoute, j'ai la solution pour la prochaine série. Premier plan : Tu tues Micheline. Par exemple, dans un accident de voiture. Je fais confiance à ton imagination. Deuxième plan : au cimetière. Je suis son enterrement en larmes avec les deux enfants. Troisième plan : je me remarie et on repart pour treize épisodes. Génial ? non ?

— Non. *Les Saintes Chéries,* c'est Micheline et toi. Le public a aimé votre couple à un point qui me laisse encore baba. Je ne veux pas toucher à cela.

Daniel, pas content, raccrocha en me traitant à mon tour de « conne » (mais affectueusement).

Quelques années plus tard, j'écrivis *Qui c'est, ce garçon ?* et *C'est quoi, ce petit boulot ?* d'abord en roman puis en feuilletons de télévision avec Marlène Jobert et Ugo Tognazzi pour la première série et (Ugo étant mort) Marlène et Jean-Claude Brialy (qui se révéla aussi adorable qu'épatant dans le rôle) pour la deuxième série. Quant à Micheline, la sortie de sa pièce avec Jérôme Savary fut saluée par un grand article dans un magazine féminin sous le titre : « SAINTE CHÉRIE CHEZ FREUD » !

Je l'ai revue récemment à l'occasion de la sortie de son livre, *L'Arrière-mémoire* *. Elle est toujours aussi exquise qu'une rose parfumée. Et je lui garde une petite place au chaud dans mon cœur pour avoir accepté que je fasse mes premiers pas de metteur en scène avec elle et Daniel.

Il arrive que deux actrices, qui mènent une lutte sournoise pour être celle qui sera la star du film, profitent d'une scène de bagarre pour régler leurs comptes. Maria Félix, la fameuse vedette mexicaine, était très grande et vigoureuse, bien que d'origine indienne, et douée d'une formidable force physique (était-ce parce qu'elle se nourrissait presque exclusivement d'énormes biftecks bien saignants et de carottes crues ?). Toujours est-il que dans *French Cancan* elle avait une scène de bagarre avec Françoise Arnoul qui, à côté d'elle, ressemblait à une petite libellule noire **. Involontairement, Françoise écorcha Maria avec son bracelet. Du coup, la lutte dégénéra en farouche bataille entre les deux rivales. Maria Félix envoya à la petite Française une formidable gifle qui, heureusement, manqua son but sinon elle l'aurait mise K.-O. ! Françoise répondit à coups de pied et à coups de griffes. Alors Maria, hors d'elle, souleva en l'air ce petit Tanagra de Françoise avec l'intention évidente de lui casser les reins sur son

---

* *L'Arrière-mémoire*. Conversation avec Serge Toubiana.

** *Ma vie et mes films*, Jean Renoir.

genou. Les assistants n'eurent que le temps de se précipiter avant qu'il soit nécessaire d'appeler le Samu.

Il existe au cinéma ce qu'on appelle les voleurs de scènes : les bébés et les animaux.

Une vedette à l'écran peut avoir l'air de chouchouter un adorable bambin ou un amour de petit caniche et le haïr au fond de son cœur, car elle sait que le public ne regardera que le cabot (je veux parler du chien, naturellement). Certaines stars — imitant en cela Charlie Chaplin — refusent carrément, eux, de tourner avec des enfants. Charlot remarquait en effet avec aigreur : « Mettez un bébé dans une baignoire avec une savonnette et, rien qu'en essayant de la ramasser, il fera rire la salle entière ! » Et tout le monde connaît le mot de W.C. Fields à qui on demandait : « Aimez-vous les enfants ? » et qui répondait : « Oui, bien cuits. »

Cependant, faire jouer des bambins, s'ils ont cette spontanéité et ce charme qui leur attirent l'amour du public, présente des inconvénients dont les spectateurs ne se doutent pas toujours.

C'est ainsi que le célèbre *Jeux interdits*, mis en scène par René Clément (1952), n'était au début qu'un sketch au milieu de trois devant former un film *Croix de bois, croix de fer*. Mais les petits acteurs, Brigitte Fossey (5 ans) et Georges Poujouly (11 ans) se révélèrent tellement remarquables au tournage que le producteur Robert Dorfman résolut (avec René Clément) de rajouter une demi-heure de plus et d'en faire un long métrage. (Une autre raison l'amena à prendre cette décision : il n'avait plus le sou. Au point qu'il n'eut pas l'argent indispensable pour descendre au Festival de Cannes présenter le film !)

Pour écrire et préparer la fin de *Jeux interdits,* sept mois d'interruption furent nécessaires. Pendant ce temps-là, Brigitte Fossey perdit ses dents de lait et la Production dut, en toute hâte, lui faire fabriquer un dentier.

Quant au jeune Poujouly, il avait joué entre-temps dans *Nous sommes tous des assassins* d'André Cayatte qui lui avait fait raser les cheveux.

C'est donc avec des fausses dents et une perruque que nos petits et déjà célèbres acteurs terminèrent ce film.

Les animaux de cinéma sont en règle générale dressés à l'avance par des spécialistes qui ont reçu le scénario à temps (enfin, en principe).

Cependant, soit que le temps ait manqué, soit que l'animal ait une nature particulièrement cabocharde, il arrive qu'un chien, même bien dressé, refuse d'exécuter les ordres donnés par son maître (hors champ).

C'est ainsi que j'ai vu toute l'équipe de *Cours après moi que je t'attrape* attendre patiemment en émettant des « psss... psss... » divers qu'un grand danois veuille bien lever la patte sur un fauteuil (je m'accuse, c'est ma faute, ma très grande faute, d'avoir écrit, sans état d'âme, ce gag tout en finesse...). Le même fauve bouffa d'un coup de langue, avec le carton, le gâteau que Jean-Pierre Marielle avait acheté pour un dîner d'amoureux avec Annie Girardot.

Quant à Chavignol, l'énorme chien des Pyrénées, dans *Qui c'est, ce garçon ?,* il fut remplacé par une femelle de la même race dans la suite : *C'est quoi, ce petit boulot ?* et personne ne s'aperçut de rien, moi y compris.

Toujours dans *C'est court, la vie,* Paulette Dubost

raconte que, tournant *La Petite Sauvage*, elle devait traverser le parc d'un collège où le molosse des gardiens (un chien de cirque dressé) devait l'accueillir avec force démonstrations d'affection. Hélas, dès qu'il aperçut Paulette, le sale clebs se mit à gronder en reculant. Consternation générale. Arrêt du tournage. Fureur du metteur en scène. Engueulade du dresseur par le producteur *(le compteur tourne)*. Etc. Paulette apprend alors que l'animal adore le gruyère. Elle envoie l'assistant à l'épicerie la plus proche en acheter un kilo et s'en colle des petits morceaux partout. Dans les oreilles, les trous de nez, les cheveux, etc. La bête, folle de joie et de gourmandise, bondit pour lui lécher le visage avec ardeur. La prise fut excellente, le film sauvé !

Certains autres animaux domestiques peuvent donner aussi du fil à retordre. Ainsi la poule, mascotte du régiment, qui devait défiler dans *Les Fêtes galantes* de René Clair. Pourtant soi-disant dressée elle aussi, elle refusa carrément, au moment de tourner, de marcher en tête des soldats. Drame. René Clair tenait dur comme fer à sa poule défilant. Un assistant qui pratiquait la méthode du *démerdassek* de mon Papa, le Colonel, eut une idée. Il installa les poussins piaillants du gallinacé récalcitrant dans une boîte en carton qu'il tira (hors champ) au bout d'une ficelle. Du coup, l'instinct maternel de la pauvre bête se mit à vibrer et elle s'élança éperdument à la poursuite de ses bébés. Et les spectateurs admirèrent une poule qui défilait avec tant d'ardeur...

Dans *Un cheval pour deux* avec Roger Pierre et Jean-Marc Thibault, Charly Koubesserian (maquilleur de Belmondo) devait maquiller... un cheval, en lui mettant des larmes de glycérine dans les yeux. Le cheval détestait. Du plus loin qu'il voyait arriver Charly, il se mettait à botter comme un fou, ce qui ne facilitait pas le travail du maquilleur. A noter que le cheval ruait aussi avec rage à l'apparition du comptable-payeur. Ne devait pas être content non plus de son cacheton.

Les animaux sauvages peuvent apporter, eux aussi, leur lot d'émotions fortes.

C'est ainsi que dans *La Charge de la brigade légère*, Errol Flynn et David Niven tournaient dans le studio de la Warner à Hollywood une chasse au tigre — supposée se passer aux Indes. Ils étaient tous les deux installés dans un grand panier sur le dos d'un éléphant « apprivoisé ». Hélas, le pachyderme, terrorisé par les projecteurs et les hurlements démentiels du metteur en scène Michael Curtis dans son mégaphone, devint fou furieux, fonça dans la foule des figurants qui s'égaillèrent en hurlant, puis essaya de se débarrasser à tout prix des deux stars accrochées à son dos et, n'y arrivant pas, s'élança en barrissant vers la sortie du studio, direction Calcutta. La police n'eut que le temps de fermer les portes avant que l'énorme bête ne provoque des embouteillages monstres dans la circulation de Los Angeles et n'écrase au passage quelques Cadillac et autres Buick avec des nababs à l'intérieur.

Hathaway, le grand réalisateur de westerns, avait accepté de diriger *Les Trois Lanciers du Bengale* non pas aux Indes, mais dans des paysages américains. A condition d'avoir un éléphant pour la couleur locale. O.K., dit le Studio, on vous l'envoie par camion. Vous l'aurez demain. Hélas, on oublia de demander son accord au pachyderme qui, furieux et peut-être mal payé, démolit pendant le voyage une station-service puis déracina un arbre autour duquel il enroula sa trompe et dont il ne voulut pas se séparer. Il arriva sur le plateau portant triomphalement son arbre qu'il fallut scier avec maintes précautions. Hathaway jura de ne plus jamais travailler avec un éléphant.

Il arrive, au contraire, que les dresseurs en fassent trop. Amanda Lear tourna, il n'y a pas très longtemps, avec une panthère noire tellement bourrée de Valium qu'on n'arriva jamais à la réveiller. En désespoir de cause, le metteur en scène fit peindre des yeux (ouverts) sur ses paupières (fermées).

Un jeune zoologiste britannique rentrant en Angleterre avec, dans ses bagages, des serpents qui avaient « joué » dans le péplum *La Terre des Pharaons*, à Rome (le tout supposé se passer en Égypte) se fit arrêter à la douane.

— Vous n'avez rien à déclarer ?

— Si, répondit le savant anglais ravi de sa plaisanterie, ce sac est plein de reptiles redoutables.

— Ouvrez-le.

— Heu... c'est risqué ! Il s'agit de cobras venimeux ! s'écria le spécialiste qui commençait à s'inquiéter.

Le douanier ricana. A d'autres ! Le coup des cobras venimeux cachait évidemment un trafic de drogue ou de cigarettes. Il s'empara du sac, plongea la main dedans et la retira, pâle comme un mort...

Il ne dut la vie qu'au fait que le jeune zoologiste anglais avait mis dans le fond du sac des bouteilles de vin italien qu'il voulait effectivement rapporter en fraude et qui s'étaient cassées pendant le voyage.

Les cobras — ivres morts — cuvaient leur Chianti *.

L'ours est actuellement très à la mode.

Pour le fameux film de Jean-Jacques Annaud qui

---

* Anecdote rapportée dans le livre très amusant de Noël Howard : *Hollywood sur Nil*.

attira des millions de spectateurs, la préparation commença carrément des années avant le tournage. On fit naître trente oursons après avoir présélectionné des Papa Ours et des Maman Ours pour que leurs rejetons soient les plus délurés possible. Les trente oursons eurent chacun une nounou qui le nourrissait, le soignait, le câlinait. L'un d'eux, cependant, manifesta une vilaine nature en arrachant d'un coup de dent la joue de sa nanny. Sur les trente oursons, douze furent choisis pour des essais où l'on décida lequel était le meilleur pour grimper aux arbres, traverser la rivière, sauter en imitant la grenouille, etc.

L'un d'eux se révéla le champion, sauf quand il refusa de lécher la bonne confiture de fraises de chez Fauchon figurant le sang d'une bête blessée qu'il venait secourir.

Quant aux deux grands ours qui tournaient alternativement, le premier faillit tuer J.-J. Annaud.

D'habitude, celui-ci se tenait avec l'équipe prudemment derrière un fil électrique. Puis un jour, Jean-Jacques décida, à la prière du photographe de plateau, de faire quelques photos pour la Presse.

Il s'assit sur une butte avec l'immense fauve derrière lui. Clic/Clac. Au début, tout se passa bien.

Puis le metteur en scène eut l'idée malencontreuse de se retourner et de regarder l'Ours à travers son viseur. L'Ours crut-il qu'il s'agissait d'une arme ou était-il mécontent d'être photographié sous un angle qui ne l'avantageait pas ? Toujours est-il qu'il émit un grondement terrible et s'abattit avec la force de ses 300 kilos sur Jean-Jacques Annaud. Qui eut la chance de glisser sous le choc, ce qui fait que les griffes de l'énorme patte du monstre s'enfoncèrent dans sa fesse et non dans sa tête. Terreur sur le plateau. Le dresseur se précipita pour récupérer sa bête qui commençait à se désintéresser d'Annaud qui faisait le mort, ce qui lui sauva la vie. Mais un metteur en scène digne de ce nom tourne, même à l'agonie, et Jean-Jacques reprit la direction du film avec un énorme trou dans la fesse gauche qu'il fallait bourrer de pansements tous les matins.

Quand Gérard Pirès tourna la publicité pour l'eau Valvert, il laissa éclater son masochisme en faisant jouer ensemble des loups qui se battaient au lieu de rester peinards à leur place, plus un ours qui ne pensait qu'à s'enfuir, plus un aigle qui refusait avec entêtement de s'envoler avec la bouteille d'eau Valvert... attachée à ses serres.

Dans *Agaguk* réalisé dans le Grand Nord par Jacques Dorfman, le dompteur du grand Ours Blanc refusa d'amener son animal sur la banquise... de peur qu'il n'attrape froid !! Et le loup avait si peur de l'acteur esquimau Inuit qu'il ne voulut jamais l'approcher, encore moins faire mine de l'attaquer.

Pendant le tournage du remake de *Quo Vadis ?* par la M.G.M., le metteur en scène, ne reculant devant rien, avait prévu un combat farouche entre un acteur et un taureau sauvage. Lequel taureau sauvage, dès son arrivée, se révéla vraiment sauvage, et commença à démolir tous les décors à la ronde. L'équipe courut courageusement se planquer jusqu'à ce qu'apparût un minuscule torero portugais qui fit monter la bête féroce dans un camion et disparut avec. Olé !

On décida alors d'utiliser en guise de taureau de combat une brave vache très douce et chloroformée pour plus de précautions. Il suffisait de dissimuler son pis à la caméra et le tour était joué.

Malheureusement, chaque fois que l'acteur, après l'avoir l'occis en principe, posait un pied triomphant sur son flanc, cette vacherie de vache rouvrait des yeux humides de tendresse et se redressait à moitié (le pis apparaissait) en poussant des meuglements à fendre le cœur. (Elle supportait mal le chloroforme).

On comprendra que non seulement des stars mais des metteurs en scène, et des plus grands, aient refusé avec entêtement de tourner avec des animaux. J'ai lu quelque part que Billy Wilder, le célèbre réalisateur, ne dirigea jamais de westerns — malgré les propositions les plus alléchantes — sous prétexte qu'il avait peur des chevaux. Et de tous les animaux en général. Il prétendait même qu'avant de rentrer dans le garage de sa maison, il faisait passer devant lui la petite fille des voisins... à cause des souris !

Par contre, John Huston s'était pris d'amour tendre pour la guenon qui jouait dans *Les Insurgés*. Passion réciproque. Le film terminé, il ramena « Jennifer » chez lui, au grand dam de sa femme Évelyne. La guenon déchira les rideaux, ouvrit tous les tiroirs, crotta dedans, et refusa de dormir ailleurs que dans les bras de Huston. Puis finit par mordre jusqu'au sang la pauvre Évelyne qu'elle considérait comme sa rivale... Celle-ci dit alors à son mari (comme toute femme l'aurait fait à sa place) : « C'est la guenon ou moi... ! » Hélas ! John Huston — le monstre ! — choisit sa guenon adorée et partit vivre avec elle dans son ranch.

Madame Huston demanda le divorce et réussit à les ruiner tous les deux.

Bien fait.

CHAPITRE 7

... où l'auteur entrevoit une star qui disparaît mystérieusement.

La star a quelque chose de magique. Sa seule présence à l'écran fait rêver. Elle peut provoquer une émeute en allant simplement manger une pizza dans un petit bistrot, n'est-ce pas Patriiiick ?

La star est aimée de millions d'inconnus. Elle le sait et ne laisse personne l'ignorer. Charlie Chaplin répondit un jour, avec dédain, à un quidam qui avait osé lui faire remarquer : « Vous n'avez jamais d'angles de vue intéressants. — Je n'en ai pas besoin. C'est moi qui suis intéressant. » (Et pan sur le bec du malappris.)

Ava Gardner — qui était déjà une star — rencontrant un jour, à Madrid, Bette Davis alla gentiment se présenter à elle et lui dire qu'elle l'admirait beaucoup.

— Je n'en doute pas, ma chère, je n'en doute pas ! répondit Bette Davis avec hauteur.

Et elle tourna les talons.

La star, qui est très souvent américaine, en a bavé pour arriver au top. Ses débuts ont été difficiles. Ainsi Kim Novak était « groom » d'ascenseurs dans un grand magasin. Bette Midler enlevait à la chaîne le cœur des ananas dans une conserverie. Cindy Crawford égrenait le maïs pour 15 francs de l'heure dans l'Illinois. Michèle Pfeiffer était aimablement surnommée « cuisses de poulet » par ses copines au lycée et débuta comme caissière dans un supermarché. Sharon Stone arriva à Hollywood en stop avec sa petite valise. Sean Connery, lui, commença par polir des cercueils pour une société de pompes funèbres ! Elvis Presley fut chauffeur de poids lourd, etc.

Moyennant quoi, une fois arrivée en haut du mât de cocagne, aucune excentricité, aucun caprice ne fait peur à une star.

Marlene Dietrich roulait en Cadillac noire conduite par un chauffeur toujours armé de deux revolvers (c'est ça qu'est chic ! J'adorerais...) et qui portait en hiver un petit col de vison sur son uniforme (on peut être à la fois star et une maman pour son chauffeur). Constance Bennett (star d'avant-guerre) se déplaçait, elle, en Rolls avec carrément un projecteur allumé braqué sur elle, permettant au menu peuple de l'adorer au passage. Quand elle tournait, Greta Garbo ne tolérait absolument personne d'étranger à l'équipe du film, sur le plateau. Un jour qu'elle jouait *Ninotchka,* Billy Wilder, qui avait pourtant écrit le scénario du film avec Lubitsch, osa venir jeter un coup d'œil. Immédiatement, sur un signe de la star, deux machinos arrivèrent et, sans un mot, placèrent devant lui un immense paravent noir... (Tête de Billy Wilder !)

Quant à Wallace Beery, il refusa un film avec Otto Preminger parce qu'il avait du mal à prononcer son nom.

Pour le tournage de *Mayerling* à Prague, Ava Gardner exigea deux coiffeurs importés de Hollywood : l'un pour ses cheveux, l'autre pour ses perruques. Tandis qu'il paraît qu'au contraire Frank Sinatra lave lui-même ses moumoutes tous les soirs dans son lavabo comme une brave petite ménagère. Ce qui ne l'empêche pas d'avoir un caractère difficile et d'avoir un jour essayé de défoncer à coups de hache de pompier la porte de la loge de son metteur en scène.

Et ça continue. Kim Basinger réclame par contrat de l'eau d'Évian pour se laver les cheveux, même au cœur du Sahara. Et interrompt un tournage pour aller voir son psy au Brésil (quelle idée d'avoir un psy au Brésil !). La star des stars, Liz Taylor, exige systématiquement que soit refaite la tapisserie des chambres d'hôtel qu'elle doit occuper. Cher s'est mise à l'imiter et, l'année dernière, au Festival de Cannes, a fait recouvrir les murs de sa suite à l'hôtel du Cap de papier kraft !

Quant à Sharon Stone, il paraît qu'elle téléphone tous les jours à son cheval, d'où qu'elle soit. Aux frais de la Production. A mon avis, c'est histoire d'embêter. Parce que moi aussi — plus modestement — j'ai essayé de parler de Paris à mes chiens bien-aimés à la Micoulette. Mais quand Monsieur Louis leur plaque le combiné contre l'oreille et qu'ils entendent ma voix câline dans l'appareil, ils se sauvent, affolés !...

Les contrats des stars américaines sont, paraît-il, aussi épais qu'un dictionnaire et respectés comme la Bible.

Joan Crawford, qui ne supportait pas la chaleur des spots, exigeait dans les siens que la température du plateau soit toujours très basse. Au point que ses deux partenaires sur le film *Femme ou maîtresse*, Henry Fonda et Dana Andrews, attrapèrent rhume sur rhume. Ils finirent par se révolter et réclamèrent qu'on monte la climatisation. La star tint bon (« Mon contrat ! Mon contrat ! »). Et se contenta d'offrir aux deux acteurs des caleçons longs en laine.

Sur ses contrats, Claudette Colbert faisait spécifier que seul son profil gauche — le meilleur selon elle — serait filmé. Ce qui compliquait terriblement le travail du metteur en scène et du cadreur. Dieu merci, elle ne tourna jamais avec Charles Boyer qui avait la même exigence. Ils auraient eu l'air tous les deux de personnages égyptiens se poursuivant sur un bas-relief. Cette histoire de bon profil continue d'empoisonner la vie des réalisateurs, même à l'heure actuelle, même en France, même avec des comédiennes dont la beauté n'est pas flagrante, mais chut ! Soyons bonne camarade...

A une petite actrice qui lui demandait en minaudant quel était son meilleur profil, Hitchcock répondit : « Vous êtes assise dessus, ma chère ! »

Greta Garbo, très rigoureuse dans ses horaires, n'acceptait de travailler que jusqu'à dix-sept heures au lieu de dix-huit. Mais, brave fille, ne refusait pas de faire de temps à autre une heure sup. Simplement, elle la décomptait le jour suivant... et partait à seize heures.

Susan Hayward faisait stipuler, entre autres, qu'en aucun cas le metteur en scène ne l'obligerait à couper ses cheveux. Bien lui en prit car c'est la première chose que lui demanda le réalisateur Mankiewicz quand elle tourna avec lui.

Notons au passage la très curieuse obsession des cinéastes américains de couper la chevelure de leur star. George Cukor rasa à moitié la tête de Katharine Hepburn dans *Héritage*. Zanuck surgit un jour dans la loge de Betty Grable, attrapa une paire de ciseaux et la scalpa en partie sans dire un mot, clac-clac-clac. Orson Welles convoqua seize photographes pour fixer sur la pellicule les ciseaux fatals tailladant la splendide chevelure de sa star et épouse : Rita Hayworth. S'agit-il du complexe de Samson et Dalila ou plus simplement du désir du metteur en scène de faire comprendre à tout un chacun que c'est lui le Maître avant Dieu ?

Car il n'est pas rare que la star américaine (et même française) ait tendance à abreuver le réalisateur de conseils concernant l'emplacement de la caméra. Ce que fit Robert de Niro, dès le premier matin du tournage de *Il était une fois l'Amérique* avec Sergio Leone.

— Bon. D'accord, dit paisiblement Sergio, c'est toi qui diriges le film.

Et il rentra à son hôtel.

Où on courut le rechercher.

Après quoi, de Niro se montra charmant et ne se mêla plus de la mise en scène.

Katharine Hepburn essaya, elle aussi, de diriger *Soudain l'été dernier* à la place de Joseph Mankiewicz. Qui commença les premiers jours par se montrer arrangeant. Puis finit par arrêter le tournage en disant à la star, devant toute l'équipe :

— Miss Hepburn, nous reprendrons le travail dès qu'arrivera de Hollywood la carte de réalisateur que j'ai demandée pour vous*.

Celle-ci, folle de rage, garda alors ses remarques pour elle mais n'adressa plus la parole au metteur en scène en dehors du plateau.

Pour se venger à son tour, Mankiewicz exigea qu'à la dernière scène l'actrice apparaisse vieillie et la filma sans effet de filtre ni d'éclairage flatteur. Quand le dernier plan fut en boîte, Katharine Hepburn cracha au visage du metteur en scène !

C'est ce qu'on appelle une ambiance chaleureuse lors des interviews avec la Presse !

Mais, attention, une star n'a pas que des défauts. Certaines sont des « pros » remarquables. John

* *Mankiewicz*, par Pascal Merigeau.

Wayne arrivait toujours à l'heure, sachant son texte au rasoir. Richard Gere, bien qu'il soit sujet au vertige, grimpa sur une poutre en équilibre sur un toit. Olivia de Havilland s'étendit sans protester dans un marais grouillant d'horribles bêtes, y compris des serpents venimeux. Elle en eut ensuite des cauchemars pendant des années.

Une star peut aussi avoir de l'esprit.

Ainsi Mae West, constatant un net renflement... des parties viriles d'un acteur avec qui elle jouait, inventa la réplique suivante :

— Y a-t-il un revolver dans ta poche ou es-tu simplement content de me voir ?

Une autre — je crois bien que c'est Shirley Mac Laine —, se voyant refuser l'entrée d'un grand restaurant anglais sous prétexte qu'elle était en pantalon, enleva tranquillement celui-ci et se retrouva ainsi vêtue d'une simple chemise arrivant au bas des fesses... mais sans pantalon ! Le maître d'hôtel dut s'incliner.

Ma star préférée, Marilyn Monroe (j'avoue : je suis une groupie), avait des défauts qui mettaient ses producteurs dans tous leurs états.

Distraite au point d'être capable de sortir avec une chaussure noire et l'autre rouge.

Et d'oublier de prendre son petit déjeuner. Le studio lui engagea alors une « nounou », mais celle-ci, au contact de la star, devint à son tour follement désordonnée si bien qu'à la fin, c'était Marilyn qui devait veiller sur elle !!! (Sans vouloir me comparer à elle, c'est la même chose qui m'arrive avec Petite Chérie... Alors que j'avais tendance à être ordonnée, grâce à la rude éducation du Couvent Sainte-Jeanne d'Arc, je me surprends désormais quand je rentre chez moi à commencer à me déshabiller dans l'ascenseur, à laisser tomber par terre mon manteau dès l'entrée et à lancer mes escarpins à la ronde, notamment sur le canapé du salon où l'Homme s'assoit dessus. Curieusement, on parle toujours de la mauvaise influence des parents sur les enfants et jamais de celle des enfants sur leurs parents.)

Quant à ma chère Marilyn, au fur et à mesure que sa renommée augmentait, son angoisse grandissait. A la fin, sa panique était telle qu'elle restait enfermée dans sa loge jusqu'à quatre heures de l'après-midi et, quand on arrivait à l'en extraire, elle était incapable de se rappeler son texte. Même une simple phrase. C'est ainsi qu'on dut tourner soixante-cinq fois un plan où elle devait tout bonnement dire : « Où est le whisky ? » en ouvrant des tiroirs... où ces quatre mots étaient pourtant écrits en grosses capitales.

Mais elle était adorable et drôle. Et ses fameuses répliques à l'emporte-pièce n'étaient pas inventées par ses attachés de presse comme on l'a cru longtemps (moi avec), mais par elle-même.

Journaliste : Vous aviez mis quelque chose pour la photo du calendrier (où elle avait posé entièrement nue) ?

Marilyn : Oui. La radio.

Journaliste : Vous êtes très pâle. Pourquoi ne prenez-vous pas de bain de soleil ?

(Moi, j'aurais répondu : « De quoi j'me mêle, crétin ? »)

Marilyn (souriante et la voix sensuelle) : J'aime me sentir blonde de partout...

Journaliste : Avec quoi dormez-vous ?

(Moi : « Une chemise de nuit en pilou, un tricot, une grosse paire de chaussettes de laine, et un bonnet de ski... »

ou

« En tout cas, pas dans votre pyjama ! »)

Marilyn (langoureuse) : Je dors avec du 5 de Chanel.

Et quand, en 1952, Marilyn dut être opérée de

l'appendicite, le chirurgien trouva ce petit mot scotché sur son ventre : « S'il vous plaît, ne m'enlevez que ce qui est prévu et... de grâce, juste un tout petit autographe ! »

La star américaine gagne un argent fou. Harrison Ford a touché 9 millions de dollars pour *Le Fugitif*, soit 50 millions de francs = 5 milliards de centimes ! Tom Cruise a gagné 12 millions de dollars pour *La Firme*, soit plus de 65 millions de francs = 6,5 milliards de centimes. On estime à 20 millions de dollars = 110 millions de francs = 11 milliards de centimes le gain de Arnold Schwarzenegger pour *Les Croisades*. Et les prix continuent de monter.

Personnellement, des sommes pareilles me donnent le tournis.

Encore que je pense que je saurais me débrouiller avec. Pas vous ?

Mais il faut compter avec le standing qui ruine en partie les stars en question. Maison à Hollywood, ranch grand comme un département français dans le Wyoming ou le Montana, villa à Malibu au bord de la plage, duplex à New York.

Et une équipe d'enfer comprenant coiffeur personnel (dans le couple Warren Beatty/Annette Bening, chacun a le sien, comme ça, pas d'histoires), maquilleur, professeur d'art dramatique, masseur, entraîneur sportif, nutritionniste, baby-sitters pour les enfants (ah ! quand même), attaché de presse, etc., et naturellement au moins quatre gardes du corps (j'adorerais aussi me promener, de temps à autre, sur les Champs-Élysées, entourée de géants musclés et menaçants, pour épater les foules).

Whitney Huston emploie douze personnes pour veiller sur la maison high tech qu'elle s'est fait construire avec dix-huit chambres d'amis avec salles de bains (parce qu'elle a vraiment dix-huit copains ?), observatoire astronomique, serre géante et piste d'hélicoptère plus belle que celle sur le toit du Ministère des Finances à Bercy. (Ce qui n'est pas difficile : j'ai déjà remarqué dans un livre précédent qu'elle ressemblait à une crêpe froide*).

Le staff de Demi Moore et Bruce Willis ne compte que dix-sept personnes dont six gorilles, alors qu'Eddie Murphy est surveillé en permanence par dix malabars (ils doivent se marcher sur les pieds). Par contre, le groupe rock : The New Kids on the Block avait engagé une bonne douzaine de gardes du corps à l'occasion d'un gala à New York. Précaution inutile : pas un spectateur ne s'est déplacé pour les voir.

Mais le record (question standing) est (était ?) établi par Michael Jackson : deux cent trente-trois personnes à son service (dont deux cuisiniers japonais). Et ceci avant son mariage avec Lisa Presley. Maintenant, à eux deux, ils doivent faire travailler la moitié des usines Ford.

Quand on voit le souci que donne à Paris le seul fait d'avoir une femme de ménage philippine trois fois par semaine, on ne peut que plaindre ces pauvres stars obligées de se débattre avec tout ce monde.

Le chien vedette de Walt Disney, Benji, ne se déplaçait qu'avec son maître et son dresseur en limousine et dans les hôtels les plus somptueux où du fromage Cottage Cheese et de l'Évian étaient prévus dans son bar personnel. Il déjeuna au Fouquet's sur une chaise avec une serviette autour du cou sous l'œil des habitués surpris. Pauvre bête !

Cependant, pour être honnête, il faut préciser que toutes les stars hollywoodiennes n'éprouvent pas le besoin d'avoir un niveau de vie de milliardaire.

---

* Dans *Arrêtez de piquer mes sous*.

C'est ainsi que Jean-Pierre Aumont (un bon petit Français qui préférait peut-être placer ses sous en Sicav) et sa femme Marisa (une ravissante Italienne avec des siècles derrière elle d'habitude paysanne de planquer ses sous dans la lessiveuse) n'avaient qu'une vieille bagnole dans laquelle ils montèrent un soir pour aller dans leurs plus beaux atours à une réception.

Leur maître d'hôtel noir (ah ! ils avaient QUAND MÊME un maître d'hôtel) ne put le supporter et les supplia :

— Je vous en prie, prenez MA Cadillac !

Quant à Al Pacino, invité à un cocktail entre amis, il fut viré par la femme de chambre qui lui ouvrit la porte et le prit pour un livreur :

— C'est pas l'entrée de service, ici, mon vieux ! Redescendez et prenez l'escalier au fond de la cour.

Le même Al Pacino se trouvant dans une petite gare suisse avec Marthe Keller et son agent, Olga Horstig, dont il portait gentiment la valise, fut pris par une respectable vieille dame genevoise pour un simple porteur. Elle voulut à toutes forces lui confier ses propres bagages et il eut un mal fou à s'en dépêtrer. Voilà ce que c'est que de voyager avec un vieux blouson de cuir et sans au moins deux gorilles.

Car les gardes du corps sont indispensables non seulement au standing des stars, mais aussi pour les protéger de leurs fans.

En effet, les stars, et même quelquefois les non-stars, ont des fans.

Certains les poursuivent jusque dans leur salle de bains ou dorment sur leur paillasson. D'autres sont carrément fous. C'est un admirateur passionné de Jodie Foster qui tira plusieurs coups de feu sur le Président Reagan. « Tu seras fier de moi », avait-il écrit à Jodie avant l'attentat.

Rebecca Schaeffer, vedette à vingt et un ans d'une

série américaine, fut tuée de deux balles dans la tête par un amoureux qui visionnait ses films à longueur de journée.

Lennon fut abattu également par un fanatique qui lui réclamait un autographe.

Le metteur en scène Martin Scorsese, talonné lui aussi par un dingue, vécut toute une période de sa vie avec un revolver en permanence sur lui.

Annie Girardot dut, pendant un certain temps, se faire protéger — elle et sa fille — par un grand gaillard contre un malade qui s'était installé au pied de son immeuble ou même carrément dans son escalier, avec femme et enfant.

Les gorilles d'Alain Delon furent débordés par la foule de ses inconditionnels quand il voulut une année se rendre à pied au Palais du Festival à Cannes. On dut faire appel aux C.R.S.

Par contre, Meryl Streep voyage avec un seul garde du corps qui est aussi son coiffeur ! (Futée ou économe ?)

Mais le fan aussi peut être d'une méchanceté incroyable.

Brigitte Bardot, après sa tentative de suicide en 1960, reçut une lame de rasoir avec cette note : « Pour ne pas vous rater la prochaine fois. »

A côté des extravagances américaines, les exigences de nos grandes vedettes françaises paraissent bien fades.

Par contrat, le grand Raimu refusait de travailler le jeudi. Pour pouvoir passer la journée avec Paulette, sa fille adorée, dont c'était le jour de vacance scolaire.

Michel Simon, alors qu'il jouait en Italie, avait exigé d'être payé en lires et en liquide. Michel

Boisrond, alors assistant de René Clair, s'amusait de voir, le vendredi, débarquer le comptable, portant religieusement une boîte à chaussures qui contenait la paie de la star. Laquelle n'avait qu'une peur : qu'on ne la lui pique. Il tenait alors serrée contre son cœur sa boîte à chaussures ou la posait à ses pieds et gardait les yeux rivés dessus. Ce qui l'empêchait de jouer avec naturel et faisait râler René Clair.

Michel Simon : T'as qu'à le garder, toi, mon fric !

René Clair (furieux) : J'ai d'autres choses à foutre !

On finissait par confier la fameuse boîte à Boisrond. Qui sentait alors peser sur lui sans relâche le regard soupçonneux de Michel Simon.

Dans *Germinal*, Renaud demanda qu'on mette une grosse motte de beurre sur la table de la cantine. Pour lui rappeler son grand-père (oh ! que c'est chou !).

Pour *Boulevard du Rhum*, Lino Ventura avait refusé, toujours par contrat, la moindre scène d'amour avec Brigitte Bardot. Et même d'être photographié à côté d'elle. Ce qui ne l'empêchait pas de se glisser la nuit dans son appartement pour jouer frénétiquement au poker avec la jeune star et ses copains.

Monica Vitti avait une peur folle de prendre l'avion. Elle essaya cependant une fois et fut prise d'une telle angoisse qu'Antonioni, son metteur en scène et compagnon, obtint que le jet qui avait déjà décollé revienne se poser à son point de départ.

Une star se reconnaît aussi au fait qu'elle peut faire des caprices au beau milieu d'un tournage.

La très belle actrice italienne, appelons-la Alessandra X., était la vedette d'un film dirigé par un metteur en scène français, à Rome Plein été. Chaleur torride. L'assistant va la chercher pour l'amener sur le plateau. Elle sort languissante de sa loge et déclare :

— Ahhhhhh ! Yé né pas envie de travailler aujourd'hui... Il fé trop chaud... Yé voudrais un peu de frécheur... aaaahhhhh ! Yé mangérai bien oune douzaine d'huîtres... aaaaahhhhhh !... çé ça ! Yé la tourne votre scène de merde si yé mange d'abord une douzaine de bélons...

Et elle retourne tranquillement s'enfermer dans sa loge.

Panique générale. Où trouver douze belons en plein mois d'août à Rome ? Enfin, un assistant italien se frappe le front : il a un copain qui a un copain qui a lui-même un copain... Bref, au bout d'une demi-journée de course folle (tournage arrêté = producteur hystérique au téléphone à Paris : *le compteur tourne*), on réussit à dénicher les douze belons exigées par la star. On les porte respectueusement à Madame Alessandra qui entrouvre sa porte pour se saisir du plateau. Et ressort une demi-heure plus tard, radieuse :

— C'été oune délice, mes chéris... Yé souis prête... !

— Tout le monde en place ! gueule l'assistant tandis que le metteur en scène fébrile donne un dernier coup d'œil dans l'œilleton de la caméra.

Et pousse un cri d'horreur.

— Mais... *Carissima* ! Tu as plein de plaques rouges sur la figure !

Alessandra (avec un sourire enchanteur) : Lés bélons, ça mé fé toujours ça !...

Et elle passa le reste de la journée à se reposer paisiblement dans sa loge.

Certaines actrices ont la classe d'une grande star.

Dans *Elle court, elle court, la Banlieue,* Alice Sapricht accepta de jouer le rôle d'Alice Sapricht qu'un embouteillage parisien rend folle et qui casse à coups de marteau le pare-brise de la voiture d'Higelin. Elle le tourna avec un tel entrain qu'un éclat de verre lui taillada le poignet. De ma place, je vis le sang couler. A côté de la caméra, Pirès ne s'en aperçut pas. Il la laissa donc continuer. Alice ne dit rien. Elle se contenta de tourner simplement sa main pour dissimuler le sang à l'objectif et termina sa scène. Dès que le « Coupez » retentit, je me précipitai vers elle avec Gisèle Braunberger en réclamant la boîte à pharmacie de secours et en la félicitant de son courage.

— Mes chérrrrries ! J'ai pensé que vous n'aviez peut-être pas un deuxième pare-brise à démolir !...

Et elle se montra surtout soucieuse d'avoir taché de son sang une robe prêtée par Dior.

C'est aussi elle qui, lorsqu'on lui présentait un personnage important, mais infatué de lui-même, demandait ironiquement :

— Et à quoi *ça* sert ?

Plus farceur : le grand Pierre Brasseur adorait arrêter les flics dans la rue sous couvert de leur demander des renseignements et en profitait pour pisser en douce sur le bas de leur pantalon.

Plus malin : le jour où Tom Cruise est arrivé au Ritz (Paris) entouré de ses gardes du corps, Gérard Depardieu y avait aussi rendez-vous. Pour franchir la meute des fans et des curieux, il se déguisa simplement en coursier : Mobylette, casque intégral et jean. Personne ne le reconnut ni ne l'embêta. Saluons cette modestie !

J'avoue ne pas connaître personnellement de

grandes stars françaises. J'ai bien pris un jour une orangeade avec Catherine Deneuve pour discuter d'un projet de film... qui ne s'est pas fait. J'ai aussi écrit à Brigitte Bardot parce qu'elle était persécutée par le même fou que moi. Elle ne m'a jamais répondu. J'aurais dû signer Mirza.

Enfin, j'ai aperçu, il y a quelques années, la belle Isabelle Adjani, dans l'avion Paris-Los Angeles-Tahiti.

Ou plutôt mon attention fut attirée par une jeune créature curieusement enveloppée dans un immense châle noir jusqu'au nez, lui-même surmonté d'énormes lunettes noires.

Cette tenue curieuse (le tchador n'était pas encore à la mode) et l'attitude angoissée de la passagère étaient si étranges qu'elles suscitèrent la curiosité des autres passagers. Y compris l'Homme.

— Qui c'est, cette mémère ?

— Ce n'est pas une mémère ! dis-je avec indignation, c'est la plus ravissante et la plus talentueuse de nos jeunes stars françaises : Isabelle Adjani.

— Connais pas ! déclara laconiquement mon époux pour qui le cinéma s'est arrêté avec *Le Diable au corps* qu'il a vu dans un cinoche pourri dans le fin fond du Mexique ! Quant à mes propres films, je ne l'invite plus à les voir depuis que, en pleine projection privée de *Vas-y Maman !*, tous les producteurs étant présents, il s'est écrié d'une voix de stentor, en se tournant, indigné, vers Pierre Mondy : « Et vous avez accepté de tourner ce rôle où ma femme ridiculise les hommes !... »

Nous voilà donc dans l'avion Paris-Los Angeles-Tahiti en la compagnie (lointaine) d'Isabelle Adjani et du producteur, le délicieux Pierre Grimblat qui voulut aller lui faire la conversation et dut être froidement accueilli, car il regagna sa place cinq minutes plus tard, sans son sourire charmeur habituel. Cela ne m'étonna pas. La star passait, à tort ou à raison, pour être assez sauvage et on racontait qu'à ses débuts, un acteur, furieux de sa réserve naturelle, s'était vengé en chantonnant à longueur de film sur l'air d'« Al-gé-rie Française ! » : « Ad-ja-ni Française ! Ad-ja-ni Fran-çaise ! »

Pardon pour les digressions. L'hôtesse de l'air du Jumbo qui nous emportait, l'Homme et moi, vers de merveilleuses vacances nous chuchota que nous avions aussi l'honneur de compter parmi les passagers, et en toute simplicité, le Haut-Commissaire de la République en Polynésie Française qui rejoignait son poste, son prédécesseur ayant été mangé par les requins (mais non, ce n'est pas une blague ! Il fut même décoré posthumement).

— Merde ! Je le connais ! dit l'Homme.

L'Homme connaît toujours tout le monde grâce aux très nombreux lycées qu'il a fréquentés et dont on l'a renvoyé sans pitié. Et à ses faits d'armes dans la Résistance.

A cet instant-là — nous volions au-dessus du Canada — la voix du Commandant de bord retentit pour nous avertir que les aiguilleurs du ciel canadiens étaient en grève et qu'en conséquence, nous ne pouvions pas faire d'escale technique à Montréal. Je fus très surprise (et je ne fus pas la seule) d'apprendre qu'il n'y avait pas que les aiguilleurs du ciel français qui fassent grève — spécialement à la veille des vacances.

Néanmoins, le Commandant de bord réussit à poser à vue son gros Boeing dans un immense champ de neige qui s'étendait jusqu'à l'horizon.

Une heure se passa sans que rien bouge dans ce désert blanc.

Les rumeurs les plus folles couraient dans l'avion.

On allait rester là jusqu'au lendemain. Vous voulez dire jusqu'à perpète ! On retrouverait juste nos squelettes rongés par les loups. Et puis ceux qui — comme l'Homme et moi — allaient jusqu'à Tahiti louperaient leur correspondance à Los Angeles et n'arriveraient à Papeete que par l'avion suivant, c'est-à-dire trois jours plus tard ! Trois jours de vacances perdus ! Mais ils s'en foutaient bien, les aiguilleurs du ciel canadiens ! Pareils que les Français ! Hop ! Tous dans le même sac ! Et abandonnés à leur tour aux loups dans la toundra hostile ! Sans compter qu'on nous laissait dans l'ignorance la plus crasse de notre sort ! Une honte ! Ah ! chère Madame, les voyages en avion ne sont plus ce qu'ils étaient et Air France a beaucoup baissé... comme toutes les compagnies, du reste... Sauf Singapore Airlines. Mais on ne peut quand même pas aller à Singapour rien que pour passer un moment confortable !

Enfin, à l'horizon blanc apparut une minuscule et curieuse silhouette humaine qui fit route vers nous malgré la neige. C'était un agent d'Air France portant sur son épaule une échelle. Les rouleurs de passerelles étaient eux aussi en grève. Allez ! Eux aussi dans le même sac et livrés aux meutes féroces du Grand Nord. Cela fera de la place aux chômeurs.

Le courageux petit agent d'Air France posa son échelle contre l'énorme Jumbo. Hélas, elle était bien trop courte pour atteindre la porte de l'avion. Le représentant de notre belle compagnie nationale grimpa dessus quand même et entreprit de converser avec le Commandant de bord par hurlements réciproques, sous les yeux des passagers agglutinés aux hublots. Puis il repartit vers l'horizon blanc et vide avec sa petite échelle sur l'épaule.

Une autre heure passa.

Enfin apparut, toujours venant de nulle part, une passerelle poussée tant bien que mal par d'autres agents d'Air France (Hardi les gars ! et vive notre mère Patrie qui ne nous avait pas abandonnés en fin de compte). Et le Commandant de bord nous annonça que nous allions pouvoir descendre et passer une nuit (imprévue) à Montréal en attendant la fin de la grève de ces affreux aiguilleurs du ciel canadiens. Tous les frais étaient à la charge de la Compagnie qui était désolée de ce contretemps et bla-bla-bla...

Je n'écoutai pas la suite. Je n'avais compris qu'une chose : nous allions rater la correspondance pour Tahiti.

Et perdre trois jours de vacances dans les merveilleuses îles polynésiennes.

J'étais hors de moi.

Même la perspective de boire de la Blanquette de Limoux au bar de l'aéroport de Los Angeles ne me consolait pas. (J'avais en effet découvert lors d'un voyage précédent que le garçon du bar sous douane servait, par on ne sait quel mystère insondable, de la Blanquette de Limoux !)

Brusquement, une idée me frappa :

— La France ne peut pas laisser son Haut-Commissaire de la République en Polynésie poireauter trois jours à Los Angeles, même et surtout en compagnie de caisses de Blanquette de Limoux. On va envoyer un avion spécial pour le rapatrier...

— Hon ! hon ! fit l'Homme qui n'écoutait pas, plongé dans un de ses livres favoris du style *Essai psychanalytique sur la toge romaine*.

Je lui secouai le bras.

— Il faut qu'on monte dedans nous aussi !!! Va lui dire bonjour.

— A qui ? sursauta mon époux.

— Ben, à ton vieux copain, le Haut-Commissaire de la République de Polynésie.

— Non, dit l'Homme.

— Pourquoi ?

— Je ne suis pas sûr que sa « Résistance » ait été aussi héroïque qu'on le prétend.

— Mais on s'en fout ! m'exclamai-je.

— Pas moi, fit l'Homme dignement.

Et il se replongea dans *Essai psychanalytique sur la toge romaine.*

J'étais effondrée. L'Homme peut se montrer par moments aussi têtu qu'un vieux bourricot.

Je fus sauvée par l'apparition du Haut-Commissaire lui-même qui, passant près de nos sièges, aperçut mon Seigneur et Maître, lui tapa sur l'épaule en l'appelant : « Mon cher ami » et l'invita à prendre un verre avec lui au bar des Premières Classes pour parler du bon vieux temps. Mon bourricot n'osa pas refuser. Parce que mon bourricot, même s'il a une grande gueule, garde au fond de lui-même une certaine timidité. Quand l'Homme revint, il était tout souriant. Et c'était pesé et emballé. Nous étions invités à monter dans l'avion spécial que la France envoyait dès le lendemain pour récupérer son Représentant en rade. Nous étions même conviés à assister à la réception officielle à l'aéroport de Papeete.

— ... et à passer aussi les troupes en revue ? demandai-je, tout excitée.

— Pourquoi pas ? rigola mon époux.

— Et si on emmenait aussi Isabelle Adjani ? Après tout, elle fait partie du patrimoine français...

— Si tu veux !

C'est alors que je constatai une chose inouïe.

Isabelle Adjani avait disparu.

J'eus beau fouiller l'avion dans tous ses recoins, je ne retrouvai aucune trace d'elle. Pas même ses lunettes noires.

Comment avait-elle fait pour s'évader d'un avion posé seul au milieu de kilomètres carrés de neige ? L'Enchanteur Merlin l'avait-il transformée d'un coup de baguette magique en souris blanche tranquillement à l'abri sous la casquette du Commandant ? Ou s'était-elle envolée par un hublot, telle la fée Clochette ?

Je ne pus jamais éclaircir ce mystère.

C'est ça, une star !

CHAPITRE 8

… où l'auteur observe les amours des uns et des autres mais ne peut en tirer aucune loi générale.

La grande question que l'on m'a posée pendant mes années consacrées au cinéma était — je regrette de le dire — assez frivole.

OUI OU NON, LES ACTRICES SONT-ELLES OBLIGÉES DE « COUCHER » POUR AVOIR UN RÔLE ?

Je dois avouer que je n'en sais rien.

Je n'ai pu noter que des éléments isolés.

Tout d'abord : oui, il y a des actrices qui « couchent », mais elles ne réussissent pas pour autant mieux que les autres. « Coucher » ne donne pas forcément du talent.

Ensuite, il est déontologiquement interdit aux agents des artistes d'avoir un divan dans leur bureau. (Tiens ! Tiens !) Mais à mon avis, cela ne prouve rien. Une bonne moquette peut faire l'affaire, non ?

Certains metteurs en scène ont la réputation de tomber réellement amoureux de leur vedette… le temps du tournage. On prétend par contre que d'autres — sans talent — n'arrachent l'accord d'une star pour participer à leur film de merde que grâce à leur vigueur au lit. C'est Radio-Vipère qui parle. Je ne l'ai jamais constaté mais peut-on constater ces choses-là ?

Par contre, ce que j'ai vu, c'est un réalisateur galopant avec une petite actrice à l'hôtel le plus proche, le chef opérateur ayant annoncé qu'il en avait pour une bonne heure à régler ses lumières. Ce détail n'aurait eu aucune importance si toute l'équipe n'avait dû attendre, les bras croisés, en gloussant sournoisement, que l'assistant ramène les tourtereaux à la réalité, c'est-à-dire au plateau. Le plan en boîte, je pris le metteur en scène amoureux à part :

— Vous baisez qui vous voulez, où vous voulez et quand vous voulez, SAUF pendant le tournage, dis-je un peu rudement. Le produc vous réclamait à cor et à cri... *(le compteur tourne)*... et nous avons dû prétendre que vous étiez parti faire un repérage imprévu. (Ce qui, d'une certaine manière, était un peu le cas. Passons.)

En fait, quand on les interroge — les metteurs en scène — ils se plaignent amèrement de la concurrence des chefs opérateurs.

Il est exact que les actrices ont tendance à avoir facilement un coup de cœur pour le directeur de la photo qui a le pouvoir de les éclairer divinement bien... ou non, et même de mettre, sans rien dire, de la gaze sur les projecteurs pour atténuer la première ride. C'est le chef-op d'*Autant en emporte le vent* qui donna à Vivien Leigh son fameux regard vert — qu'elle n'avait pas de nature — en plaçant un spot jaune sous la caméra.

Mais les directeurs de la photo grommellent, eux, que ce sont les producteurs qui se « tapent » les comédiennes les plus mignonnes. L'un d'eux m'a même fait cette remarque : « Le producteur d'un film est comme un gourmand lâché dans une pâtisserie. »

A Hollywood, Harry Cohn de la Columbia Pictures

était connu pour ne jamais laisser repartir une starlette sans lui avoir arraché sa petite culotte. Par contre, quand un appel fut lancé à travers toute l'Amérique pour trouver l'actrice qui jouerait Scarlett dans *Autant en emporte le vent,* des armées entières de jeunes comédiennes prirent le Studio d'assaut et l'une d'elles se fit même apporter dans le bureau du producteur, David O'Selznick, dans un paquet-cadeau géant !

Quant aux stars, il semblerait que leurs amours soient diverses, du producteur à l'assistant, en passant par leur coiffeur et même leur maçon (Liz Taylor).

Sauf dans des cas précis.

La célèbre Zsa-Zsa Gabor à qui l'on demandait pourquoi elle avait épousé Conrad Hilton, héritier milliardaire des hôtels Hilton, répondit froidement :

— Nous avions une chose en commun : la fortune de Conrad... !

Pierre Braunberger put produire *Tire-au-flanc* avec Renoir grâce aux sous d'un vieux monsieur très riche qui voulait faire plaisir à une certaine Fridette. Laquelle jeune personne arrivait au tournage avec des bijoux de plus en plus somptueux, ajoutant gaiement, quand on la félicitait : « C'est Arthur qui me les a offerts. » Un jour, on lui demanda qui était cet Arthur si généreux. Elle éclata de rire :

— Arthur ? Mais c'est mon cul !

Il ne faudrait pas en déduire que toutes les actrices (et acteurs) aient la cuisse légère. Non. Non. Beaucoup sont « fiancés », amoureux... et jaloux.

C'est ainsi que la vedette de *Twin Peaks* de David Lynch rechignait à embrasser son partenaire sous prétexte que c'était réellement « ennuyeux » (avec lui). Le beau Richard Gere se fait doubler — qu'il dit — pour les scènes de baisers, en proclamant : « Rien de plus horripilant que d'embrasser une femme à sept heures du matin. » Ouais... si vous voulez mon avis, c'est sa femme, Cindy Crawford, qui lui avait mis ça dans la tête ! (avant qu'on ne parle de divorce entre eux).

Je reconnais que cela peut représenter une épreuve affreuse que d'embrasser passionnément un partenaire qui a mangé de l'ail ou qui simplement — excusez la vulgarité — pue du bec. Charlotte de Turckheim a écrit sur ce sujet et celui de la journée d'une jeune actrice un spectacle irrésistiblement drôle.

Demi Moore n'a pas demandé, elle, à être doublée pour ses étreintes avec Robert Redford dans *Proposition indécente*, mais son mari, Bruce Willis, a exigé qu'elle porte un collant invisible, mais un collant tout de même, pendant les scènes torrides... (pas si torrides que ça, à mon avis, mais il est vrai que j'ai un peu somnolé pendant le film).

Nicole Kidman est venue carrément sur le plateau de *La Firme* surveiller son Tom (Cruise) quand il devait simuler l'amour fou avec sa partenaire. C'est curieux, là non plus, je ne me souviens d'aucune scène vraiment érotique mais il faut dire qu'après *Basic Instinct ou 9 semaines 1/2*, le spectateur commence à être blasé.

Quant à Michael Douglas, le monde entier sait qu'après des années de sagesse conjugale, il a dû entrer dans une clinique pour guérir une obsession sexuelle attrapée auprès de quantités d'actrices sur les plateaux de ses films. (J'aimerais bien savoir comment on l'a soigné. A la tisane de nénuphar comme autrefois les religieuses dans leur couvent ? Ou au bromure dans la soupe comme les soldats ? Ou carrément au chloroforme ?)

Soyons honnêtes, la chronique amoureuse des stars alimente les rubriques de nombreux journaux. Mais l'évolution des mœurs est telle que l'on n'observe plus, hélas, de bons gros scandales bien distrayants comme celui de Liz Taylor dans *Cléopâtre* où, mariée à Eddie Fisher qu'elle avait piqué à sa copine Debbie Reynolds à la mort de son précédent mari Mike Todt, elle se lança dans une liaison passionnée et tumultueuse avec Richard Burton. Les Ligues de Décence et le Vatican lui-même se déchaînèrent au point que, pour apaiser les esprits, le metteur en scène Joseph Mankiewicz déclara froidement que c'étaient Richard Burton et lui-même qui étaient fous amoureux l'un de l'autre et qu'ils se servaient de la pauvre Liz comme paravent. Puis il embrassa Richard sur la bouche en public. La confusion fut à son comble. Les journaux en firent leur miel. Même les Pygmées furent au courant.

Pendant le tournage d'*Autant en emporte le vent,* la pression puritaine de l'opinion américaine fut telle que Laurence Olivier dut quitter la maison où il vivait avec Vivien Leigh et qu'il lui fut même interdit de venir la voir sur le plateau. Ce qui n'empêchait pas, pendant ce temps-là, Clark Gable, très décontracté, de faire admirer à la ronde l'étui en laine que lui avait tricoté Carole Lombard... pour garder son zizi au chaud !

Un metteur en scène italien de mes amis m'a assuré que les amours transalpines étaient, elles aussi, très agitées.

Dès que le bruit d'un film se répand, Gian Luigi succombe sous le nombre des appels téléphoniques de tous ses potes qui veulent caser leur petite amie. Pas grave. Il est habitué et se défile habilement.

La situation se complique quand il s'agit du producteur lui-même.

— Tu fais ce que tu veux, Gian Luigi, c'est toi le metteur en scène, hein ! Mais ce serait bien que tu prennes... heu... Isabella. Tu sais, elle est belle, très belle !... et elle a une poitrine... ! une poitrine formidable... ! il faut que tu la montres bien, sa poitrine... !

Gian Luigi engage l'actrice. Tourne. Est content. Jusqu'au jour où on le prévient que le producteur veut le voir d'urgence. Ce dernier le reçoit, l'écume à la bouche :

— Tu m'as déçu, Gian Luigi !... J'ai vu les *rushes* *, hier. Il y a une scène... une scène de baiser où tu as fait faire à Isabella un VRAI baiser... à la française !... avec la langue ! Un baiser avec les lèvres, ça suffisait, non ? Et puis tu montres sa poitrine entièrement nue...

— Mais c'est vous qui m'avez dit...

— J'ai jamais parlé de baiser à la française ni de poitrine nue ! Tu arrêtes toutes ces conneries !...

Un autre producteur avec le même Gian Luigi :

— Pour la vedette, c'est d'accord pour Bernadette Lafont, mais pour le deuxième rôle féminin, j'avais pensé que tu pourrais prendre... Chiara.

Gian Luigi (horrifié mais prudent) : Heu... ce n'est pas une... très... bonne actrice... !

Le producteur : Oui, mais elle est si belle !... Magnifique, no ? Va la voir à Milan.

Gian Luigi prend l'avion pour Milan. Et trouve l'actrice encore plus nulle qu'il ne le craignait. Il revient à Rome et dit au producteur :

— Écoutez ! C'est impossible de prendre Chiara :

* Tirage d'une partie des prises tournées la veille, en jargon cinoche.

elle est TROP belle ! Elle est si BELLE que personne ne croira que le héros masculin la quitte pour Bernadette Lafont !

— *E vero*, dit simplement le producteur, épanoui de fierté.

Gian Luigi pousse un ouf de soulagement.

Cela n'empêche pas lesdits producteurs d'aimer également beaucoup leur femme légitime.

Gian Luigi le constata lorsqu'il chercha une vedette pour jouer dans un de ses films à Hongkong.

Il donna d'abord le scénario à lire à Jean Seberg. Qui fut enthousiaste :

— Il est formidable, ton film, Gian Luigi ! C'est moi ! C'est l'histoire de ma vie ! J'accepte et je te dis merci d'avoir pensé à moi...

Huit jours plus tard, la même Jean Seberg au téléphone :

— Gian Luigi ! Je ne peux pas le faire, ton film... (mi-furieuse, mi-ravie). Romain* ne veut pas que je parte trois mois loin de lui...

Gian Luigi contacta alors Silvana Mangano. Même enthousiasme.

— Quel film formidable... C'est moi ! C'est l'histoire de ma vie ! J'accepte !!!

Huit jours plus tard, le producteur/mari de Silvana Mangano téléphona lui-même :

— Tu es fou, toi ! Emmener Silvana trois mois toute seule à Hongkong ?... C'est NON !

Gian Luigi, sans perdre courage, s'adressa alors à « Anna-Maria » (ne cherchez pas, c'est un faux nom). Même enthousiasme... et même refus conjugal. Mais le metteur en scène s'accrocha. La star aussi. Elle

* L'écrivain Romain Gary, son mari.

avait envie de tourner. Le mari/producteur (les actrices italiennes aiment beaucoup épouser des producteurs, semble-t-il) finit par dire oui. A condition que sa femme aille à Hongkong chaperonnée par sa mère à lui. « Anna-Maria » refusa même de dîner le soir à l'hôtel avec l'équipe (elle se faisait monter dans sa chambre un plateau pour elle et sa belle-mère).

— Enfin, *carissima,* tu ne crois pas que tu exagères ?

— J'ai juré sur la tête de mes filles... Si je manque à mon serment, elles deviendront aveugles !...

Tous les soirs de sa vie, le cher et grand Vittorio de Sica dîna deux fois :

— à huit heures avec sa femme légitime et leur fille ;

— à neuf heures trente, avec sa maîtresse et leurs enfants.

Je ne pus m'empêcher de demander à Gian Luigi :

— Et chez laquelle dormait-il ?

— Je ne sais pas, répondit-il, peut-être chez une troisième. *Chi lo sa ?*

Je me permettrai d'ajouter au passage une remarque.

Lorsque je mis en scène moi-même *Vas-y Maman !* aucun jeune premier ne me fit la cour.

Encore que.

Un soir, ayant invité l'équipe à dîner au restaurant, je vis apparaître avec surprise — il n'était pas invité — un jeune et bel acteur connu pour ses amours avec des dames d'âge mûr. Nous y voilà ! pensai-je, le cœur battant ! Hélas, mon beau brun aux yeux verts apprit qu'il s'agissait d'un dîner de fin de film et donc sans espoir du moindre petit rôle. Il disparut sur-le-champ. Sans un dernier regard pour moi. Que la fée Carabosse le transforme en crapaud !

Radio-Vipère prétend avec insistance que, pendant les tournages loin de Paris, où les membres de l'équipe sont logés dans le même hôtel, des galopades mystérieuses ont lieu toutes les nuits dans les couloirs.

Si on interroge innocemment ces insomniaques : « Qu'est-ce que tu fous, debout, à deux heures du mat ? », ils répondent, en brandissant un scénario, qu'ils vont travailler avec la scripte — le réalisateur — le premier assistant — le deuxième assistant — le stagiaire — la vedette — l'acteur principal — l'accessoiriste — la coiffeuse, etc. (barrer s'il y a une mention inutile).

Je dois avouer que, lors des tournages en province ou à l'étranger auxquels j'ai participé, je n'ai jamais constaté cette sarabande dionysiaque, ayant l'habitude (comme je crois l'avoir déjà dit, pardon) de tomber endormie avant les poules. Et à cinq heures, le lendemain matin, à mon réveil, chacun pionçait sagement dans son lit... ou dans un autre. Mais je peux témoigner que tous se disaient normalement bonjour au petit déjeuner (« Salut ! — T'as bien dormi ? — Ah, dis donc ! J'ai rêvé qu'on allait avoir de la pluie pendant quarante jours ! », etc.), même ceux qui s'étaient quittés cinq minutes auparavant après un dernier baiser passionné.

Par contre, j'ai pu mesurer que les amours des comédiennes françaises pouvaient être aussi délirantes que celles de leurs sœurs américaines ou italiennes.

Traversant la Provence, je fis un détour pour passer voir une jeune actrice de mes amies, charmante et talentueuse, qui jouait dans un film dont elle était la vedette. Appelons-la Juliette. Dès qu'elle m'aperçut, elle me sauta au cou et m'invita à dîner le soir même dans un bon bistrot. Avec son compagnon. Un musicien taciturne aux cheveux longs et sales, considéré comme un petit génie. Appelons-le Roméo.

Le dîner (exquis) fut très gai. Nous bavardâmes joyeusement, Juliette et moi. Seul Roméo garda un visage sombre et n'ouvrit pas la bouche. Cela ne me frappa pas outre mesure. Peut-être nos rires et nos papotages de « bonnes femmes » l'énervaient-ils et, dans ce cas, tant pis pour lui. A moins qu'il n'ait été en train de créer — dans sa tête — une musique déchirante pour accompagner l'agonie d'un explorateur étouffé en Amazonie par un python géant.

Arriva le dessert. Je tournai par hasard la tête vers notre compagnon et faillis recracher ma tarte Tatin de surprise.

Roméo était accroupi par terre, à côté de sa chaise, l'air terrorisé, et recroquevillé comme un poulet rôti.

Je regardai Juliette qui ne semblait pas émue le moins du monde par cet étrange spectacle.

— Qu'est-ce qu'il a ? chuchotai-je.

— Crise d'angoisse... il est en pleine déprime.

— Ah bon ! tu n'as pas un peu de Valium à lui filer ?

— Il a déjà largement dépassé sa dose aujourd'hui. Laisse tomber.

Dans le restaurant, les autres dîneurs commençaient à s'agiter, à désigner du doigt l'homme-volatile ratatiné par terre en position fœtale et à reconnaître Juliette malgré ses énormes lunettes noires. (Je trouve exaspérante cette manie qu'ont les stars d'essayer de se camoufler avec de monstrueuses lunettes noires, même en plein hiver, qui les désignent à l'attention générale plus sûrement qu'une soutane blanche papale.)

Néanmoins, nous terminâmes nos tartes Tatin en bavardant tranquillement.

— Et maintenant, qu'est-ce qu'on fait ? demandai-je à ma copine, en essayant de faire preuve du même flegme qu'elle.

— Je vais payer. Puis on l'attrape chacune sous un bras et on le porte dans la voiture.

Nous fîmes une sortie très remarquée, dans un silence total, transportant tant bien que mal notre poulet géant, les pattes toujours recroquevillées contre son ventre, les yeux hagards. Bien que très maigre, l'animal pesait horriblement lourd. On finit par le déposer sur la banquette arrière de la voiture où il s'accroupit gentiment. Et nous filâmes vers l'hôtel où l'équipe était installée. Soudain, Juliette me dit :

— Écoute. Autant je m'en foutais que les gens du restaurant voient mon mec dans cet état, autant ça m'emmerderait vis-à-vis de l'équipe et surtout du produc. Alors, est-ce que tu es d'accord pour qu'on ait l'air bourrés tous les trois ? Nous, on crie, on chante, on rigole et on fait semblant de le traîner ivre mort jusqu'à la chambre ?

— O.K.

Notre trio obtint un grand succès dans le hall de l'hôtel où nous fûmes accueillis par des cris joyeux :

— Hé bé ! Qu'est-ce que vous tenez !

— Oh, la, la ! elles arriveront jamais jusqu'à leurs lits !

— Vous voulez qu'on vous aide... ?

— ... Qu'on vous déshabille ?

Nous arrivâmes à trimbaler notre soi-disant alcoolo jusqu'à son lit où nous le jetâmes comme un sac de patates. Juliette entreprit de lui arracher ses godasses.

— Tu veux un coup de main ? proposai-je.

— Non, ça va ! Merci ! T'es une copine !

Et elle me donna un gros bisou sur la joue.

Radio-Vipère prétendit pendant quelque temps qu'il m'arrivait de me saouler comme une grive. Puis laissa tomber. Roméo et Juliette sont toujours ensemble. Ils ont même fait un bébé. Je me demande si elle continue à le coltiner comme un poulet rôti géant.

Oui, sûrement.

Une autre de mes copines, actrice elle aussi, adore son mec, metteur en scène connu. Il n'a qu'un défaut : il s'obstine à vivre dans la cave de la maison.

« L'amour est un crocodile sur le fleuve du désir », dit un proverbe hindou.

Un de mes amis, réalisateur — que je surnommerai Jean-Luc —, a rencontré un jour un cas très intéressant d'amour vache chez un couple de deux grands comédiens français — baptisons-les Léa et Turlupin.

Muni d'un très bon scénario et des encouragements de son producteur, mon pote Jean-Luc partit à Lisbonne proposer à la charmante et célèbre Léa le rôle principal de son film. Léa tournait au Portugal un policier avec Turlupin justement.

Jean-Luc invita le couple à déjeuner dans un merveilleux petit bistrot sur le Tage et raconta son histoire à sa peut-être future vedette. Laquelle resta impassible. Par contre, son compagnon poussait des cris d'enthousiasme.

— Très bien !... formidable !... génial... Ce Jean-Luc, il déniche toujours des scénarios épatants, etc.

Ledit Jean-Luc s'épanouissait sous ces compliments comme une pivoine au soleil. Quel type sympa, ce Turlupin ! Nul doute qu'il allait pousser Léa à accepter le rôle.

Puis soudain, l'affreuse vérité lui apparut.

Turlupin voulait le rôle principal masculin pour lui...

Le metteur en scène frémit. Le rôle était déjà plus ou moins promis à un autre comédien, et de toute façon ne convenait pas du tout à Turlupin.

Comment se dépêtrer de ce guêpier ?

En sortant du restaurant, Léa murmura à Jean-Luc :

— Je suis d'accord pour ton film.

Fou de joie, Jean-Luc lui sauta au cou et l'embrassa.

C'est alors que Léa ajouta doucement :

— Tu ne veux pas rester et passer le week-end avec Turlupin ? Je travaille et pas lui... il va rester tout seul et *flipper*. En plus, il t'aime beaucoup !...

Le metteur en scène comprit le danger.

— J'aurais adôôôôré passer le week-end avec ton mari, ma chérie, mais il faut que je rentre *immédiatement* à Paris... J'ai ma place retenue dans l'avion. Le producteur m'attend et compte absolument sur moi.

Il s'enfuit. Et rentra en France comme poursuivi par le diable.

Le producteur fut très content de l'accord de Léa mais ricana quand Jean-Luc lui fit part de ses craintes de voir Turlupin manœuvrer pour obtenir le premier rôle masculin.

— Il a la tête qui enfle, celui-là ! Et il n'est pas du tout fait pour le rôle. Non, non, il ne nous embêtera pas. Vous vous faites des idées.

Néanmoins, Léa commença à lancer des petites remarques vaches sur le partenaire qu'on lui avait choisi. Et traînait pour signer.

Jean-Luc n'en dormait plus.

Le producteur décida de frapper un grand coup. Il organisa un grand dîner dans un somptueux restaurant trois étoiles avec Léa, son partenaire masculin, le metteur en scène, les coproducteurs, les distributeurs. Bref, une joyeuse tablée réunie pour le baptême officiel du film : *La Peau d'un journal.*

A l'heure dite, tout le monde était là.

Sauf Léa.

Au bout d'une demi-heure de retard, on commença à s'étonner.

Sous la table, Jean-Luc faisait craquer ses doigts nerveusement.

— Léa va venir avec Turlupin ! murmura-t-il dans l'oreille de son producteur.

— Décidément, vous êtes obsédé par Turlupin, mon cher ! Léa va venir avec son agent.

Enfin, la porte du restaurant s'ouvrit.

Léa entra.

Sur ses talons, Turlupin.

Quelques secondes de flottement dues à la surprise générale (sauf pour le metteur en scène), et ils furent acclamés.

Turlupin vint droit s'asseoir en face de Jean-Luc.

Le dîner fut commandé gaiement, le Haut Brion blanc coula généreusement, l'ambiance devint joyeuse. Sauf pour Turlupin qui gardait une figure fermée. Soudain, il se pencha vers le metteur en scène :

— Tu as deviné, toi, pourquoi je suis venu !

— Pour manger les meilleures huîtres de Paris ! répondit Jean-Luc d'un ton faussement jovial.

— Arrête tes conneries. Tu le sais très bien que je le veux, ce rôle.

— Écoute-moi, Turlupin. Tu es un formidable comédien. Mais cet emploi ne te convient pas. Tu as un tempérament de tragédien et le personnage est un vieux gamin irresponsable.

— Je peux tout jouer.

— Je suis désolé, mon chéri*, mais les producteurs se sont mis d'accord sur le nom de Beaufort.

Petit silence. Puis Turlupin dit d'un ton froid :

— Tu le regretteras.

— Sûrement, fit le metteur en scène, gentiment. Mais dans le cinéma, on ne fait malheureusement pas tout ce qu'on veut. (Puis il ajouta, malgré lui :) Pourquoi tiens-tu tant à faire ce film ? A cause de Léa ?

— Je ne supporte pas qu'elle joue quand je ne travaille pas.

Et Turlupin s'enferma pendant le reste du dîner dans un sombre silence.

Le tournage démarra un lundi.

Léa apparut, les yeux rouges, le visage gonflé de larmes, la trace d'une ecchymose sur le menton.

Personne ne fit mine de remarquer quoi que ce soit. On la fêta. On l'embrassa. Après quoi, elle s'enferma au maquillage où le metteur en scène envoya son assistant se renseigner, mine de rien, sur les causes du désastre.

Léa avait passé le week-end à se disputer avec Turlupin qui l'avait battue comme plâtre. Elle s'effondra en sanglots sur l'épaule de la maquilleuse qui dut passer deux heures à la ravaler convenablement et à effacer les traces de la bagarre.

Le producteur trépignait :

— On perd du temps, les enfants ! On perd du temps ! *Le compteur tourne !...*

---

* Le petit monde du cinéma est le seul milieu que je connaisse en France où les hommes s'appellent entre eux « mon chéri » et échangent des bisous bruyants. La première fois, ça surprend.

— Je sais! répondait le metteur en scène en s'efforçant de rester calme (seul le craquement de ses doigts révélait sa nervosité intérieure). Mais je ne peux pas tourner avec une actrice qui a l'air d'arriver de l'enterrement de sa grand-mère!

Le lundi suivant et le lundi d'après, re-belote.

Léa débarquait sur le plateau, portant les stigmates d'un week-end houleux avec injures, scènes, vaisselle cassée et surtout pugilats.

Jean-Luc comprit alors ce qu'avait réellement voulu dire Turlupin quand il lui avait annoncé au restaurant : « Tu le regretteras. » L'acteur Turlupin ne pouvait supporter que son actrice de femme joue et pas lui.

Le metteur en scène fit alors demander à l'agent des deux comédiens — c'était par chance le même — de venir le voir. Et lui expliqua la situation.

Tous les lundis, Léa avait l'air d'avoir été tabassée par la Gestapo. On perdait deux heures à la maquiller tant bien que mal. Si cela continuait, on dépasserait le temps de tournage et le budget du film. Sans compter qu'en plus, Turlupin buvait comme dix Polonais, et venait faire du scandale jusque sur le plateau où il s'affalait ivre mort.

— Quant à moi, dit Jean-Luc, je sens que mes nerfs vont lâcher devant un tel sabbat.

— Qu'est-ce que je peux faire? demanda l'agent.

— Trouver un film. N'importe quel film, mais de préférence LOIN DE PARIS, pour occuper Turlupin.

— J'ai ça! s'écria joyeusement l'agent en se frappant le front, un tournage de trois semaines en Tunisie pour un petit film franco-tunisien.

— Je vous le demande à genoux, s'écria Jean-Luc, faites signer Turlupin! Être débarrassé de lui pendant trois semaines, cela va être le paradis pour nous tous.

Ce fut le paradis. Le lundi, Léa arrivait, radieuse, pimpante, fraîche comme une petite rose pompon.

Vint un vendredi suivi d'un week-end de trois jours. Léa fit appeler Jean-Luc dans sa loge et, d'un air mystérieux, lui dit :

— Dis-moi, mon chéri, tu ne pourrais pas arranger le plan de travail pour que je finisse plus tôt ce soir... parce que... tu ne le dis à personne, hein ! à cause des assurances... j'ai un avion à prendre !

— Mais bien sûr, mon petit chou, je vais m'arranger ! Tu vas à Genève voir ta fille ?

Léa avait une fille qu'elle adorait et qui vivait dans une de ces élégantes et coûteuses pensions suisses internationalement connues.

— Ben non ! fit Léa, soudain un peu gênée, je vais passer trois jours à Tunis avec Turlupin...

Si les bras de Jean-Luc ne tombèrent pas sur le sol, c'est que la nature les avait bien accrochés. Il réussit même à embrasser sa star sur le front en lui souhaitant de merveilleuses petites vacances. « Ça doit être ça, l'amour vache », pensa-t-il, songeur.

Turlupin rentra de Tunis et, malgré les sombres prédictions du producteur, arrêta ses joyeuses castagnes du week-end.

Puis ce fut au tour de Léa de quitter le film de Jean-Luc, une fois son rôle terminé, un vendredi soir. Elle offrit un pot somptueux et toute l'équipe se sépara, ivre de champagne et de tristesse de se séparer, après toutes ces semaines vécues ensemble dans la plus chaleureuse amitié.

Quelque temps plus tard, Jean-Luc, qui était en train de monter *La Peau d'un journal* aux Studios de

Boulogne, rencontra Léa dans un couloir. Exclamations. Bisous et re-bisous. Puis Léa chuchota :

— Tu sais, j'ai quitté Turlupin !

— Non ! s'exclama le metteur en scène qui faillit ajouter : « pour combien de jours ? ».

Léa sentit son incrédulité :

— C'est sérieux, cette fois ! Et même définitif. Tu sais ce que ce salaud m'a fait ?

— Non !

— Eh bien, j'ai quitté ton film un vendredi et, le lundi suivant, je devais en commencer un autre à Rome avec un jeune metteur en scène tchèque formidable. Cela a rendu fou Turlupin. Et il m'a cassé toutes les dents de devant avec un chandelier. J'ai passé le week-end entier chez le dentiste pour qu'il me rafistole. J'ai même dormi chez lui. Et le lundi, j'étais à l'heure à Rome.

— Tu es une fille formidable !

— Non. J'ai eu la trouille. Parce que, moi, qu'est-ce que je vends, hein ?... Ma gueule ! C'est mon outil de travail. Et si l'autre malade l'abîme, je deviens quoi ? Plus rien ! Alors, *ciao,* je me suis tirée pour toujours.

— Tu as bien fait, ma chérie, dit Jean-Luc en l'embrassant. Et je te souhaite d'être heureuse.

Elle le fut.

Après avoir épousé son dentiste.

CHAPITRE 9

... où l'auteur s'aperçoit qu'au royaume du cinéma, tout le monde il est pas gentil, tout le monde il a pas les cheveux propres.

Nous avions rencontré un problème au moment de choisir le partenaire de Marthe Keller dans *Elle court, elle court, la Banlieue.* Notre belle actrice était très grande. Aucun jeune premier français, capable de jouer la comédie et aussi grand qu'elle, n'était libre. Je pointais sans relâche tous les noms possibles de l'Annuaire du Cinéma et, la nuit, j'établissais inlassablement des listes. A la grande fureur de l'Homme que mon activité fébrile (et la lumière) empêchait de dormir.

— ... que tu fais ? marmonnait-il.

— Je cherche un acteur.

— Mets une petite annonce et éteins cette putain de lampe.

Enfin, quelqu'un — je ne sais plus qui — prononça le nom d'Higelin.

— Ouais, pourquoi pas ? dit sobrement Pirès.

— Moi, je crois qu'il peut être épatant dans le rôle, remarquai-je.

— Attention, c'est un fantasque dont on ne pourra jamais être sûr qu'il revienne jouer le lendemain, avertit l'assistant.

Pierre Braunberger prit alors un air anxieux et entreprit de déchiqueter son mouchoir, signe de stress intense chez lui, comme l'on sait. Mais Pirès affirma qu'il se sentait de taille à dompter l'animal et que, du reste, on n'avait jamais entendu dire qu'il ait manqué un seul de ses concerts. L'enthousiasme général monta d'un cran et je redis hardiment que c'était le meilleur choix possible et peut-être même le seul.

En fait, intérieurement, j'étais un peu inquiète. Jacques Higelin avait joué un petit rôle dans *Erotissimo* et j'avais nettement senti naître entre nous une antipathie réciproque. Je le dis à Pirès.

— Vous vous faites des idées, s'exclama-t-il, c'est un marginal... un peu farfelu, peut-être, mais sympa !

Bon.

Quelques semaines plus tard, Marthe Keller nous invita à dîner, Pirès, Higelin et moi dans la jolie maison de campagne près de Mantes-la-Jolie où elle vivait avec Philippe de Broca (un excellent metteur en scène de comédies, et un homme exquis).

On s'assit tous autour d'une grande table de ferme dans la cuisine et on entama joyeusement le repas. Je ne me rappelle plus si Pirès avait amené sa femme mais il y avait celle d'Higelin, une Vietnamienne je crois, en tout cas une jeune femme asiatique et, comme telle, souriante et silencieuse.

Notre hippie de choc était assis en face de moi. Il rigolait et buvait gaillardement son vin rouge. Et j'étais en train de penser que j'avais eu tort de me méfier de lui quand il se pencha vers moi par-dessus la table.

— Dis donc, Buron, tu sais pourquoi je le fais, ton film ?

— Non, dis-je bêtement.

— Pour le pognon ! Parce que ton film, c'est de la merde ! Remarque que je crois qu'il est foutu d'avoir du succès... Mais pour moi, c'est de la merde ! Et je le fais uniquement parce que j'ai besoin de pognon.

Grâces soient rendues à l'excellent dîner de Marthe, je ne perdis pas ma bonne humeur. Et répondis gentiment :

— Mais je m'en fous complètement, moi, de tes raisons pour tourner mon film ! La seule chose qui compte, c'est que tu le joues bien, et là, je SAIS que tu seras formidable dans ton rôle. Pour le reste, t'es pas mon copain... alors tes motivations... je m'en balance... com-plè-te-ment.

Higelin me regarda.

Saisit sa fourchette.

Et la planta dans le dos de sa main.

Quelques gouttes de sang jaillirent.

Après un court moment de stupéfaction, tumulte. Marthe poussa un cri et éclata en sanglots. La femme d'Higelin arracha calmement la fourchette. Le sang se mit à couler plus fort. Philippe de Broca se leva et proposa de soigner le blessé dans la salle de bains où il y avait — comme chez tout un chacun — une petite pharmacie. Lui et la jeune femme vietnamienne entraînèrent le blessé hébété (il avait l'air lui-même surpris de son geste) vers le premier étage.

Quand ils eurent disparu, Marthe, toujours en larmes, me dit :

— Nicole, je te demande pardon !

— Pourquoi ? C'est l'autre fada qui a disjoncté. Tu n'y es pour rien.

— Surtout que je l'aime, moi, ton film ! En plus, tu es mon invitée et je ne veux pas qu'on t'insulte sous mon toit !

— Tu es un amour, mais, honnêtement, je ne

me sens pas insultée. C'est vrai que ce n'est pas mon pote et que je me fous de ce qu'il pense de mon film. La seule chose qui compte, c'est qu'il le joue BIEN !

— Mais est-ce qu'il va le jouer après ça ? s'inquiéta notre adorable et ravissante actrice.

— Ne t'en fais pas ! répondit Pirès qui était resté impassible pendant cette délicieuse petite scène. Il a signé et c'est vrai qu'il a besoin de fric. Ce soir, il a un peu débloqué, c'est tout.

La soirée se termina gaiement en compagnie de Philippe et de la femme d'Higelin revenus s'asseoir avec nous.

Quant à notre charmant jeune premier, il s'était étendu sur la pelouse du jardin, bras et jambes écartés, visage tendu vers la petite pluie qui tombait. Et il psalmodiait inlassablement :

— Personne ne m'aime... ! Personne ne m'aime... !

Pauvre minou !

Dès le premier jour du tournage, craignant un autre éclat, je pris le parti d'éviter systématiquement ce sympathique garçon. Je lui disais poliment bonjour et je travaillais avec les autres acteurs, laissant Pirès se débrouiller avec lui. Cela marchait très bien. Sauf que j'avais l'angoissante sensation qu'il me surveillait en douce comme Raminagrobis une petite souris.

Un jour, alors que nous étions installés dans l'appartement vide d'une H.L.M. d'Aubergenville, pour je ne sais quelle raison, et peut-être même sans raison, Higelin décida de se mettre entièrement à poil. J'eus l'impression qu'il me regardait du coin de l'œil pour voir si la bourgeoise que j'étais avait l'air choquée. Je résistai à la tentation de lui expliquer que j'avais déjà vu dans ma vie un certain nombre d'hommes nus... et plus beaux que lui, en particulier mon mari...

Mais je ne pus étouffer un fou rire qui me gagna ainsi que la scripte et une partie de l'équipe.

Higelin s'était assis par terre sans s'apercevoir que le plancher était extrêmement sale. Après s'être relevé, il se baladait avec deux énormes ronds de poussière du plus charmant effet sur son maigre derrière...

On était loin de la farouche pudeur de Renaud qui, lorsqu'il signa (bien des années plus tard) son contrat pour *Germinal*, fit ajouter un avenant où il était stipulé que, lorsqu'il ferait l'amour — pour de faux — à la Mouquette (Séquence 147), il serait filmé dans la pénombre, le corps recouvert d'un drap, au moins à partir de la ceinture. Qu'en aucun cas, il n'embrasserait la Mouquette sur la bouche ni, encore moins, sur la poitrine. Que ses mains ne prodigueraient nulle caresse. Bref, qu'il se limiterait à la position dite « du missionnaire », paluches sur les épaules de sa partenaire...

A chacun ses fantasmes.

Pour en revenir à *Elle court, elle court, la Banlieue*, nous eûmes avec Higelin un autre problème. Les producteurs américains, qui visionnaient les rushes, l'après-midi, nous firent savoir que les cheveux de notre jeune premier n'étaient pas très propres... et que, ô horreur, cela se voyait à l'écran. Il est vrai que notre grand farfadet dormait on ne savait jamais où, ce qui obligeait le stagiaire à cavaler dès l'aube dans tout Paris pour le récupérer.

Un plan de bataille fut immédiatement mis sur pied.

1. Le stagiaire fut prié de recueillir chez lui le Higelin vagabond et de ne pas le laisser s'échapper.

2. Une salle de bains en état de marche fut installée dans l'appart où nous tournions et une profusion de savons de luxe, de sels parfumés et de tous les shampooings imaginables fut mise à la disposition du Higelin.

3. Le stagiaire fut néanmoins chargé de surveiller sournoisement que le Higelin ne se contente pas de se tremper la cafetière dans l'eau chaude mais se shampouine réellement les cheveux.

4. Si ledit Higelin, faisant sa mauvaise tête, refusait de se laver les tifs, Alice, la coiffeuse, était chargée de le faire elle-même. Y compris par la force (avec l'aide du stagiaire et des machinos).

L'honnêteté m'oblige à dire que ce cas extrême ne se présenta pas et que nous eûmes droit jusqu'à la fin du film à un Higelin éblouissant comme un sou neuf.

Entre Marthe et Jacques, les rapports avaient l'air excellents. Jusqu'au jour du baiser dans l'escalier.

Pirès et moi, nous étions accroupis côte à côte sous la caméra :

— MOTEUR ! cria Pirès.

Cris rituels. Moteur demandé... Silence ! SILENCE ! BORDEL DE MERDE ! Qu'est-ce que c'est que ce chahut ?... C'est un locataire du septième qui veut sortir... Laissez-le passer ! Et après, bloquez tout ! Ça y est ? On y va ! Moteur !... Ça tourne !... Annonce : *Elle court, elle court...* n° 212. Troisième... clap !

Pirès (aux acteurs) : Allez-y !

Les deux acteurs s'embrassèrent et Higelin glissa sa main dans le corsage de Marthe.

Celle-ci sursauta en faisant une légère grimace.

— Coupez ! cria Pirès qui grommela entre ses dents : Merde ! Le plan est loupé ! Qu'est-ce qui lui a pris à cette folle ?

— Il m'a semblé, chuchotai-je à mon tour, qu'Higelin lui a pincé le sein...

— Tant pis ! On est à la bourre et on a déjà deux prises où...

— Ah non, alors ! sifflai-je venimeusement, toujours entre mes dents. C'est probablement ce qu'il veut. La meilleure prise pour lui ! Il faut la refaire. D'autant plus que Marthe est absolument ravissante !

Pirès s'extirpa de dessous la caméra et alla parler aux acteurs.

On retourna le plan. Tout se passa bien cette fois. Mais désormais je surveillais le Higelin comme du lait sur le feu.

Vers le milieu du tournage, Marthe, toujours adorable, invita toute l'équipe à une petite fête, un soir, chez elle et Philippe (de Broca). Une grange aménagée nous accueillit, ainsi que les producteurs américains et Pierre et Gisèle Braunberger, bien sûr.

La soirée commença par la projection d'un court métrage de Pirès qui fut regardé dans un silence religieux... qu'il ne méritait pas. (Pardon, Gérard !) Quand la lumière revint, tout le monde se mit à bavarder gaiement.

Higelin saisit alors sa chère guitare et commença à jouer.

Le papotage continua.

— Silence ! cria notre acteur-musicien tout en continuant à gratter son instrument.

Le bourdonnement des conversations s'amplifia.

— Vous êtes tous des salauds ! hurla alors Higelin. Quand on vous crie : « Silence » sur le plateau, vous fermez vos gueules parce que c'est le sale pognon du fumier de producteur qui parle. Mais moi, quand je vous demande de vous taire, en copain, pour vous jouer quelque chose, vous vous en foutez ! Bande de pourris par le fric...

Cette remarque agaça les machinos qui se mirent à crier :

— Hé ! Ho ! Toi, l'acteur ! Tu gagnes dix fois plus que nous ! Alors ferme ta grande gueule, tu veux ?

De rage, Higelin jeta sa guitare bien-aimée par terre et la piétina. Craquement sinistre du bois et cris déchirants des cordes pétées.

Tout le monde resta la bouche ouverte de stupéfaction.

Sauf la douce Gisèle Braunberger. Elle n'avait pas aimé du tout entendre son bien-aimé Papa Boum Boum traité de « fumier de producteur ». Elle dit froidement à Higelin quelque chose comme :

— C'est malin ! Et maintenant ramassez vos ordures et allez les jeter ailleurs.

Fou furieux, Higelin l'attrapa par le col de sa veste et commença à la secouer.

Tout le monde se mit à crier.

Pierre Braunberger poussa un couinement strident de voir ainsi malmenée sa femme adorée. Il s'élança pour l'arracher aux griffes de notre délicieux doux dingue. Mais déjà, les machinos s'étaient jetés sur lui (le Higelin, pas Papa Boum Boum) et l'entraînaient sans douceur dans le jardin...

... où il se coucha à nouveau, bras et jambes écartés sur la pelouse, en psalmodiant à la lune :

— Personne ne m'aime... ! Personne ne m'aime... !

Décidément, notre cher ange souffrait d'un cruel manque affectif.

Pendant ce temps-là, Marthe et Philippe, vite, vite, versaient du vin rouge à la ronde et Philippe commentait avec humour : « Pourvu qu'il ne fasse pas peur à mes poneys ! »

Bref, la bonne humeur revenait.

Sauf chez les producteurs américains qui interrogeaient anxieusement Pierre Braunberger : s'agissait-il d'une scène rajoutée au scénario sans leur accord ?

Et sauf chez Pirès et moi.

Réfugiés dans un coin à l'écart, nos scripts sur les genoux et le crayon à la main, nous examinions ce qui restait à tourner du film avec Higelin.

— Après un coup pareil, il ne reviendra jamais sur le plateau, prédisait sombrement mon jeune metteur en scène.

— On peut peut-être terminer le film quand même, dis-je, essayant de remonter son moral et le mien. Tenez, cette scène où il se marre tout nu dans son bain, je peux la sucrer et la remplacer par une autre où c'est la petite actrice Lydia Feld qui la raconte à une copine... en ajoutant des commentaires sur ce que font les bonshommes dans leur bain.

— Ouais, approuva Pirès. Par contre, page cent soixante-dix-sept, on a vraiment besoin de lui... Quoique, je peux éventuellement tourner avec une doublure de dos... Cela paraîtra légèrement bizarre, mais cela peut marcher.

Nous travaillâmes ainsi jusqu'à trois heures du matin.

Lorsque nous nous quittâmes, la fin du film avait été récrite.

Sans le Higelin.

Le lendemain, il n'apparut pas au tournage mais il n'était pas prévu sur la feuille de service.

Le surlendemain, j'avoue que l'angoisse me serrait la gorge. Viendrait ? Viendrait pas ? J'étais en train de promettre à Notre-Dame de Buron un pèlerinage aux prochaines vendanges quand...

... il apparut !

Charmant, souriant, l'air innocent d'un enfant qui vient de naître.

Ouf ! Merci, Notre-Dame de Buron ! (Mais si, elle existe ! En Auvergne. Et c'est la seule Vierge à laquelle je m'adresse car une Buron ne laisse jamais tomber une Buron !)

Le tournage reprit sans histoires.

Jusqu'aux dernières scènes où Higelin devait jouer et qui étaient filmées place des Vosges.

Toute l'équipe déjeunait dans un petit bistrot sous les arcades, quand...

... « Il » vint s'asseoir à une place vide, JUSTE EN FACE DE MOI.

Malédiction !

Voilà deux mois que je l'évitais avec succès. Prenant bien soin de ne jamais prendre un repas seule mais solidement entourée par d'autres membres de l'équipe. En particulier des machinos. J'avais un faible pour Riton qui avait la gouaille du titi parisien. Et puis, avec eux, on était sûr de bien bouffer et chaud. C'est une tradition dans le cinéma : la cantine est bonne. Sinon, c'est l'émeute. Ou pire, la mauvaise humeur sournoise. Et aucun directeur de production n'est assez fou pour prendre le risque de travailler toute une journée avec une équipe hargneuse et traînant les pieds. Même au cœur du désert mauritanien où Alain Corneau tourna *Fort Saganne*. Le cantinier se levait avant l'aube pour foncer acheter à des heures de piste, à Nouakchott, du bifteck, réclamé en pleurant par les électros, des salades aussi coûteuses que des orchidées et surtout du camembert valant son poids d'or.

Mais ce jour-là, place des Vosges, distraite, j'avais commis l'erreur de laisser une chaise disponible de l'autre côté de la table.

J'adressai néanmoins à mon cher camarade un hypocrite sourire et plongeai mon museau affolé dans les carottes râpées.

Higelin se servit à son tour de crudités. Puis me dit :

— Dis donc, Buron, il y a quelque chose qui me

tracasse depuis le début. Ça ne marche pas entre nous deux...

Oh, la, la! que je n'aimais pas ce début de conversation! *Mayday! Mayday!* Je regardai autour de moi. Hélas, personne à qui demander de l'aide. Tout le monde était bien installé et déjeunait tranquillement. J'eus un quart de seconde la tentation de m'enfuir carrément et d'aller me cacher dans les toilettes dames. Mais l'énergumène était capable de faire défoncer la porte par les pompiers sous prétexte que j'étais évanouie dans cet endroit retiré.

Je pris le parti d'essayer lâchement de détourner l'orage, par un gros mensonge. (Pardon, Notre-Dame de Buron!)

— Mais qu'est-ce que tu racontes? Y a aucun problème... Simplement, il est convenu avec Gérard que c'est lui qui travaille directement avec toi et Marthe... moi, je m'occupe des autres comédiens et du texte.

— Raconte pas d'histoires! Je sens parfaitement qu'il y a de mauvaises ondes entre toi et moi... qu'on n'est pas branchés l'un sur l'autre...

— Ah bon? moi, je n'éprouve rien de tout cela, affirmai-je, les yeux toujours pleins de (fausse) innocence mais avec l'impression d'être une mouche se débattant dans du sirop de grenadine.

— Arrête! Je te dis qu'il y a un mauvais *feeling* entre nous. Et moi, je ne peux pas travailler si je ne suis pas branché... Alors voilà ce qu'on va faire; je vais venir vivre chez toi jusqu'à la fin du film. Comme ça, on pourra parler la nuit... devenir copains...

Je n'en crus pas mes oreilles. Higelin installé dans mon modeste appart avec mon grand mari de 1,92 mètre qui déjà prenait beaucoup de place et n'avait pas toujours le caractère commode, mes deux filles turbulentes, ma chère Mercedes qui régnait sur le ménage et son fils Luisito élevé avec Petite Chérie et non moins remuant ? Non, vraiment, je ne voyais pas où je pouvais insérer notre jeune premier, sinon sur le balcon.

Quant à le laisser partager l'unique salle de bains avec l'Homme, c'était provoquer un fait divers : « Le chanteur-acteur Jacques Higelin retrouvé mystérieusement noyé dans une baignoire ».

Mais comment me sortir de ce mauvais pas ?

Mon esprit restait désespérément vide.

— Heu... balbutiai-je misérablement... heu, je ne crois pas que ce soit une bonne idée que tu emménages à la maison... tu sais, j'ai un tout petit appart, des enfants, un grand mari et nous menons une vie (et là, dans mon désarroi, je prononçai le mot qu'il ne fallait pas)... assez BOURGEOISE !

— Je le sentais ! cria Higelin, je le sentais que tu étais une sale petite bourgeoise égoïste... tout ce que je hais... tout ce que je méprise !

Hélas, au lieu de répondre gaiement : « Merci, mon chéri... ! », le sang basque espagnol de ma grand-mère se mit à bouillonner.

J'explosai :

— Et moi, je t'emmerde ! Je suis peut-être une sale petite bourgeoise égoïste, mais toi, tu es un affreux faux cul qui gratte sa guitare en bêlant : *Peace and Love* mais qui est au fond méchant comme une teigne. Tout ce que je hais, moi, dans la vie ! Du reste, les machinos ne t'aiment pas, un signe qui ne trompe pas... Tu es un anar-bidon de merde !

D'accord, avec « anar-bidon de merde », j'y avais été un peu fort ! Trop tard pour le regretter *. Higelin

* Encore que je n'avais peut-être pas si tort que ça... Pour ses cinquante balais, notre « anar » se laissa, avec ravissement, décorer de l'ordre du Mérite, comme l'un de ces abominables bourgeois qu'il méprisait tant...

jeta sa serviette sur la table, se leva et, sans ajouter un mot, s'en alla.

Je fondis en larmes.

— Eh bien !... Nicole ! qu'est-ce qu'il se passe ? demanda Pirès, l'attention attirée par le bruit de mes sanglots.

Je me mouchai dans ma serviette de table.

— Je me suis engueulée avec Higelin et... il est parti.

— Ce n'est pas grave, voyons !

— Si, je l'ai traité d' « anar-bidon de merde » et il ne reviendra jamais sur le plateau.

Pirès siffla, admiratif :

— Hé bé ! Quand vous vous mettez en colère, vous, vous ne mégotez pas sur l'injure ! Mais je vous comprends ; moi aussi, je commence à en avoir marre de ce casse-couilles... !

— Pardon ! dis-je en me remettant à pleurer, pardon, Gérard ! Je suis sûre qu'on ne le reverra plus ! Le film est foutu !... et par ma faute !... Pardon !

— Arrêtez de pleurnicher. On va le retrouver, ce con ! Il ne doit pas être très loin. Mais pourquoi cette bagarre ?

— Il voulait venir s'installer chez moi... à la maison... avec mon mari et mes enfants...

Pirès éclata de rire :

— J'imagine la tête de notre Grand Amiral. Il l'aurait assommé de ses larges poings au bout de dix minutes...

— Non, noyé !

— Ou noyé, si vous préférez. Remarquez, de toute façon, on aurait bien rigolé !

Une chasse au Higelin fut organisée. Les uns fouillèrent tous les bistrots de la place. D'autres coururent chez lui. Les derniers se jetèrent sur le téléphone pour appeler ceux qui auraient pu l'apercevoir ou rencontrer quelqu'un qui aurait entendu parler de quelqu'un qui l'aurait vu..., etc.

Les heures passèrent. J'étais décomposée par la honte et la douleur d'avoir provoqué un retard dans le tournage du film *(le compteur tourne)* et peut-être même son arrêt.

Une fois de plus, Gérard et moi — toujours reniflant dans ma serviette de table — nous nous assîmes dans un coin avec nos scénarios et nos crayons pour voir comment finir les dernières scènes de *Elle court, elle court, la banlieue* sans notre acteur principal. On pouvait.

Vers cinq heures, un assistant le ramena.

La figure blême et ravagée. L'air de s'être roulé dans une poubelle.

On tourna vite vite un plan où il chantait avec des copains, en grattant sa guitare. Et il s'en sortit, malgré tout, assez bien.

Ouf !

Les jours suivants, nous évitâmes soigneusement, le Higelin et moi, de nous dire « bonjour » ou « bonsoir » ou même de croiser nos regards.

Vint enfin le moment où sa dernière prise fut mise en boîte. Il dit au revoir à l'équipe, embrassa quelques joues (mais pas la mienne !) et disparut.

J'esquissai quelques pas de danse.

— Wouaouououh ! dis-je à mon metteur en scène, on y est arrivé ! On en a bavé mais ça valait le coup ! Il a été génial dans son rôle, notre cher ondulé de la toiture ! Non ?

— On verra ça au montage, répondit Pirès avec sa prudence de serpent. En attendant, j'offre le champagne à tout le monde.

L'équipe ne se le fit pas dire deux fois. On s'installa à de grandes tables sur le trottoir en commentant joyeusement les événements, une coupe à la main.

C'est alors que, à l'horreur générale, Higelin réapparut brusquement.

Il eut l'air surpris.

— Tiens ? Vous buvez du champagne ?

Pirès ne se dégonfla pas et lui fit un large sourire.

— Tu vois ! C'est en l'honneur de ton départ.

Le Higelin ne broncha pas. Fit le tour de la table pour saluer chacun en particulier, soit par une poignée de main, soit par un bisou sur la joue. Passa derrière ma chaise en faisant un détour marqué. Je regardai l'horizon sans bouger, trop heureuse de m'en tirer à si bon compte.

Je revis notre génial acteur environ deux mois plus tard à la post-synchro. J'étais assise dans un coin du studio, mon fidèle script — qui commençait à être en loques — sur les genoux. Il ne m'aperçut pas et enregistra son texte sans problèmes.

En partant, il me découvrit. Et se dirigea vers moi. Je me recroquevillai dans mon fauteuil.

— Salut ! me fit-il aimablement.

— Salut ! répondis-je sur le même ton.

Petit silence.

Puis il dit :

— Tu sais, Buron, en fin de compte... je ne t'aime pas !

Je lui décochai mon plus beau sourire :

— En fin de compte, Higelin... moi non plus, je ne t'aime pas !

Il eut un petit geste d'adieu et s'en alla.

Je l'ai revu, il y a quelques mois, à l'inauguration d'une boutique de Fille Aînée : « Vive la France », sur le plateau Beaubourg. J'étais assise à la terrasse quand il entra, l'air égaré (mais les cheveux propres).

— Oh ! c'est Jacques Higelin ! s'exclama une jeune femme assise à côté de moi… Je l'adore…

— Je me demande, dis-je avec curiosité, qui a bien pu l'inviter !

A cet instant, Higelin ressortit du magasin, l'air de plus en plus égaré, et dit à la cantonade :

— Merde, je me suis trompé d'inauguration !

Puis il m'aperçut :

— Tiens ! T'es là, toi ? Salut !

Et il vint M'EMBRASSER SUR LE FRONT !

Puis disparut dans la foule.

On rencontre vraiment des frappadingues dans la Tribu des Grenouilles du Showbiz.

LES METTEURS EN SCÈNE

CHAPITRE 10

... où l'auteur découvre que, comme chez les batraciens, il y a toutes sortes d'espèces de metteurs en scène.

Qu'est-ce qu'un metteur en scène ?

« C'est un mec qui écrit des films que je comprends même pas le titre », disait Coluche.

Il voulait parler là d'un certain nombre de réalisateurs français — une espèce protégée souvent par subventions — qui ont des angoisses métaphysiques dès l'apparition d'un peu de duvet sur leur menton et dont ils font longuement part à un public de plus en plus réduit. Certains se spécialisent dans la dénonciation de la société capitaliste. Tout en se mariant avec de riches héritières. D'autres décrivent l'hypocrisie qui est toujours BOURGEOISE et souvent PROVINCIALE. Beaucoup racontent le drame du prolétariat en buvant du whisky jusqu'à l'aube, heure à laquelle le prolétariat en question se lève et fonce, hagard, au boulot, sans se douter qu'un certain Loulou Machecouillon — qui n'a jamais pointé — lui veut tant de bien.

Ne sont pas oubliés les malheureux atteints du Sida qui le refilent à leur petite copine. Les assassins de vieilles dames décrits « avec compassion » (les assassins, pas les vieilles dames). Des représentants de commerce qui se lancent aux trousses de tueurs insolites dans une ambiance qualifiée de « très noire », au lieu de vendre paisiblement de la lingerie pour Dames. Une ancienne religieuse + une star du porno + un amnésique poursuivis par des tueurs à gages (ça se voit tous les jours, ces choses-là). Des travestis soupçonneux marqués par la mort (?). Des pétomanes sentimentaux (si ! si !). Re-voilà des tueurs à gages : un vieux qui apprend son métier à un jeune. (Mais où les metteurs en scène français trouvent-ils tous ces tueurs à gages ?) Trois ex-suicidés qui se racontent leur suicide, etc. Une nouvelle école de tout jeunes metteurs en scène se plaît à conter avec morosité les petits malheurs de leurs premières amours. Hélas, rien de neuf sous le soleil. Sauf le Sida et le chômage. Ce qui n'est pas follement gai ni exaltant. Beaucoup de spectateurs, déjà déprimés et crevés par une dure journée de boulot ou une morne année de chômage, préfèrent rester le cul dans leur propre fauteuil à regarder n'importe quoi à la télévision.

Et tout ça, c'est, paraît-il, la faute aux Américains.

Mais je m'égare... Ou plutôt je me permettrai de reparler de tout ça un autre jour. Plus gai.

En attendant, comment devient-on metteur en scène ?

Soit par la voie royale des études : trois ans à la Fémis (qui a remplacé l'I.D.H.E.C.) suivis parfois d'un passage épatant au Service Cinématographique des Armées en guise de service militaire. Ça peut être utile, le service militaire, mais oui !

Soit par la voie hiérarchique (surtout si Papa/Maman ont des relations). En commençant par la base.

... D'abord **stagiaire.** Tâche primordiale : aller chercher les cafés, cocas, sandwiches et cigarettes.

J'ai connu Jean-Jacques Beineix et Denis Amar stagiaires sur *Les Saintes Chéries*.

Et un autre dont je ne me rappelle plus le nom (pardon, mon chéri !) qui amenait le matin au tournage l'actrice Marie Marquet qui, malgré les ans, gardait sa forte personnalité et sa voix rugissante d'*Athalie*. Et avalait gaillardement — dans la voiture — en guise de petit déjeuner un mélange de steak tartare fortement assaisonné et de morceaux de sucre qu'elle croquait bruyamment. Ce mélange soulevait le cœur du malheureux stagiaire qui n'avait que le temps, mission accomplie — c'est-à-dire la robuste Marie Marquet déposée au maquillage —, de se précipiter dans un coin pour vomir.

Deux catégories de stagiaires : les payés et les non payés (interdits par la loi, mais...). Tous rêvent de tuer le deuxième assistant, s'il y en a un, et de prendre sa place.

... Ensuite **deuxième assistant** chargé de toutes les corvées qui embêtent le premier assistant. Rêve de tuer le premier assistant et de prendre sa place.

Enfin **premier assistant.** Seconde le metteur en scène en attendant avec impatience le moment de le tuer et de finir le film à sa place (le charmant et très talentueux réalisateur Claude Miller était l'assistant de Pirès dans *Elle court, elle court, la Banlieue*). Doit savoir jongler avec ces casse-tête chinois que sont 1) le plan de travail de tout le film, 2) la feuille de service quotidienne.

On reconnaît le **réalisateur débutant** au magnifique viseur tout neuf pendu à son cou, et qu'il pointe dans toutes les directions en criant : « Quel plan sublime ! ». Sans se douter qu'il le tient à l'envers. Petite mésaventure arrivée à Mankiewicz quand il réalisa *Le Château du Dragon*. Et à Claude Berri. Il le raconte lui-même avec humour. Mais ses ennemis assurent qu'il continue (à regarder dans son viseur à l'envers). Hou ! les jaloux !

Cependant, quelques (grands) metteurs en scène sont arrivés par des voies plus tortueuses.

C'est ainsi que Jean-Pierre Aumont, jeune premier tournant un film à Rome, montait tous les matins dans une voiture de la production qui l'emmenait au tournage. Le chauffeur, taciturne, ne semblait absolument pas passionné par le cinéma. Il ne faisait ce boulot que parce qu'il était amoureux d'une petite figurante.

Trente ans plus tard, J.-P. Aumont découvrit qu'il s'appelait Roberto Rossellini, célèbre pour ses films néo-réalistes et pour avoir épousé, dans des conditions tumultueuses, Ingrid Bergman.

Si son premier film n'a pas perdu d'argent ou même, ô divine surprise, en a gagné, le metteur en scène débutant est confirmé **grand metteur en scène** (il n'y en a pas de petits chez nous en France).

Et à peine son deuxième contrat signé, notre jeune Loulou Machecouillon se conduit en monarque absolu. Il règne sans discussion sur tout le petit monde du film, du scénariste au produc qui n'a que ses yeux pour pleurer si le réalisateur se révèle dépensier. (Leos Carax — de son vrai nom Alex Dupont — réussit à ruiner deux producteurs et demi grâce à son film *Les Amants du Pont-Neuf*.)

Cela n'a pas toujours été ainsi.

A Hollywood (et en France, avant l'arrivée de la Nouvelle Vague), c'était le producteur qui était roi. Il avait même le droit de tripatouiller le montage à sa guise. C'est ainsi que pour *Le Barbare et la Geisha* de John Huston, le produc, un certain Walther Mirisch, décida de monter la scène finale au début du film qui devint ainsi un long *flash-back* sans intérêt auquel il ajouta un commentaire nullissime. Le grand John Huston, fou de rage, n'eut qu'à fermer sa gueule.

Otto Preminger essaya d'empêcher une chaîne de télévision américaine de couper des scènes d'un de ses films pour son passage à l'antenne. Il perdit le procès.

Les metteurs en scène américains pouvaient être renvoyés, sur un claquement de doigt, en plein tournage. Dans *Casino Royale*, Joe Mac Grath fut viré à quatre heures de l'après-midi et sortit par une porte. A quatre heures deux, le nouveau réalisateur, Robert Parrish, entra par une autre porte. Pendant *Autant en emporte le vent*, George Cukor fut renvoyé au profit de Victor Fleming à qui le producteur David O'Selznick associa un troisième réalisateur, Sam Wood, avant de prendre lui-même la direction des opérations. Lubitsch, l'auteur de tant de merveilleuses comédies, apprit par son masseur qu'il était foutu à la porte du Studio sans aucun préavis.

En France, à l'heure actuelle, la toute-puissance du réalisateur sur le plateau est limitée par celle de sa star. Ou de ses stars. Mon copain, Gian Luigi Polidoro, prétend qu'il vaut mieux avoir deux grandes vedettes plutôt qu'une, parce que, dans ce cas — on l'a vu —, elles ne pensent qu'à se surpasser mutuellement au lieu d'embêter le metteur en scène.

On m'a raconté une charmante petite anecdote sur le tournage de *Clair de femme* avec Romy Schneider et Yves Montand sous la direction de Costa-Gavras.

Les deux monstres sacrés devaient jouer une scène d'amour au lit. Disons qu'en gros, Romy avait à embrasser Montand en lui disant quelque chose du style : « Oh ! mon amour, que tu m'as manqué ! »

Première prise. Tout se passa bien. Sauf que Romy, qui était ce jour-là d'humeur espiègle, termina la scène en passant tendrement la main dans les cheveux de Montand... qu'elle décoiffa.

Or Yves avait horreur qu'on lui tripote la tête et surtout qu'on le décoiffe devant la caméra. Des cheveux hirsutes ne convenaient pas, selon lui, à sa beauté virile. Il grogna quelque chose dans le genre :

— Arrête, Romy ! Tu m'as tout dépeigné !...

Romy rigola. Costa resta impassible. Le coiffeur de Montand se rua pour remettre de l'ordre dans la chevelure sacrée.

Deuxième prise. Parfaite. Sauf que Romy, d'humeur décidément taquine ce jour-là... ébouriffa encore son partenaire. Cette fois, l'acteur, furieux, se plaignit au metteur en scène :

— Costa ! Dis-lui, toi, qu'elle arrête de me décoiffer !

Romy : Bon ! Bon ! Je ne le ferai plus... mais quel caractère... !

Troisième prise. Hélas ! Romy ne put s'empêcher de dépeigner à nouveau les cheveux de Montand. Celui-ci, fou de rage, menaça :

— Costa ! Je te préviens. Si cette folle recommence, moi, je me tire.

Romy (se mettant en colère, à son tour) : Mais il m'emmerde, celui-là, avec sa perruque !

Elle jaillit du lit et alla se réfugier dans sa caravane en claquant la porte — vlan !

Yves : Ah ! Madame fait des caprices. Eh bien, moi aussi !

Il sortit à son tour du lit et alla s'enfermer dans sa roulotte à lui en claquant à son tour bien fort la porte — re-vlan !

Silence pétrifié sur le plateau.

Les assistants se précipitèrent sur le metteur en scène :

— Monsieur Costa, je la connais bien, moi,

Romy ! Si je vais lui parler doucement, je peux peut-être arranger les choses.

— Et moi, je tape tout le temps le carton avec Montand, je crois qu'il m'aime bien... et je lui dirai...

Costa-Gavras (impavide) : On ne fait RIEN. Que personne ne bouge.

Et il se plongea dans la lecture de son scénario.

Un quart d'heure, une demi-heure, une heure passa. Toute l'équipe attendait en silence.

Finalement, Montand sortit de sa caravane, et vint, un peu penaud, expliquer au metteur en scène qu'il était désolé de son geste de colère (tu me connais, j'ai le caractère un peu vif) mais que Romy l'avait vraiment énervé (ah ! ces gonzesses !), etc. Romy réapparut à son tour, reconnut qu'elle était une vraie emmerdeuse et jura de ne plus recommencer.

— Parfait, dit Costa toujours calmement. MOTEUR !

Et il fit rejouer la scène (parfaite naturellement dès la première prise, Romy ne touchant plus aux cheveux de Montand) disons vingt-six fois de suite ! Les stars ne savaient plus où elles en étaient.

— Mais elle n'était pas bonne cette prise, Costa ?

Costa, implacable :

— Si, c'était bien. Mais on recommence.

Quand le metteur en scène consentit à dire : « C'est bon ! Coupez, c'est fini ! », les deux grands acteurs, épuisés et perdus, avaient compris qui était le patron. Et se tinrent à carreau jusqu'à la fin du film.

Oui, on trouve toutes les sortes possibles de metteurs en scène...

… Le **chaleureux.** Comme Lubitsch, décrit par David Niven * qui adorait être dirigé par lui.

Fin de la première prise. Les acteurs, haletants, se tournent vers lui.

Lubitsch (perché en haut d'un petit escabeau — il était minuscule —, agitant avec enthousiasme son cigare) : C'était merveilleux !… Vous m'avez fait tellement rire que j'ai failli tomber… Merveilleux, vraiment… ! MAIS je ferai… si vous le permettez… une toute petite suggestion…

Les acteurs, grisés par le compliment, hochent la tête avec enthousiasme.

Deuxième prise.

Lubitsch (toujours sur son petit escabeau) : Coupez ! Ah ! Fantastique ! Fantastique !… Vous êtes vraiment fantastiques !… Et si drôles !… MAIS… si vous le voulez bien, j'aurai encore une autre petite suggestion…

Et de « merveilleux ! » en « fantastique ! » et en « petite suggestion », Lubitsch faisait tourner à ses acteurs, ravis, une bonne douzaine de prises !

Jean Renoir dont on disait qu'il pouvait faire jouer une armoire, appartenait à cette même école de : « Vous avez été remarquables. MAIS… on la refait ! »

Il s'écriait à la fin de chaque prise :

— C'est parfait ! On ne peut pas faire mieux ! Recommençons !…

Billy Wilder, metteur en scène également de tant de fameuses comédies, disait pratiquement la même chose (à Marilyn Monroe, entre autres) :

— Bravo ! Épatant ! Admirable ! Allez, encore une fois !…

---

* Dans *Étoiles filantes.*

… Hélas, il existe aussi des réalisateurs **odieux.**

Otto Preminger, qui était un homme charmant dans la vie, se mettait à hurler dès qu'il posait ses fesses dans un fauteuil de metteur en scène. Pendant le tournage du *Cardinal,* il n'arrêta pas d'aboyer contre un jeune acteur qui se transformait à vue d'œil en loque humaine. John Huston (le metteur en scène, mais qui ne dédaignait pas de faire l'acteur dans les films des autres) emmena alors Preminger à l'écart et lui expliqua avec moult précautions que l'autre allait craquer. Preminger fut stupéfait. A la scène suivante, le jeune acteur, terrorisé, ne put s'empêcher de bégayer pendant un long tunnel. Preminger s'approcha de lui… et lui hurla dans l'oreille : « DU CALME ! » Puis il fit un énorme clin d'œil à Huston, enchanté de sa propre gentillesse… Il ne comprit jamais pourquoi le jeune comédien abandonna le cinéma pour écrire des livres, à l'abri, dans un bureau tranquille.

Henri Hathaway, un personnage adorable également, se transformait en monstre odieux sur le plateau. Un jour, le tournage du film terminé *(The Black Rose),* il réunit toute l'équipe et l'insulta copieusement : « Vous avez tous été des nuls, des minables, des incapables ! Ce film va être une merde à cause de vous. » Las, par suite d'un incident au labo, il dut retourner une scène le lendemain. Et passa la journée à se protéger des marteaux, clés anglaises, boulons et outils divers qui tombèrent « par accident » tout autour de lui.

Claude Autant-Lara, Carné, Maurice Pialat, et même Claude Sautet — en apparence pourtant si charmant — ont la réputation de mener leurs acteurs à la dure. Clouzot les giflait, dit-on !

... Il y a même des **sadiques.** Willie Wyller faisait partie de l'école de Max Reinardt qui enseignait qu'il fallait briser les comédiens pour tirer le meilleur d'eux-mêmes. Son truc à lui, c'était de refaire jouer la même scène indéfiniment, sans donner la moindre indication et tout en lisant ostensiblement le *Hollywood Reporter*. Il parvint ainsi à transformer le cher David Niven en chiffe balbutiante en se contentant de lui dire simplement douze fois de suite et sans quitter son journal des yeux :

— Recommencez !

Sir Laurence Olivier, le grand acteur shakespearien lui-même, finit, à ce petit jeu, par perdre son légendaire flegme british.

— Écoutez, Willie, j'ai recommencé trente fois la scène et de trente façons différentes. DITES-MOI SEULEMENT CE QUE VOUS VOULEZ QUE JE FASSE !!!

Willie Wyller rumina un long moment :

— Juste... MIEUX QUE ÇA... !

A noter que, comble de cruauté, Wyller, non seulement adorait faire jouer quarante fois la même prise à ses acteurs, mais qu'il faisait immanquablement tirer... la première !

Dans un autre style mais également sadique, Henry Hathaway donnait l'ordre d'enlever les fauteuils des stars :

— Moi, je reste bien debout toute la journée. Ils n'ont qu'à en faire autant...

Ah mais !

... Existent aussi les réalisateurs **dormeurs.** On prétend qu'Hitchcock — qui ne se privait pas de traiter les acteurs de « bétail » et ses actrices de « grosses vaches » — se livrait à de bons petits sommes sur le plateau, laissant ses assistants diriger eux-mêmes les scènes décrites avec minutie dans le scénario.

Autre dormeur : Vittorio De Sica. Jean-Paul Belmondo a raconté avoir interprété une scène d'amour avec Sophia Loren dans *La Ciociara* et s'être aperçu, la scène terminée, que le maître ronflait paisiblement. Un assistant fit tomber quelque chose pour le réveiller. Vittorio De Sica ouvrit alors les yeux et dit simplement :

— *Perfetto !*

... Nous avons également le metteur en scène **schizo** comme Charlie Chaplin qui, étant à la fois auteur-acteur-metteur en scène-compositeur et même producteur de ses films, s'engueulait lui-même à la troisième personne quand il visionnait ses rushes (y compris *La Ruée vers l'or*) :

— Aaaaaahhhhhh ! Charlie ! Je vous avais bien dit que là, vous n'étiez pas bon !... Vous ne m'avez pas écouté et voilà le résultat !...

... N'oublions pas la grande tribu des **paranos** (au troisième film, ils le deviennent presque tous).

Cecil B. De Mille adorait diriger des milliers de figurants en tenue de cheval avec un gigantesque porte-voix dans lequel il beuglait des torrents d'insultes tout en fouettant l'air avec une cravache. Il était toujours accompagné d'un esclave dont la tâche essentielle consistait à le suivre en portant un fauteuil qu'il glissait sous les fesses impériales de Cecil B. De Mille quand celui-ci voulait s'asseoir. Hélas, un jour, l'esclave n'avança pas assez vite le siège et le despotique réalisateur de tant de péplums et de films bibliques chût lourdement sur son auguste cul. A la joie générale. Fou de rage, le metteur en scène abattit sa cravache sur le dos du responsable (c'était une époque où manifestement n'existaient ni Syndicats ni Inspecteurs du Travail !).

Un jour, Chaplin demanda son avis au metteur en scène Robert Parrish sur les rushes de *Monsieur Verdoux*. Parrish répondit qu'il lui semblait que la quatrième prise était la meilleure.

— Pourquoi pas la troisième ? demanda Chaplin en fronçant les sourcils.

— Eh ben, heu, il y avait un électricien dans le champ...

Grosse colère de Charlot.

— Vous l'avez remarqué parce que vous ne **me** regardiez pas ! Les spectateurs, eux, **me** regardent* !

... Il n'est nul besoin d'être un grand metteur en scène pour être **mégalo.**

Un petit — tout petit — metteur en scène français (hélas, il y en a quand même) devait tourner en Italie une scène sur un golf très chic, très cher. Au moment de crier MOTEUR, il s'arrêta et déclara :

— L'actrice n'a pas de chaussures de golf. Je ne peux pas tourner.

Le directeur de production courut lui-même comme un fou à travers tout Rome pour trouver les godasses idoines.

Pendant ce temps-là, tout le monde attendait, les bras croisés. *Le compteur tournait... tournait...*

Le directeur de production revint enfin avec les souliers réclamés. Le petit réalisateur français

---

* *Amis américains* de Bertrand Tavernier.

consentit alors à tourner la scène... où jamais n'apparaissent les tatanes en question !

La mégalomanie du petit réalisateur français en question faillit être gravement, définitivement même, punie.

Tout à sa folie, il avait insulté grossièrement, au vu et au su de tous, l'actrice principale.

Celle-ci, ivre de rage, se réfugia dans sa caravane où elle se mit à donner des coups de pied rageurs à la ronde. Entra alors un assistant italien... très italien... qui abonda dans son sens et même ajouta :

— Si tu veux, *carissima*, je connais des amis qui connaissent des amis qui peuvent... moyennant pas très cher... heu, tu comprends... peuvent... (il mima un pistolet avec son index pointé). Pan ! Pan !... et ton petit metteur en scène français de merde... il ne rentre jamais en France !...

L'actrice était tellement en colère qu'elle trouva l'idée intéressante.

Heureusement (?) survint alors le produc français. Qui poussa les hauts cris. Soit il s'agissait d'une vantardise de l'assistant italien très italien et l'actrice perdait ses sous. Soit il s'agissait vraiment de la Mafia et l'actrice risquait un chantage à vie. De toute façon, il fallait D'ABORD finir le film. Après, on verrait.

Autre exemple de mégalo gravement atteint. Leos Carax (encore lui) avait décidé que, sur le tournage de son film *Mauvais sang*, ses interprètes devaient peser le même poids que lui. La jeune Julie Delpy, déjà pas bien grosse, dut perdre une dizaine de kilos !

... On m'a signalé un cas très rare de metteur en scène français frénétiquement **rapide**.

— Allez ! — On tourne ! — Moteur !... Parfait ! — Coupez ! — Tirez ! — Pour-le-plan-suivant-mettez-la-caméra-ici !

L'acteur (timidement) : Pardon, monsieur, mais je me suis trompé dans mon texte.

Le metteur en scène (sans reprendre son souffle) : Fallait pas ! Tant pis ! — On continue ! — Moteur !

Autre cas en Amérique : W.S. Van Dyke, surnommé « l'homme qui tourne plus vite que son ombre ». Il démarrait chaque matin au gin-orange et « peu importait, précisait Mankiewicz, alors son collaborateur, si l'œil droit de Joan Crawford n'était pas dans le cadre. »..

... Il existe, paraît-il, UN metteur en scène français très connu, tellement **radin** qu'il n'a jamais payé un simple café à personne, même à un petit comédien au chômage.

Hitchcock était un mélange incroyable de radinerie et de générosité. Capable d'emprunter quelques billets à un technicien sur le plateau... et de ne les rendre que difficilement. Ou de discuter à un shilling près sa note d'hôtel et, dans la foulée, d'offrir le champagne à toute l'équipe.

... Existe la race des grands **perfectionnistes.**

Tel David Lean sur *Le Docteur Jivago.*

Un plan était prévu où trois cents officiers de cavalerie devaient traverser un champ au galop. Au moment de tourner, David Lean se mit à contempler le paysage d'un air chagrin. Puis s'adressa à ses assistants qui l'entouraient respectueusement.

— C'est sinistre, ce décor ! Il faudrait l'éclairer avec des coquelicots. Bon. Renvoyez la cavalerie, trouvez-moi des coquelicots et une équipe pour les planter, espacés de trente centimètres.

Il fallut trois jours entiers pour trouver et planter ces satanées rouges *papavéracées.* Trois jours entiers pendant lesquels la cavalerie attendit. (Et fut payée, chevaux compris.)

Puis David Lean tourna. Un SEUL plan, bien sûr, puisque, après le passage des cavaliers, tous les coquelicots avaient été piétinés.

Un seul plan, mais superbe !

Rappeneau, pour *Le Hussard sur le toit*, trouvant le jaune d'un champ de blé trop pâle, le fit dorer à l'aide de pulvérisateurs.

Cependant, la palme d'or du perfectionnisme revient peut-être au metteur en scène d'avant-guerre, W.S. Van Dyke (encore lui) qui tourna *L'Introuvable*, une comédie policière avec Myrna Loy et William Powell.

La scène prévoyait un travelling (déplacement de la caméra sur des rails) le long d'une table de réfectoire autour de laquelle étaient assis des figurants. Lequel travelling se terminait sur un comédien qui devait conclure un discours à ce moment-là par un ferme :

— C'est tout ce que j'ai à dire.

L'acteur lança sa réplique...

... et tomba raide mort.

Affolement général.

Seul le metteur en scène garda son calme et s'opposa furieusement à ce qu'on enlève le corps avant qu'il ait filmé son plan d'ensemble. Après quoi, il rugit qu'on emporte le cadavre, mais seulement après lui avoir enlevé son manteau. Qu'il fit enfiler à un autre acteur. Il put ainsi terminer sa scène par une série de plans avec en amorce l'épaule du malheureux disparu...

Autre grand perfectionniste : le cher Tati. Il mit deux ans pour tourner *Playtime* et un an pour le monter. De quoi ruiner tout le monde, y compris lui-même. Il n'hésitait pas à réveiller son preneur de son à trois heures du matin pour l'emmener enregistrer le bruit de ses pas dans une usine désaffectée. Par ailleurs, il emprunta aux Bateaux-Mouches de grandes plaques de Plexiglas destinées aux vitres de ses décors. Pour quelques semaines. Un an plus tard, mon époux me demanda d'aller jeter un coup d'œil pour savoir s'il pouvait récupérer son Plexi pour les baies de ses propres bateaux. Je passai une journée passionnante sur le plateau mais, en rentrant, ne laissai aucun espoir à l'Homme. Non seulement le tournage était loin d'être fini et il n'était pas question d'arracher la moitié des décors, sauf à envisager le suicide de Tati, mais le Plexi avait subi les outrages du temps et était tout abîmé. Eh bien, le charme de Tati était tel que l'Amiral ne piqua pas une de ses légendaires colères et se contenta de soupirer : « Tant pis ! »

Cela n'empêchait pas Tati d'adorer les blagues. Un jour, dans un grand dîner donné par un de ses copains, il prit la place du maître d'hôtel... et présenta un bar grillé. Mais au moment où l'invité allait se servir, il lui adressait une de ses fameuses petites mimiques, signifiant : « Si j'étais vous, je n'en prendrais pas... ! » Du coup, personne n'osa toucher au poisson... au grand dam de la pauvre maîtresse de maison — qui n'était pas prévenue. La blague faillit mal tourner car, furieuse, la dame menaça carrément de divorcer.

... Claude Chabrol est aussi un grand **blagueur.**

Un jour, terriblement fauché, il rencontra, sur les Champs-Élysées, un producteur, Raymond Eger, et lui annonça qu'il allait lui rendre un service considérable s'il lui prêtait cinq cents francs. L'autre hésita, pensa qu'il s'agissait d'un projet de film intéressant et, à regret tout de même — on est produc ou on ne l'est pas —, lui tendit l'argent.

Chabrol (hilare) : Remonte ta braguette... tu as le zizi à l'air !

(Et Chabrol d'ajouter, narquois, dans son livre

Et pourtant je tourne : « Le procédé est ingénieux mais on ne peut pas en vivre décemment. J'essayai de redevenir cinéaste. »)

Claude adorait aussi monter des canulars. Au bar des Studios de Boulogne (hélas, détruits depuis), il faisait appeler les autres metteurs en scène par le haut-parleur :

— ... Monsieur Truffaut au téléphone ! On vous demande de Los Angeles !

— ... Monsieur Sautet au téléphone ! On vous demande de Mexico !

— ... Monsieur Claude Berri au téléphone ! On vous demande... de... Bécon-les-Bruyères... !

Ce qui était nettement moins chic. Berri, paraît-il, goûtait fort peu la plaisanterie.

Alfred Hitchcock aimait également se livrer à des farces. Depuis les coussins péteurs qu'il installait sur les divans de son salon jusqu'au cheval qu'il fit livrer à bord du bateau où Peter Lorre s'embarquait pour l'Amérique. (Ce dernier, en retour, lui fit porter à deux heures du matin trois cents canaris chanteurs...)

Alfred affectionnait aussi de faire de l'humour aux dépens des autres. Un jour, il demanda devant toute l'équipe à un acteur qui l'agaçait :

— Avez-vous bien dormi, Monsieur ?

— Oui, merci, répondit l'autre, assez content de lui.

— Et avec qui, Monsieur ?

Il lui arriva pourtant une fois de tomber sur un bec. Il venait, avec délices, de raconter une histoire très cochonne devant Grace Kelly et lui demanda :

— N'êtes-vous pas choquée, Mademoiselle Kelly ?

Et Grace de répondre :

— Non, Monsieur Hitchcock, j'ai fréquenté une école religieuse et, à treize ans, j'entendais déjà ce genre d'histoires...

John Huston dirigeait un (mauvais) western au

Mexique. A côté du lieu de tournage avait lieu l'inauguration d'un golf super-élégant et snob. Huston, avec un copain, acheta deux mille balles, loua un petit avion-taxi et balança les deux mille balles sur le parcours en plein championnat. Ce fut la panique. Aucun joueur ne put retrouver sa propre baballe, bien sûr. La compétition fut annulée à la grande fureur des participants, y compris Burt Lancaster qui jouait dans le western et ne se douta jamais du mauvais tour de son metteur en scène.

Claude Chabrol, toujours lui, a la réputation de choisir les lieux de ses tournages en fonction des bons restaurants du coin (cas de metteur en scène **bon vivant**).

... Mais on rencontre aussi des metteurs en scène... **mauvais copains.** Eh oui ! ces messieurs dames (il y a de plus en plus de réalisatrices. Bravo !) ne s'aiment pas toujours entre eux. Chacun ayant tendance à jalouser le travail de l'autre. Sacha Guitry l'avait déjà remarqué pour le théâtre : « Si je vais voir une pièce d'un autre auteur, ou je m'y emmerde parce que c'est mauvais, ou je suis jaloux parce que c'est bon. Dans les deux cas, je passe une très mauvaise soirée. »

Pierre Braunberger se rappelle qu'il alla voir *Quai des brumes* avec Renoir. Ce dernier, au bout de vingt minutes, se mit à gueuler de sa voix tonitruante :

— Qu'est-ce que c'est que ce film ?... complètement con !... Une mise en scène de merde ! C'est pas le Quai des brumes mais le Cul des brêmes !

Il faisait un tel chahut que Papa Boum Boum dut sortir. Et revenir voir le film tout seul et en paix.

En 1959, Édouard Luntz reçut le prix Jean Vigo pour un court métrage, *Enfants des courants d'air* et Godard pour *A bout de souffle.* Luntz, voulant être aimable avec Godard qu'il admirait lui dit : « Oh ! j'aimerais bien voir votre film. »

Godard (froid) : Je ne montre pas mon film à n'importe qui !

Orson Welles détestait Antonioni : « Il m'ennuie... Il croit que parce qu'un plan est bon, il sera encore meilleur si on le prolonge. Il vous montre une femme qui marche le long d'une rue. Et on pense : " Il va quand même pas nous faire faire tout le chemin ! " Mais si ! Et il vous laisse même dans la rue vide, une fois la femme disparue. »

Toujours à propos d'Antonioni, Harrison Ford, qui avait joué dans *Zabriskie Point,* déclara : « L'idée qu'Antonioni avait de la direction d'acteurs, c'était qu'on avait juste le droit de remuer légèrement un sourcil. »

Vous me direz : mais enfin, y a-t-il des metteurs en scène qui ne soient pas des monstres et qui aient du talent ?

Bien sûr !

Tous ceux (enfin presque) avec lesquels j'ai travaillé ! (les autres, je ne les connais pas. Tant pis pour eux).

J'ai aimé travailler sur *Les Saintes Chéries* avec Jean Becker qui faisait régner sur son plateau une atmosphère joyeuse et heureuse. Il adorait rire d'un grand rire... y compris à ses propres plaisanteries.

Nadine Trintignant — qui devint une amie — avait, elle aussi, un cœur gros comme ça et entretenait avec tous des rapports chaleureux. C'est important quand vous passez des mois ensemble pratiquement dix-huit heures sur vingt-quatre. Ce qui ne l'empêchait pas « d'assurer ». C'est ainsi que, tandis qu'elle mettait en scène, à Tours, des séquences du feuilleton *Qui c'est, ce garçon ?* un coup de téléphone la prévint que sa fille chérie, Marie Trintignant, était sur le point d'accoucher. Elle termina calmement le tournage du jour, prit sa voiture, rallia Paris, assista à la naissance du petit Roman en tenant la main de sa fille, reprit sa voiture et revint à Tours le lendemain matin, à l'heure pour diriger le travail de la nouvelle journée.

Gian Luigi Polidoro, bien que vénitien, a l'air et l'humour anglais et le charme italien. Il tint sa parole de ne pas tripoter mes textes dans mon dos — ce qui se fait énormément maintenant —, mais ne put à lui tout seul faire que *C'est quoi, ce petit boulot ?* soit aussi réussi que nous l'aurions souhaité tous les deux. J'en ai beaucoup voulu à certains. Et à moi aussi.

Oui, j'ai aimé travailler avec (presque) tous mes metteurs en scène, même quand le film ne s'est pas fait : Michel Boisrond et son esprit caustique. Patrice Leconte, que le succès de ses films n'empêchait pas de m'aider à laver la vaisselle à la Micoulette ! (Il avait aussi d'autres qualités !), etc.

Mais attention ! Pour qu'un auteur s'entende bien avec son metteur en scène, il faut tenir compte de ses petites manies.

Par exemple, Robert Pouret (*Cours après moi que je t'attrape*) était fou de vélo, comme je crois l'avoir dit.

Aussi, dans *Cours après moi que je t'attrape !* je

parsemai mon scénario de balades à bicyclette qui enchantèrent mon réalisateur et ajoutai même une course cycliste à laquelle, tout fier, il participa comme figurant !

J'en écrivis une également pour Jean-Pierre Marielle, après m'être assurée qu'il savait pédaler sur deux roues. J'avais encore en mémoire un épisode d'*Ève au volant (Les Saintes Chéries)* où Jean Becker avait choisi, pour jouer un conducteur atrabilaire, un charmant vieil acteur, Jean Ozenne. Au moment de tourner, ce dernier dut avouer qu'il n'avait jamais tenu un volant de sa vie. Les assistants et les machinistes (hors champ) durent faire avancer et reculer la voiture... à bras !

Bien que la promenade à vélo de Jean-Pierre Marielle à travers Paris, la nuit, fût très poétique, je la trouvais interminable. Et le dis, au montage, à mon metteur en scène :

— Mais j'ai une très jolie musique pour l'accompagner !

— Ah ? Eh bien, essayons avec la musique.

Mais même avec la musique, je trouvais la balade toujours trop longue.

Pouret, lui, refusait farouchement de couper la moindre image. Il finit par me donner la raison de son entêtement.

La musique avait été composée par son petit frère.

Gérard Pirès, lui, n'avait ni petit frère musicien ni vélo rose. Mais c'était, on l'a vu, un dingue des motos et des voitures de course, doublé d'un pyromane redoutable. J'ai déjà raconté comment il avait failli faire sauter tout l'ouest de Paris à la dynamite en tournant la scène finale d'*Erotissimo* que je lui avais affectueusement concoctée.

Pour lui, j'émaillai mes histoires — nous avons fait

quatre films ensemble — de Kawazaki redoutables (qu'il ne dédaignait pas de conduire lui-même, camouflé sous une tenue noire de motard et un casque intégral avec une Marthe Keller innocemment installée sur le siège arrière), de Porsche — toujours lui au volant — vrombissant dans un champ de blé (il fallut payer la récolte au paysan accouru avec son fusil) et d'explosions diverses (y compris celle où il fit péter toutes les vitres de l'H.L.M. d'Aubergenville où nous tournions *Elle court, elle court, la banlieue*. Heureusement, le cher Claude Miller avait eu la sagesse de prévoir que ce serait la dernière scène à jouer dans ce décor. L'équipe eut juste le temps de s'enfuir avant lynchage par les habitants de l'immeuble.

Mais je crains d'être responsable de la passion de mon metteur en scène préféré pour les avions et les hélicoptères.

Pour *Erotissimo*, nous devions faire un saut, tous les deux à Rome, afin de choisir les acteurs italiens de la coproduction italienne. Les coproductions (italienne, allemande, canadienne, etc.) ont toujours été ma bête noire. Les réalisateurs français connaissant rarement les acteurs étrangers aussi bien que les français — ce qui est normal —, on risquait toujours de se retrouver avec un ringard * sur les bras... ou la petite amie du produc italien. En désespoir de cause, on finissait généralement par prendre ce que j'appelais : « l'Italien de service », celui que tout le monde connaissait pour l'avoir déjà vu dans tous les films avec coproduction italienne. Ainsi Venantino Venantini fut pendant des années : « le bel Italien amoureux »... (y compris dans *Erotissimo* et *Elle court, elle court, la banlieue*), Gert Froebe et Koldehof jouaient les gros Allemands, soit gentils, soit méchants, etc.

---

* Acteur mauvais, en jargon cinoche.

Seul Godard s'est bien sorti de cette situation imposée par des raisons strictement financières.

Dans je ne sais plus lequel de ses films (*Week-end* ?), il fit grouper tous ses acteurs italiens sur le bas-côté d'une route où ils criaient en chœur sur un ton désespéré : « Nous sommes la coproduction italienne ! Nous sommes la coproduction italienne... ! »

Après quoi, tranquille, il put tourner sans souci de ce côté-là. Mais il faut être Godard pour se permettre ce genre de plaisanterie.

Pour en revenir à *Erotissimo* et à notre petit voyage à Rome, nous quittâmes, Pirès et moi, les bureaux de Papa Boum Boum aux Champs-Élysées, très en retard.

— On va louper l'avion de Rome, grognai-je.

— Calmez-vous, dit Pirès, avec ma Porsche rapide, nous serons à Orly dans quinze minutes !...

— C'est ça ! On va voler par-dessus les embouteillages ?

Nous ne volâmes pas par-dessus les embouteillages, mais Pirès se faufila dans la circulation d'une banlieue inconnue, accélérateur et klaxon à fond. Rasant le museau des autobus. Coupant la route à d'énormes camions. Faisant s'égailler les piétons comme des volées d'étourneaux, etc. Provoquant terreur et fureur sur notre passage.

Nous arrivâmes à Orly pile pour l'avion.

J'étais verte : j'avais éprouvé la plus grande frayeur de ma vie.

Pirès ricana :

— Ça vous apprendra à ne pas me faire confiance. Je suis un conducteur rapide mais prudent.

Je jugeai inutile de répondre et m'installai avec ravissement dans l'avion. Sauvée !

L'avion décolla. Je me penchai vers Gérard, assis à côté de moi, pour lui dire je ne sais quoi.

Il ne me répondit pas. Il était livide, les mains crispées sur les accoudoirs.

— Qu'est-ce que vous avez ? lui demandai-je, alarmée.

Il marmonna :

— ... peur en avion...

Je m'écroulai de rire.

— C'est bien fait ! Cela vous apprendra à me terroriser en voiture.

Et, de retour à Paris, je me fis une joie malicieuse de raconter mon aventure à qui voulait l'entendre.

Pirès fut tellement vexé...

... qu'il décida de passer pratiquement tous les brevets possibles de pilote d'avion, d'hydravion et même d'avion de guerre. Sans oublier naturellement l'hélicoptère.

Bonne joueuse, je lui écrivis dans *Rends-moi la clé* quantité de scènes en hélico (Jacques Dutronc, jeune patron de choc, ne se déplace pratiquement que par ce moyen). Un grand nombre d'entre elles furent tournées en Bretagne, entre la pointe du Raz et Belle-Île, dans un décor splendide de mer et de landes sauvages. Le clou fut cependant une spectaculaire poursuite entre une voiture où se trouvaient Jane Birkin et Jean-Jacques Moreau et l'hélico « piloté » par un Jacques Dutronc ivre de jalousie. En fait, il s'agissait d'un vrai professionnel portant un masque en latex du visage de Dutronc, cet accessoire incommode ne l'empêchant pas de piloter son engin à côté de la voiture et même au ras du toit au point de se poser dessus un instant. La scène était agrémentée d'un superbe tête-à-queue d'une voiture de course arrivant à fond la caisse et d'où sortait en hurlant « connard ! » notre... cher metteur en scène qui n'avait pu résister au plaisir de faire sa petite cascade à lui !

Un soir, travail terminé, Pirès me proposa de m'emmener faire une petite balade en hélico.

Je compris immédiatement que cela allait être ma fête. Il n'avait pas oublié le voyage à Rome. Mais, crâneuse, j'acceptai, feignant le plus vif enthousiasme. En fait, j'avais la trouille.

A juste titre.

Le monstre s'amusa à raser les vagues, à jouer à saute-moutons par-dessus les îlots rocheux, et surtout à foncer à toute allure sur des falaises pour, hop, à la dernière seconde, redresser l'hélico et passer juste au ras des ajoncs.

Quand nous nous posâmes, je remerciai néanmoins vivement mon pilote (quelle délicieuse promenade, mon cher) tout en me jurant *in petto* de ne plus jamais remonter dans une de ces affreuses mécaniques volantes.

Et puis, l'année dernière, pendant l'été, Pirès me téléphona dans ma campagne et me proposa de venir me chercher à la Micoulette dans son Écureuil personnel pour m'emmener passer la journée chez des amis dans le Lot. Et je dis oui, trouvant la balade trop fascinante pour refuser.

Je fis couper par Monsieur Louis, en guise de piste d'atterrissage, un grand carré de luzerne sur le haut d'une colline (le seul endroit un peu plat de toute la propriété). A l'heure prévue, un ravissant engin tout blanc descendit bruyamment du ciel et se posa à mes pieds. La promenade, aller et retour, fut absolument merveilleuse et je fus même autorisée à mettre un casque comme un pro et à parler dans la radio. Bref, je passai une journée formidable. Je me montrai tellement enthousiaste que l'Homme-de-ma-vie, un peu jaloux, me proposa d'acheter, lui aussi, un Écureuil et de faire donner des leçons de pilotage à

Petite Chérie pour nous promener en famille. Là, je reculai.

Le lendemain, quand ma chère Marie-Lou arriva pour faire le ménage, elle poussa un cri en me voyant :

— Aaaaahhhh ! Vous êtes là ?

— Ben oui, dis-je, surprise.

— Vous n'êtes pas malade ?

— Ben non. Pourquoi ?

— Parce que hier, y paraît qu'un hélicoptère s'est posé à la Micoulette, et le chauffeur du camion des surgelés Agrigel a raconté dans toutes les fermes que c'était parce que vous étiez très malade et que les pompiers avaient dû vous emmener en urgence à l'hôpital Purpan à Toulouse.

J'éclatai de rire.

— Mais non ! J'ai été dans le Lot déjeuner chez des amis et l'un d'eux est venu me chercher avec son hélicoptère personnel et m'a ramenée avec !

Je vis à son air : « C'est ça ! Et Bécassine, c'est ma cousine... » que Marie-Lou ne me croyait pas un seul instant. Se balader comme ça pour rien dans le ciel avec son propre hélico, c'était vraiment trop « parisien » pour les gens du pays et n'aurait fait qu'accroître ma mauvaise réputation. Je préférai finalement laisser croire qu'on m'avait passée au scanner à Toulouse.

Naturellement, Gérard Pirès a d'autres qualités que celle de savoir piloter des motos, des voitures de course, des avions (même de chasse !) et des hélicoptères. A mon avis, c'est l'un des meilleurs metteurs en scène de comédies français. Par ailleurs, je n'ai jamais éprouvé avec un autre réalisateur la complicité ressentie lorsque nous travaillions ensemble. Malheureusement, depuis un terrible accident (il se promenait en moto dans une forêt quand un fil de fer tendu entre deux arbres faillit le décapiter), il ne veut plus tourner de films. Juste des pubs. Ce qui me rend enragée. Tous les six mois, nous déjeunons ensemble et je râle :

— Vous gâchez votre talent à ne faire que des pubs.

— M'en fous complètement. Je suis très heureux comme ça !

Voilà des années que cela dure mais on sait que je suis têtue comme une mule béarnaise et j'arriverai bien à le convaincre. Du reste, des échos récents de Radio-Vipère me donnent à penser que, finalement, il va peut-être se décider à retravailler pour le cinéma.

Hélas, c'est moi maintenant qui ne veut plus écrire de scénarios de films.

Mais cela est une autre histoire.

LE PREMIER FILM

CHAPITRE 11

... où l'auteur réalise son film, toute seule comme une grande, et s'aperçoit que le boulot de metteur en scène, ce n'est pas de la tarte !

UN AN AVANT

L'inspiration foudroyant ses victimes n'importe où, n'importe quand, l'idée du film *Vas-y Maman !* me frappa sur le plateau de *Cours après moi que je t'attrape*.

L'inspiration étant chose fugace et précieuse, je notai aussitôt ce qui me passait par la tête sur le scénario même de *Cours après moi...*, tel un écureuil engrangeant frénétiquement des noisettes pour l'hiver.

Mon manège attira l'attention d'Annie Girardot :

— Qu'est-ce que tu écris, là, toi, tout le temps ?

— Ne le dis à personne mais c'est mon prochain film.

— Ça parle de quoi ?

— Des difficultés que rencontre une mère de famille de quarante ans qui veut se remettre à travailler après avoir élevé ses enfants...

— Dis donc, ça peut être marrant ! Tu me donnes le rôle ?

— Il est écrit pour toi, ma chérie, comme toujours Mais attention ! Je te préviens, cette fois, c'est moi qui mets en scène toute seule.

— Formidable ! Je marche.

Quel amour, cette Annie ! Je l'embrassai.

— Tu es vraiment chouette.

— Il faut s'aider entre copines. Et tu comptes tourner quand ?

— Dans un an, exactement. Ça te va ?

— Croix de bois, croix de fer, j'y serai !

Le montage et le mixage de *Cours après moi que je t'attrape* terminés, je me jetai, survoltée, dans l'écriture de *Vas-y Maman !* Un œil et une main sur le livre, et louchant de l'autre œil et de l'autre main sur le scénario. Dont Claire Tucherer acheta les droits, les pages à peines sorties de ma vieille Olivetti rouge Valentine. Fit signer Annie comme vedette du film. Et revendit le tout, comme un petit pâté chaud sortant du four, à Claude Berri dont la maison de production (Renn Productions) pouvait assurer le tournage du film.

C'est là que je découvris avec fierté qu'un petit Français comme Claude battait les Américains en affaires.

Avec son air éternellement sombre (je ne l'ai jamais vu sourire et sur le tournage plus récent de *Germinal*, il était surnommé « Germinator »), il me proposa un aménagement de mon contrat d'où il ressortait que mon pourcentage sur les bénéfices tombait à 2,50 %.

— D'habitude, j'ai 10 %, protestai-je faiblement, et même les Américains m'ont donné 5 % sur *Elle court, elle court, la banlieue...*

— Peut-être. Mais ils n'ont pas pris, comme moi, le risque de vous faire tourner votre premier film. A moins que... (sa voix se fit sévère)... vous ne croyiez pas au succès de votre propre film... ?

Je faillis éclater de rire. Coincée j'étais, comme une souris dans une tapette. Impossible de répondre : « Non ! Je ne crois pas du tout au succès de mon film, tra la laire ! » Le malin Berri le savait bien. Comme il savait bien, étant réalisateur lui-même, que ce qui me motivait n'était pas de gagner plus ou moins de sous, mais le bonheur excitant de mettre en scène seule pour la première fois (ou presque). Alors, O.K. pour ses 2,50 %.

Ce qui me semblait le plus urgent — et important — était d'obtenir l'accord d'un acteur connu pour constituer avec Annie le couple vedette.

Qui ?

Mais MON Philippe Noiret adoré, bien sûr !

J'allais enfin pouvoir réaliser mon rêve.

Je lui écrivis une longue lettre passionnée où je lui expliquai que, depuis des années — depuis *Erotissimo* —, tous les matins, en griffonnant mes scénarios, je pensais à lui. Que je connaissais toutes ses expressions, ses gestes, ses regards. Peut-être mieux que sa maman, sa femme ou sa fille. Que le rôle de Pierre Larcher dans *Vas-y Maman !* avait été écrit pour lui comme presque tous les précédents. Qu'accédant enfin au grade de metteur en scène à part entière, j'espérais avoir le bonheur de le voir jouer dans mon film, etc.

Je me procurai, je ne sais comment, son adresse personnelle, et allai moi-même glisser dans sa boîte aux lettres ma missive enflammée. Et le scénario.

Une semaine passa. Puis deux. Puis trois...

Philippe Noiret ne répondait pas.

Il ne répondit JAMAIS.

Je mis du temps à l'admettre. Je ne pouvais croire qu'il reste indifférent à tant d'amour fidèle. Fébrile, je disais à Claire :

— Il prend son temps pour lire le scénario...

ou :

— Il tourne peut-être en Italie et il n'a pas reçu ma lettre...

ou :

— Il est peut-être pris pour les deux années à venir et ça l'embête de me le dire...

Et puis, un jour, je dus faire face à l'évidence. L'Homme-de-ma-vie-d'auteur-metteur en scène ne répondait pas à ma passion.

Je n'avais pas trouvé le chemin de son cœur (d'acteur).

ou :

Il n'aimait pas mon scénario...

ou pire :

Il me prenait pour une folle !

J'en éprouvai une terrible déception.

Je frôlai le cœur brisé.

Et puis, comme tous les chagrins d'amour, celui-ci passa.

Désormais, je n'écris plus une ligne en pensant à l'infidèle.

Je ne vais même plus voir ses films.

Et quand je le rencontre en chair et en os à l'aéroport de Carcassonne ou à la Librairie de la Cité (sa maison de campagne est à quelques kilomètres de ma ferme), nous bavardons poliment. Nous ne voisinons pas. Je m'en fiche.

Philippe Noiret, qui c'est ?

Cela dit, il me fallait trouver un mari pour mon Annie.

Jean-Pierre Marielle ? Bien sûr ! Formidable ! Mais je sortais déjà d'un film avec lui et Girardot.

Jean Yanne ? Il répondit, paraît-il : « Buron écrit de très bons scénarios, d'accord ! Mais vous me voyez, moi, dirigé par une gonzesse ! » Ah ! L'affreux macho... (Il paraît qu'il a changé et qu'il a même assisté récemment à la naissance de son premier enfant. La grâce l'a peut-être frappé ?)

Pierre Mondy que j'avais beaucoup aimé dans *Le Téléphone rose* de Molinaro avec Mireille Darc ? C'était exactement le personnage. Accord général. Il accepta. Hourra !

C'est alors que nous faillîmes perdre Annie.

Notre grande comédienne avait un tout petit travers. Elle promettait et même parfois signait son accord — éventuellement sur des nappes en papier de restaurant — pour plusieurs films à la fois. A son malheureux agent et aux producteurs de se débrouiller ensuite entre eux à grands cris et furieuses menaces de procès. Je pense que ce léger défaut lui venait de l'angoisse de se retrouver sans travail comme au temps où elle avait la cerise.

Bref, elle avait juré de tourner à la même date : 1) *Vas-y Maman !* 2) un thriller américain — dont j'ai oublié le nom — et 3) le premier film d'un jeune-metteur-en-scène-de-génie.

Pendant que Renn Productions discutaillait avec les Américains, je me chargeai du jeune-metteur-en-scène-de-génie. Je demandai à Annie de me faire lire son scénario... dont je fis une critique féroce. « Tu ne vas pas tourner une merde pareille ? », fis-je remarquer à ma vedette. Qui acquiesça. D'accord, ce n'était pas très joli-joli de ma part de démolir le travail d'un confrère mais 1) c'était lui ou moi et, pour défendre mon premier film, je me sentais capable de me transformer en grenouille tueuse (*Epipedobates tricolor*), 2) je pensais sincèrement tout le mal que j'en disais. Du reste, personne ou presque n'entendit plus jamais parler du loustic.

Restaient toujours les Américains. Après des transactions affairées entre producteurs, agents, avocats et le toutim, il fut convenu que je tournerais la première et que les Américains enchaîneraient. De telle sorte qu'Annie finissait un vendredi soir avec moi et, sans désemparer, commençait son film amerloque le lundi matin suivant. (Pratique formellement interdite par les assurances qui exigent quelques jours de délai entre deux tournages.) Quant à moi, on me fit clairement comprendre qu'il n'était pas question que ma vedette ait un jour de retard à cause de moi. Les Yankees — de très mauvaise humeur — lui feraient payer un énorme dédit.

J'allais vivre avec une épée de Damoclès au-dessus de la tête.

Pour l'instant, j'avais d'autres chats à fouetter.

LA PRÉPARATION

J'entrais *en préparation* (du film) comme on entre en religion : avec exaltation. D'autant plus que je me sentais très soutenue par mes producteurs. J'en avais une palanquée pour moi toute seule : un producteur délégué, un producteur exécutif, un directeur de production, sans oublier le producteur/producteur (Claude Berri) et trois coproducteurs (dont Claire Tucherer). Je ne sus jamais très bien (je ne sais toujours pas) qui faisait quoi. Mais je m'accrochai à Pierre Grunstein qui me semblait avoir le film en charge. C'était (c'est) un homme intelligent et charmant et qui, ô surprise délicieuse, était plutôt du côté du metteur en scène que du sacro-saint budget. Il m'encourageait à faire le film de mes rêves sans trop me soucier des sous. Une rareté à encadrer.

Pierre Grunstein me félicita chaudement d'avoir terminé complètement mon scénario avant de commencer la préparation du film. Il m'avoua que c'était la première fois qu'il voyait cela. Je ne lui confessai pas, en retour, que c'était dû à une particularité névrotique de mon caractère (peut-être héritée d'une lignée d'ancêtres officiers : « Avant l'heure, c'est pas l'heure. Après l'heure, c'est plus l'heure »). Bref, j'ai tellement peur d'être en retard... que je suis en avance, parfois d'une demi-heure, à un rendez-vous (et obligée d'attendre sous la pluie, trempée comme une serpillière, ou dans un café sans rien à lire). Je me pointe même carrément deux heures avant l'embarquement à un aéroport (il m'arrive de prendre l'avion d'avant*). Quant aux dîners mondains, malheur à ceux qui m'invitent à vingt heures trente, en escomptant que je me présenterai à vingt et une heures trente, comme il est chic de le faire à Paris. Je sonne à vingt heures trente précises alors que mes hôtes sont encore dans leur bain (à faire quoi ?).

Bref, avec l'aide de Fille Aînée — qui travaillait de plus en plus souvent avec moi comme coscénariste — et du très cher et talentueux Pierre Sisser, j'avais terminé mon texte bien avant l'heure.

Pour découvrir que le métier de metteur en scène à plein temps consiste à courir dans tous les sens. Ce que je déteste. N'ayant dans la tête qu'une petite noisette, j'aime me concentrer sur un seul problème. Là, pas question. Il faut tout faire à la fois.

Constituer son équipe. Follement important.

---

* Oui, je l'ai déjà raconté dans un autre de mes livres, *Où sont mes lunettes ?* D'accord, je radote. Que celui ou celle qui n'a jamais radoté me jette le premier encrier.

C'est elle qui vous portera dans ses bras — du directeur de la lumière au simple machino — pour vous aider à réussir le film de votre vie.

Choisir ses acteurs. Follement important. Un ringard peut vous casser une scène et de scène en scène...

« Repérer » les décors (maisons, apparts, paysages, rues, bref tous les lieux où l'on tournera). Follement important. Pour l'atmosphère et l'image.

Bref, cavaler comme une grosse poule effarée poursuivie par un renard (le temps) et décider dans la même journée de mille détails divers. Tous follement importants... ! (« Nicole ! Annie aimerait changer de coiffure : elle voudrait que ses cheveux soient tout bouclés comme un mouton. Est-ce que cela te plaît ?... » — « Nicole ! Est-ce que tu tiens absolument à tourner dans une maison de banlieue avec jardin ?... » — « Nicole ! L'agence Karma voudrait un rendez-vous pour te montrer les photos de ses acteurs. Tu peux quand ? » — « Nicole ! Les voitures V. peuvent nous prêter gratos une voiture pour Annie mais elle est jaune vif. Est-ce que ça te va ? », etc.)

Mais reprenons un peu dans l'ordre. Le choix de l'équipe d'abord. Il faut à la fois obtenir les meilleurs techniciens ET ceux avec lesquels on s'entendra le mieux. Car la réussite d'un film provient non seulement du savoir-faire de chacun, mais d'une relation presque passionnelle entre tous et le metteur en scène. Une équipe de cinéma doit « aimer » son metteur en scène, croire en lui et se défoncer pour son film. Un tournage, cela tient à la fois d'une histoire d'amour et d'une action d'un commando de paras qui suit son lieutenant à l'attaque d'une forteresse (enfin, je suppose : je n'ai jamais été para !).

A tout seigneur, tout honneur. Je demandai à

Étienne Becker, dit Tinou (frère de Jean), d'être mon chef opérateur. J'aimais beaucoup sa lumière — depuis *Les Saintes Chéries* — et lui expliquai que je voulais une image « gaie ». Je désirais faire une comédie dont les spectateurs sortiraient HEUREUX ! Il comprit parfaitement et hocha la tête. Je n'entendis pas beaucoup le son de sa voix pendant tout le tournage et ne découvris — avec stupeur — que des années plus tard que Tinou pouvait être aussi un joyeux luron !!!

Pour *Les Saintes Chéries*, l'équipe conduite par Jean Becker devait aller en Allemagne filmer des épisodes coproduits par la Bavaria. Un tournage était prévu dans le train de retour Munich/Paris. Tinou, très gai, déclara qu'on allait jouer au *schnaps-clap*, suivant la tradition allemande qui voulait que, chaque fois que les numéros du clap étaient identiques (ex. : scène 11, prise 1), toute l'équipe s'envoie, cul sec, une rasade de schnaps !

Inutile de dire que l'ambiance dans les compartiments devint de plus en plus gaie.

A la Gare de l'Est, le producteur, le directeur de production, etc., attendaient solennellement le train pour accueillir leur petit monde.

A l'heure prévue, pas de train.

Puis une voix annonça que le « Mozart » aurait exceptionnellement une demi-heure de retard.

Le producteur et le directeur de production se regardèrent avec inquiétude, saisis d'un sombre pressentiment.

Ils n'avaient pas tort.

Saoulée de schnaps, l'équipe s'était retrouvée dans un drôle d'état. Et Tinou, déchaîné, avait tiré le signal d'alarme, à la plus grande joie de tous. Arrêt du train en pleine campagne. Irruption du contrôleur indigné qui dressa procès-verbal au chef-op hilare. Surgit alors un général français en grand uniforme qui engueula à son tour Tinou. Lequel répondit, superbe... et bourré :

— Oh, toi, le militaire ! Fous-nous la paix !

Le général n'apprécia pas du tout.

Et, Gare de l'Est, un détachement de flics vint attendre, à son tour, l'équipe des *Saintes Chéries* et ledit Tinou Becker.

Les producteurs durent se livrer à des palabres sans fin, des supplications émouvantes, des promesses de dons à l'Orphelinat de la Police, des appels téléphoniques frénétiques à des amis à la Préfecture pour éviter que tout le monde, le citoyen Tinou en tête, ne soit emmené au commissariat...

Outre son esprit farceur, Tinou avait un autre avantage : il était français.

J'avais été assez impressionnée par des manifestations violentes qui s'étaient déroulées pendant *Elle court, elle court, la banlieue*, où Gérard Pirès avait choisi comme directeur de la photo un Néo-Zélandais : Michael Seresin. Un *estranger*.

Les chefs opérateurs français protestèrent furieusement qu'ils n'avaient pas le droit, eux, d'aller travailler en Grande-Bretagne. Et qu'ils étaient aussi capables que le Néo-Zélandais en question (comment peut-on être néo-zélandais ?) de faire une belle lumière.

Mais Pirès tenait à son Michael.

Un représentant de la C.G.T. débarqua alors sur le tournage de *Elle court, elle court, la banlieue* à Aubergenville et réclama qu'on arrête le travail pendant une heure pour qu'il puisse appeler l'équipe à la grève. Il en avait le droit syndical.

Pirès, fou furieux, répondit que le droit syndical, il n'en avait rien à foutre pendant qu'il surveillait un travelling délicat. Et que si le représentant de la C.G.T. voulait appeler l'équipe à la grève, qu'il le fasse. Mais une fois la journée de travail terminée.

Sinon, il casserait la gueule à la C.G.T.

On dut séparer les deux hommes.

Mais Gérard obtint gain de cause et finit les plans prévus.

Après quoi, la C.G.T. appela l'équipe à la révolte. Tout le monde écouta sagement. Et resta parfaitement indifférent. La Production engagea un chef opérateur officiel et français : Bernard Sury (qui se révéla épatant comme acteur dans un petit rôle de composition de beauf hargneux) supposé être le « patron » de Michael.

Cela ne calma pas la C.G.T. et nous vîmes surgir un jour, devant un café parisien à l'intérieur duquel nous nous agitions, un certain nombre de directeurs de la photo français (dont le grand Alekan) pour une manif de mécontentement. Cris. Pancartes. Discours.

Pirès resta impassible.

Michael Seresin aussi. Qui avait la curieuse manie quand il avait terminé ses lumières et que la caméra commençait à filmer, de se coucher par terre de tout son long, au milieu des câbles. Et de s'endormir. D'un œil. Car, de temps en temps, il se levait brusquement et allait tripoter une ampoule ou déplacer légèrement un projecteur. Pour retourner ensuite, sans un mot, se recoucher par terre et se rendormir. A part cela, il était doux et gentil, beau... et très bon chef-op !

Numéro 2 de l'équipe : le cameraman Bernard Noisette dit la Noisette. Son talent, ses conseils au cadre m'aidèrent énormément. Désormais, les metteurs en scène contrôlent leur image sur le petit écran d'une caméra vidéo spéciale et peuvent se rendre compte pendant ou après chaque prise s'il manque à l'héroïne la moitié du front ou si, au troisième plan, un figurant se gratte le nez. Mais quand je tournais *Vas-y Maman,* cette merveilleuse invention n'existait pas et c'était Noisette qui surveillait tout ça. Sa grande gentillesse, sa haute taille et sa barbe un peu grisonnante me rassuraient. Encore que, comme tout bon cameraman qui se respecte, il n'avait jamais l'air satisfait de son travail.

Moi (ravie) : Coupez ! (Aux acteurs) : Cette prise était parfaite ! Merci ! (A la scripte) : On la tire. (A Noisette, prise d'une inquiétude subite) : Elle était bonne pour toi aussi ?

Noisette (image même de l'hésitation) : ... Ben... Bofff... Beuh...

Moi (énervée) : Enfin, merde, elle était bonne pour toi, oui ou non ?

Noisette (avec un air de nonne violée, tirant désespérément sur sa barbe) : Heu... Ça peut aller !

Ce qui signifiait en fait : elle est excellente ! Suffisait de savoir.

Par bonheur, ma scripte préférée, Laurence, dite Lolo, était libre. Outre le fait que c'était une copine adorable sur l'épaule de laquelle je pouvais épancher mes angoisses et mes petits soucis, c'était une excellente scripte. Très important, une scripte. Doit avoir de nombreuses qualités.

D'abord une santé de fer et des petits bras musclés pour transporter un chargement digne d'une mule. Son script, bien sûr, plus trois gros cahiers. (Un rapport pour le labo. Un rapport pour le montage. Un rapport pour la Production. Plus un cahier dit *Le Mouchard,* où elle note — en principe — tous les incidents qui se passent sur le plateau : « Acteur Machin est arrivé une demi-heure en retard, tournage légèrement différé. Machino Truc s'est coupé le pouce à 15 h 13. Maquillage de Josyane Bibi mal fait. On répare.

Retard de sept minutes. Ampoule grillée à 17 h 20. On doit en chercher une autre à perpète..., etc.)

Posé sur cette montagne de paperasses, un Polaroid pour photographier tous les détails qui peuvent être utiles, en particulier aux *raccords* (voir plus loin, le coup des raccords).

Autour du cou, le chronomètre sacré pour calculer inlassablement le temps de chaque prise. Plus une batterie de Bic au bout d'une ficelle.

A la taille, une pochette en cuir avec un grand fouillis de sous, de Kleenex pour tous usages, de chewing-gums pour calmer les nerfs du metteur en scène, etc.

Aux pieds, une énorme paire de baskets lui permettant de rester debout huit heures par jour, pendant plusieurs mois, sans trop souffrir de ses jolis petits ripatons.

(Françoise Giroud fut une scripte célèbre. Toute jeune alors et rondouillarde, elle était aimablement surnommée Bouchon.)

La scripte doit aussi avoir un œil de lynx pour déjouer sans cesse les blagues des petits lutins farceurs du cinéma.

En effet, un film n'étant pratiquement jamais tourné en continuité, les petits lutins farceurs du cinéma en profitent pour jouer à leur jeu favori dit des « faux raccords* ».

Par exemple, quand Lee Reemick, dans *Anatomie d'un meurtre* d'Otto Preminger, sort d'un café en ondulant dans une ravissante jupe fluide, et, crac, se retrouve, la seconde d'après, dans la rue, dans des pantalons bien collants, ce sont les petits lutins farceurs qui ont frappé.

---

* Pour plein d'exemples amusants des blagues des petits lutins, lire *Cinémato-gaffes* de Bill Givens.

Ce sont eux aussi qui, dans *Les Incorruptibles*, transportent, sans l'aide de personne, un cadavre d'un coin d'une pièce à l'autre.

Qui, dans le fameux film d'Hitchcock, *Fenêtre sur cour*, plâtrent tantôt à droite, tantôt à gauche la jambe de James Stewart coincé sur sa chaise roulante !

Qui, gentiment, remettent en place sur son crâne la moumoute de John Wayne qui vient de tomber pendant une bagarre.

Qui — toujours affectueusement — collent une compresse Tricostéril sur la nuque du roi Arthur à une époque où les pansements se composaient d'emplâtres d'herbes, de langues de crapaud et de toiles d'araignée.

Les petits lutins farceurs adorent mettre de modernes bracelets-montres aux héros de films historiques comme *Spartacus* ou *Les Croisades* de Cecil B. De Mille. Et glisser des alliances aux doigts des célibataires endurcis.

Ce sont eux qui rechargent, en douce, les revolvers dans les westerns, en particulier les six-coups. C'est ainsi que Robert Redford, dans *Butch Cassidy et le Kid*, arrive à tirer dix-sept balles sans désemparer. Un tireur de choc !

Dans le célèbre *Pretty Woman*, Julia Roberts mord dans un croissant dans un premier plan, puis dans une crêpe au sucre (préparée par les petits lutins farceurs) dans un deuxième plan, mais, ô miracle, la retrouve entière (sa crêpe au sucre) dans un troisième plan !

Les petits lutins farceurs adorent se rendre utiles. C'est ainsi que dans *Délivrance*, John Voight quitte le campement pour aller chasser dans la forêt, tombe dans un ravin et se relève couvert de boue. Mais quand il retrouve ses compagnons... il est propre comme un sou neuf. Merci qui ? Merci les petits lutins farceurs qui ont installé visiblement une blanchisserie au fond des bois. Blanchisserie qui sera aussi bien utile dans *Breaking Away* où le héros tombe de moto dans la poussière pendant une course mais passe la ligne d'arrivée avec un tee-shirt « plus blanc que blanc » (grâce à Omo ?).

Les petits lutins farceurs ne reculent devant aucune blague. Dans *L'Île mystérieuse,* les naufragés débarquent dans une île absolument déserte, exception faite d'un machino qu'on aperçoit essayant de se cacher derrière un rocher.

Dans *Guerre et Paix,* le spectateur peut admirer l'assistant du metteur en scène debout fièrement dans une jeep, en train de lancer les grognards à l'assaut. Dommage que Napoléon n'ait pas eu, en son temps, de belles jeeps comme ça, il aurait peut-être gagné à Waterloo, grâce à Grouchy arrivé à l'heure.

Et la scripte est seule pour lutter inlassablement contre tous ces petits lutins farceurs. Même l'aide (éventuelle) de l'équipe n'est pas suffisante pour empêcher, par exemple, Jean-Pierre Darras de donner un coup de téléphone avec une chemise tantôt à raies roses, tantôt à raies bleues !

La scripte doit aussi veiller avec l'aide du deuxième assistant à la caméra (celui qui mesure avec un mètre la distance entre le nez de la star et l'objectif) sur le nombre de mètres de pellicule restant dans le magasin de la caméra. Là, les petits lutins farceurs se débrouillent pour qu'au milieu de la dix-septième prise on entende la voix effondrée du cameraman :

— COUPEZ ! Y a plus de pelloche ! *On recharge !*

Moi (hystérique) : merde ! Bordel de merde ! Vous pouviez pas faire attention ! On la tenait enfin, la BONNE prise !!!

Ma copine Lolo était championne dans l'art de lutter contre les petits lutins farceurs. Elle était aussi gaie et ravissante, ce qui mettait une bonne ambiance chez les garçons de l'équipe. Bref, une fille formidable. Du reste, le metteur en scène Jean-Jacques Annaud l'enleva, l'épousa et en fit son assistante personnelle. Pas fou !

Dès que la Production me donna un bureau dans ses locaux, où je m'installai fièrement avec mon charmant et efficace premier assistant Gérard Adeline, je me lançai avec bonheur dans le *casting*. Ce furent des heures délicieuses car j'avais écrit en fonction de mes comédiens préférés — y compris les plus petits rôles — et j'obtins l'accord de presque tous et celui de la Production (côté sous). Petit problème cependant : mes chers acteurs de café-théâtre commençaient à être drôlement connus et déjà pris ailleurs. J'attrapai quand même Anémone, Dominique Lavanant, Roland Giraud, Sylvie Joly, entre autres. Guy Marchand accepta un petit rôle d'animateur de télévision ringard et content de lui, le portrait de... *(censuré par ma terrible directrice littéraire, Françoise Verny)*. Claude Piéplu joua une caricature d'éditeur qui ne ressemblait pas du tout à Charles-Henri Flammarion mais à... *(censuré par Charles-Henri lui-même)*. Christophe Bourseiller en deux répliques campa un garçon de café irrésistible. Mon porte-bonheur, Robert Castel, fit un numéro délirant de plombier misérabilisant Annie Girardot. Quant à Jacqueline Doyen, nez et voix pointus, elle accepta d'être la mère d'Annie surnommée par son gendre, le cher Pierre Mondy, « Madame Fout-la-Merde ».

Ce qui faillit me brouiller avec ma propre mère... qui le prit pour elle ! Ce qui n'était pas vrai, je le jure.

Mais je ne pus m'en tirer qu'en lui assurant qu'il s'agissait de ma belle-mère... ce qui n'était pas vrai non plus !! Mais ma belle-mère n'allant jamais au cinéma, vu son grand âge, j'étais tranquille de ce côté-là. Ouf !

Je me heurtai cependant à un gros problème au moment de choisir le fils (d'une douzaine d'années) d'Annie et de Pierre Mondy.

Pour m'aider — le *casting* des enfants étant une tâche délicate —, la Production m'avait donné le grand spécialiste, Dominique Besnehard. Sa silhouette un peu enveloppée, son œil bleu perçant et son léger zozotement étaient connus de toutes les sorties d'écoles où il traînait, recherchant sans cesse de petites stars en herbe. Avant que les flics se méprenant sur ses intentions ne l'embarquent, direction le commissariat, d'où il téléphonait plaintivement à la Production qu'on vienne le délivrer.

Mais j'avais déjà fait mon choix. Je voulais le jeune Richard Constantini que j'avais trouvé épatant dans *Un sac de billes* et *Attention, les enfants regardent.*

— Très bonne idée ! Tu l'auras, ma zérie, me dit Dominique, z'est comme zi z'était fait !

Il avait parlé trop vite. Tout le monde était d'accord : Richard, ses parents, la Production, quand la bombe éclata.

L'Éducation Nationale avait dit non.

Pas à cause de mon scénario trouvé au contraire très « familial », mais parce que le jeune Richard travaillait mal en classe. Il n'était pas question de lui laisser manquer l'école, même compensée par des leçons particulières données par un professeur spécialisé et prévu par la loi.

Le Prof de Richard s'y opposait.

Le Directeur de l'École s'y opposait.

L'Inspecteur de l'Académie s'y opposait.

Coup dur.

Dominique repartit hanter les sorties des lycées et les MacDonald's et me proposa des tapées de jeunes garçons tous plus doués les uns que les autres.

Mais mon cœur ne fit BOUM pour aucun d'eux.

Et, pour la première fois de ma vie, je fis un caprice de diva.

— Je veux Richard ! Démerde-toi, dis-je à Dominique.

Il ne discuta pas. Les divas, il avait l'habitude. Il repartit à l'attaque du Professeur du jeune Constantini, du Directeur de son école, de l'Inspecteur d'Académie, peut-être même du Ministre de l'Éducation Nationale.

La nouvelle réponse fut : « Non ! »

Dominique vint me l'annoncer d'un air désespéré.

Il connaissait peut-être les divas, mais pas les bourriques béarnaises.

— Je m'en fous, criai-je, c'est ton problème ! Invente une fugue, un arrêt maladie de deux mois, un kidnapping, n'importe quoi. Mais je ne tournerai pas sans Richard.

. . . .

Je tournai avec Richard Constantini et je ne le regrettai pas une seule seconde.

Mais je n'ai jamais osé demander à Dominique comment il s'était débrouillé !

En ce qui concerne la fille adolescente d'Annie et de Pierre, j'avais pensé à Éléonore Klarwein, remarquée dans *Diabolo Menthe* de Diane Kurys. Il me sembla que le courant de sympathie qui passait entre mon Richard et moi ne circulait pas avec autant de force entre Éléonore et moi. Mais comme elle jouait un personnage d'adolescente difficile, un peu agressive et boudeuse, elle fut parfaite. Et ravissante. Et présente sans histoires les jours où elle devait tourner.

Normal, me direz-vous.

Pas toujours.

Pour *Les Saintes Chéries,* Jean Becker avait choisi comme fille de Micheline Presle et Daniel Gélin une petite fille brune dont la bouille rieuse et spontanée lui avait plu. Mais Nina était gitane. Une vraie gitane. L'assistant devait aller la chercher tous les matins dans sa roulotte, dans un campement à la périphérie de Paris. D'où son père — un gitan pur et dur — ne la laissait partir qu'à contrecœur et en échange... d'un petit billet supplémentaire.

Mais le drame éclata vraiment quand commença la préparation de la troisième série.

Nina, la petite gitane, avait disparu avec sa tribu nomade.

Où ? Nul ne le savait.

L'assistant fouilla toutes les roulottes autour de Paris. Fit passer des messages à travers la France entière. Tous les gitans furent bientôt sur le pied de guerre. Sans succès. La Production abandonna l'idée d'alerter aussi l'Espagne, la Roumanie, l'Égypte, etc.

Consternation totale. Réunion générale.

Comment justifier la disparition de Nina ?

Je proposai alors — en tant que mère de famille, j'avais des idées sur le sujet... — de « mettre Nina en pension en Angleterre » et écrivis le texte de quelques lettres qu'elle était supposée envoyer régulièrement du Yorkshire et que Micheline lisait pieusement à voix haute au reste de la famille réunie.

Pas un téléspectateur ne se douta de quoi que ce soit.

Personne n'entendit plus jamais parler de Nina.

Pour en revenir à *Vas-y Maman !,* je découvris un problème qui m'avait échappé pendant les films précédents avec Pirès : il fallait habiller les acteurs.

Et là, j'ai un aveu à faire. Rien ne m'ennuie plus en général que la question vestimentaire. Déjà pour moi. Sauf occasions exceptionnelles, j'enfile précipitamment le matin un caleçon en laine ou en coton (qui a remplacé mon éternel pantalon en flanelle grise qui n'avait pas l'avantage d'avoir un élastique à la taille, clac, clac) et par-dessus, hop ! hop ! un immense chandail d'homme (dans lequel je peux cacher mon petit bedon à l'aise). Une longue écharpe ou un foulard autour du cou et roulez, Maman !

Alors, l'idée de me pencher sur la garde-robe des uns et des autres m'emmerdait carrément ! Je sais, c'est un gros défaut pour un metteur en scène attentif aux lignes et aux couleurs de son image.

Je pris donc le parti de choisir, sur les conseils de la Production, une bonne costumière. De lui indiquer mes tons — tendres ou gais — préférés et le style de chacune et chacun suivant son rôle. Pas question d'une Catherine Deneuve gardant des dindons (déjà, c'est dur à imaginer) dans des ensembles dignes de Dior ou de Saint-Laurent (en tout cas créés par des couturiers qui n'avaient jamais visiblement approché de dindons de leur vie). Pas question d'une Lana Turner s'obstinant à vouloir porter des vêtements dessinés pour elle et que le metteur en scène Otto Preminger trouvait trop élégants pour son rôle dans le film *Autopsie d'un meurtre*. Otto Preminger — qui n'était pas commode — finit par renvoyer Lana Turner qui ne voulait pas céder pour la remplacer par Lee Remick.

Ah ! Un détail. Cela m'agaçait prodigieusement de constater que, dans la plupart des films, l'héroïne porte systématiquement des vêtements différents à chaque scène. Alors que, vous et moi, on remet éternellement les mêmes trois ou quatre pulls et qu'on alterne deux manteaux !

La costumière (dite aussi styliste dans certains cas)

m'apprit alors que les acteurs et actrices adorent porter une garde-robe aussi importante que possible dans un film. Car ils se procurent ainsi de nouveaux vêtements soit pour rien — en les gardant purement et simplement s'ils sont des stars : la Production ferme sa gueule —, soit en les rachetant à moitié prix — si ce ne sont pas des stars : la Production présente la facture. Ce qu'elle fit pour une paire de draps mauves, que j'avais fait acheter pour une scène et que je voulais conserver. Je compris alors que je n'étais pas une star. Ce qui me vexa beaucoup.

A noter que, dans tous les contrats, il est stipulé, paraît-il, que la garde-robe personnelle de l'acteur est à la disposition de la Production. Mais avec un bel ensemble, tous les comédiens jurent à la costumière qu'ils n'ont rien à se mettre. Mais vraiment RIEN.

La costumière (agacée, à un acteur très connu et très riche) : Je peux quand même voir ce « RIEN » ?...

L'acteur (très connu et très riche) : Je t'assure ! je n'ai même pas une paire de chaussettes valable !

La costumière (exaspérée) : Tu ne marches quand même pas pieds nus dans des grolles trouées !

L'acteur (triomphant) : Non. Mais avec des chaussettes dépareillées !

La styliste n'a plus qu'à se rendre chez un couturier faire essayer à sa vedette les vêtements qu'elle a choisis la veille. Et les lui faire accepter. Tout un art.

L'acteur est en principe plus facile à diriger que l'actrice qui, en tant que Femme, sait — ou est supposée savoir — ce qui lui va ou pas. Malheureusement, le comédien se fait généralement accompagner par son épouse — ou sa petite amie — qui brûle du désir de le conseiller.

L'acteur enfile un premier costume que lui tend la styliste. Sa compagne fait la moue.

L'acteur (inquiet) : Qu'est-ce que t'en penses ?

Sa compagne : Pas terrible ! Et ça ? (elle pointe le doigt vers un deuxième costume que la styliste trouve affreux).

L'acteur (hésitant, à la styliste) : Comment tu le trouves ?

La styliste (cachant sa fureur mais d'un ton impassible) : On peut l'essayer.

L'acteur passe le deuxième costume.

Sa compagne : Formidable ! Il te va merveilleusement bien.

La styliste (qui pense que c'est un torchon ignoble) : Ouais ! Génial ! Bien que je crois que je préfère quand même l'autre. Mais c'est toi qui es à l'écran, hein !

L'acteur frémit et perd immédiatement sa belle assurance.

L'acteur (affolé) : Oui, c'est moi qui suis à l'écran... ! ... heu... peut-être que le tien est mieux après tout.

La styliste : Comme tu veux. Mais c'est vrai que tu es MAGIQUE dedans !!

A l'idée d'être MAGIQUE, l'acteur fond de bonheur et adopte ensuite tous les choix de la styliste.

Avec les comédiennes, la styliste a une autre phrase de choc :

— Tu as raison, ma chérie, cette robe (elle pense « guenille ») te va divinement bien... (petit silence). Mais j'ai peur que, dans deux ans, aux rediffusions télévision — parce que tu sais comme moi combien les rediffusions télé sont importantes : sept millions de spectateurs ! —, je me demande si cet ensemble... ne te donnera pas alors un *look* un peu démodé...

Au mot épouvantable de « démodé », l'actrice craque.

Certaines stars se révèlent particulièrement pingres question vêtements.

Ainsi un célèbre acteur américain devait jouer dans un film français une scène en plein hiver, sur une barque, au milieu du lac d'Enghien. En bras de chemise. On comprendra qu'il avait froid et qu'il était de mauvaise humeur. Aussi réclama-t-il hargneusement un manteau bien chaud pour se couvrir ENTRE les prises. Le sien était trop léger.

La costumière réclama des sous au directeur de production pour courir aussitôt lui acheter un gros caban au Petit Matelot.

Le directeur de production — radin, lui aussi, par métier — piqua une colère :

— Quel fils de pute ! Je suis sûr qu'il a tous les manteaux de la terre en cachemire doublé de fourrure à son hôtel ! En plus, il reçoit un cachet fabuleux et 4 000 francs d'argent de poche par semaine. Et on va arrêter le tournage et peut-être louper l'aube pour une histoire de manteau chaud ENTRE les prises !

— Alors qu'est-ce que je fais ? demanda la costumière qui se fichait éperdument, par principe, des soucis du directeur de production.

— Il veut vraiment me faire chier ! continua à se lamenter le directeur de production. Déjà, à l'hôtel, il a gueulé parce que son panier de fruits ne contenait que des oranges et des bananes et j'ai dû envoyer un assistant cavaler lui acheter sur l'heure des putains de clémentines !

— Bon, s'impatienta la costumière, on perd du temps. Je fais quoi, moi, alors ?

— Tu vas au Petit Matelot et tu rapportes le caban le moins cher, celui à 1 200.

La costumière partit et revint comme une flèche.

La star américaine prit le caban (à 1 200 francs), le regarda avec un profond dégoût et devant l'équipe médusée... le jeta dans l'eau glacée du lac.

FLOC !!!

— *Fuck* cette merde ! Je ne tournerai que quand j'aurai un truc convenable vraiment chaud !

Le directeur de production songea à noyer la star, mais renonça à son projet qui aurait retardé encore plus le film.

Heureusement, la costumière — qui n'était pas née de la dernière pluie — avait prévu le coup. Elle courut à sa voiture et en sortit une merveilleuse doudoune bien moelleuse (et très chère) qu'elle avait empruntée à tout hasard au Petit Matelot.

La star américaine l'enfila avec ravissement.

— *Perfect ! I'm ready to shoot*, annonça-t-il paisiblement.

Quand la scène fut terminée, il alla s'excuser en douce auprès de la costumière qu'il aimait bien.

— Ce n'est pas contre toi que j'en avais, *honey*, mais contre ce directeur de production qui m'a fait tout un souk avec mes mandarines. Je l'encule, ce *fucking* connard ! Mais toi, je t'aime !

— O.K. ! rigola la costumière, mais ne me refais jamais un coup pareil avant mon café du matin !

Pendant le tournage, la styliste confie le soin des costumes à l'habilleuse à qui elle indique le numéro des vêtements à préparer pour chaque scène. Malheureusement, des erreurs peuvent se produire. Ainsi, dans un film, la costumière avait dessiné et fait exécuter une merveilleuse longue robe droite en crêpe pour sa star (dont elle était particulièrement fiérote — de la robe, pas de la star).

Au milieu du film, le metteur en scène l'appela :

— Dis donc, qu'est-ce que c'est que ce chiffon de merde que tu as fait faire pour L. ? Elle a l'air de se promener dans un sac !

— Hein ? Tu rigoles ? Elle lui allait divinement bien aux essayages !

— J'ai vu les rushes, hier soir, et les quarante-cinq mecs de l'équipe avec moi. Et tout le monde est d'accord. Cette robe est une horreur ! On dirait que L. est enceinte d'une équipe de football !

La styliste effondrée se fait projeter les rushes à son tour, en sort ivre de rage et se jette sur l'habilleuse.

— Espèce de conne ! Tu as mis à L. la robe de crêpe à l'envers ! T'as pas remarqué (et ni la scripte, ni le metteur en scène, ni le cadreur non plus) que les pinces de poitrine étaient dans le dos !

— Ben... heu... non ! pleurnicha l'habilleuse.

— En plus, j'avais mis un scotch spécial pour marquer le dos !

— Raaaaaahhhhh ! cria l'habilleuse, je l'ai jeté en me demandant ce que c'était que cette cochonnerie...

Le budget — toujours trop étroit comme d'habitude — ne permettait pas que l'on retourne la scène, même si la star avait l'air d'une femme enceinte dans un sac.

Du reste, le public ne remarqua rien.

L'habilleuse a une grande qualité : elle tient les vêtements impeccables. C'est ainsi que les actrices sortent toujours de leur lit dans des pyjamas de soie blanche jamais froissés — même après une nuit agitée. Qu'elles n'ont jamais un ourlet décousu à leur robe ou à leur jean, comme vous et moi. Que les tabliers des serveuses de restaurant — même en fin de journée — sont (eux aussi) plus blancs que blanc (merci, Omo). Et que l'ouvrier parisien se balade dans un bleu qui a l'air d'avoir été acheté la demi-heure avant au B.H.V. Et qui l'a été, en fait.

Parce que « patiner » des vêtements est tout un boulot.

Dans *Germinal*, le chef costumier fit entasser les quatre cents tenues de travail des mineurs dans une bétonnière avec du gravier, des pierres et du charbon. Et touiller le tout qui fut ensuite aspergé à la main de poudre de charbon. Ça revient cher de salir ! (Cela lui serait revenu moins cher de demander à mes petits-enfants de jouer avec pendant trois jours.)

Petit détail qui a son importance : si l'acteur doit tomber à l'eau ou l'actrice recevoir une tasse de café sur sa robe, il est prévu trois costumes (ou robes) pour changer entre les prises (pas le temps de sécher ou de nettoyer — *le compteur tourne*). Ce qui signifie que le metteur en scène ne peut pas filmer plus de trois prises. En cas de cascade avec vêtement déchiré, c'est cinq costumes qui attendent : trois pour l'acteur (éventuellement dessinés par Dior) et deux pour le cascadeur (même couleur et même aspect mais provenant de chez Tati !).

Naturellement, je m'étais bien gardé de prévoir ce genre d'incident, coûteux et difficile à tourner dans *Vas-y Maman !*

Autre nouveau souci que je rencontrai pendant la préparation. Le choix des lieux de tournage.

Et, avant tout, celui de la maison de ma famille (Girardot-Mondy et les deux enfants) où se déroulait une bonne partie de l'action.

Aucune des maisons « repérées » par mon cher assistant qui passait ses journées en voiture à rôder autour de Paris dans un rayon de cinquante à soixante kilomètres (au-delà de cette distance, l'équipe est dite « en déplacement » avec hôtels payés et frais divers, ce que la Production refuse en braillant que c'est trop cher), aucune des maisons « repérées », donc, ne me plaisait.

Il faut dire que je demandais l'impossible. Une baraque avec de grandes pièces pour permettre l'emploi de longues focales (pardon pour le jargon technique) mais présentant néanmoins un aspect relativement modeste.

A cause des critiques.

J'en avais ras la casquette de me faire traiter de « bourgeoise », mot, qui, à l'époque, se prononçait, s'écrivait, se crachait avec dédain. Dégoût, même. Une « bourgeoise » ne pouvait être qu'une « sale bourgeoise », marquée du sceau de l'infamie sociale. J'aurais préféré « aristo décadente » (et fauchée), qui aurait eu plus de chic. Mais non. C'était toujours : « Le petit monde de Nicole de Buron est peuplé de petits-bourgeois. On y voit même des patrons de P.M.E... » L'horreur totale, quoi ! Le critique du *Matin de Paris* alla jusqu'à me reprocher la présence de femmes de ménage comme une atteinte aux droits de l'Homme (je faillis engager un détective privé pour m'assurer qu'il n'employait pas, lui, sournoisement, une Espagnole au noir pour passer son aspirateur !).

Un jour, dans *Les Saintes Chéries*, alors que mon scénario racontait le réveil difficile de l'Homme qui doit se lever pour se rendre à son bureau et que j'avais bien indiqué dans mon texte : « Le réveil marque sept heures », l'assistant distrait l'avait laissé sur dix heures. Ah, la, la ! Ce fut un tollé dans la critique : « Daniel Gélin se lève à dix heures du matin pour se rendre à son bureau ! On voit bien que Nicole de

Buron n'a pas l'habitude de se réveiller de bonne heure... » « Elle ignore tout de la vie des travailleurs ! »... « Sainte Chérie se la coule douce ! », etc. Moi qui avais pointé à l'heure pile pendant quinze ans (ce qui, j'en étais sûre, n'était jamais arrivé à la plupart des critiques) et qui désormais me levais à cinq heures du matin pour écrire, je fus prise d'une grande rage. Et, par la suite, vérifiai férocement sur les tournages toutes les pendules et les montres, ce qui surprenait les assistants qui me prenaient pour une emmerdeuse maniaque !

Lors d'une interview à une émission de radio, je fus même interpellée sèchement par le journaliste :

— Nicole de Buron ! Pourquoi, dans vos films, vous ne parlez jamais des ouvriers ?

Énervée, je répondis :

— Parce que je ne suis ni la fille d'un ouvrier, ni sa femme, ni sa maîtresse. C'est un monde que je ne connais pas. Alors, je n'en parle pas. Et vous ? Vous faites souvent venir des ouvriers dans votre émission ?

L'interview s'arrêta là.

Mais je méditais de rééditer contre ces Grenouilles de cinéma une blague que mon papa avait faite au temps lointain où il était jeune lieutenant de spahis, en Tunisie.

Il donna (avec ma mère) une fête où les invités devaient venir déguisés. Et s'installa lui-même en mendiant pouilleux et gémissant à la porte de sa propre maison. Non seulement personne ne lui donna une pièce, mais il reçut... quelques coups de pied de ses « copains » !

Quand il se démasqua et revint dans le salon, avec un sourire ironique, un grand froid tomba sur l'assistance. Quelques « amis » ne lui pardonnèrent même jamais.

A mon tour, je songe à m'installer personnellement sur un carton, dans des hardes de vieille S.D.F.

crasseuse, au pied du grand escalier du Festival de Cannes, et à noter les réactions des uns et des autres... Je suis sûre que j'aurai, ensuite, une jolie chronique à faire. (Prière de ne pas me piquer l'idée. Merci les copains, y compris le cher Jugnot.)

Pour en revenir à la maison de mes « affreux petits-bourgeois » de *Vas-y Maman !*, je finis par choisir la plus grande, avec jardin. Tant pis.

Autre défaut : la chambre à coucher conjugale était entièrement tapissée de soie verte avec rideaux assortis. J'avais poussé un cri d'horreur :

— Pas question de ce vert ! Il va donner à mon couple un teint glauque et l'air de deux œufs frits sur un lit d'épinards.

Le décorateur : Bon. On va l'enlever. Que voulez-vous à la place ?

Moi : Une toile ocre clair un peu rosé. Mais comment allez-vous faire ?

Le décorateur : Déclouer soigneusement la soie verte et mettre votre toile à la place. Un peu long mais simple.

Moi : Mais que vont dire les propriétaires ?

Le décorateur : Rien du tout. Parce qu'on reclouera leur tissu avant de partir. A moins qu'ils ne préfèrent garder votre toile.

Pour ma plus grande vexation, les propriétaires réclamèrent furieusement le retour de leur vilaine soie verte et dédaignèrent ma ravissante toile. Des gens charmants mais sans goût, bien évidemment !

Cette péripétie me stupéfia. Je savais qu'un metteur en scène pouvait se conduire en petit roi sur son plateau et exiger des choses extravagantes. Mais tout le monde eut l'air de trouver si normal que je fasse arracher du mur un fragile tissu pour le remettre un mois plus tard que je compris pourquoi tant de réalisateurs — habitués à voir tous leurs caprices réalisés sur l'heure — ont une « grosse tête qui ne passe pas sous l'Arc de Triomphe », selon l'expression consacrée. Jusqu'à ce qu'un bide de leur film suivant ramène ladite tête à de plus justes proportions...

Autre exemple de « repérage ». Le scénario prévoyait qu'Annie, devenue écrivain à succès, devait aller faire une signature de son livre à Bruxelles dans un grand magasin puis se rendre en Allemagne pour une émission de télévision.

Pas question de faire ces voyages coûteux, naturellement.

Pour le grand magasin : « Les Dames de Bruxelles », on tourna au Monoprix de la République avec des acteurs à l'accent belge prononcé animant bruyamment des promotions. Les lectrices se pressant autour d'Annie avaient, elles aussi, l'accent belge. Et hop, le tour était joué. On se serait cru Place de Brouckère.

Le voyage en Allemagne fut suggéré par un plan d'avion volant dans le ciel fourni gentiment par la compagnie Lufthansa et accompagné d'un dialogue entre Annie et Piéplu (son éditeur) en voix off. Grâce à ce tour de passe-passe, on avait parfaitement l'illusion que ces deux-là étaient dans un avion volant vers Francfort.

Quant à l'hôtel allemand, rien ne ressemble plus à une chambre d'hôtel qu'une autre chambre d'hôtel. On tourna donc tranquillement à l'hôtel Intercontinental, rue de Castiglione, avec un concierge joué par un acteur parlant allemand — et que, comble de raffinement, je fis même sous-titrer !

Et pendant qu'on était sur place, l'assistant, toujours industrieux, fit transformer une autre chambre d'hôtel... en bureau d'un psychiatre un peu fou comme ils sont presque tous — sauf le mien — joué par Roland Giraud que va consulter une Annie déprimée. Puis son mari, Pierre Mondy.

Cette pratique du « faux décor » est bien entendu courante. Le cinéma étant l'art de l'illusion. Mais je serais amenée à faire plus fort en écrivant le feuilleton de *Qui c'est, ce garçon ?*

Dans le livre, les parents font un voyage d'amoureux au Mexique pendant lequel l'héroïne ne cesse d'imaginer sa fille, Petite Chérie, en train de profiter de son absence pour découvrir l'amour dans les bras d'un affreux punk... Et ça, dans son propre appart. Et même dans son propre lit. De quoi vous gâcher le plus beau paysage mexicain !

Naturellement, le budget d'un feuilleton de télévision ne permettait pas d'imaginer un tel déplacement. Aussi, dès la première adaptation, je transformai sagement le voyage au Mexique en lune de miel à Venise. Venise : pas loin, pas cher, pensai-je gaiement.

J'avais tort.

— Vous rêvez ! Déplacer toute l'équipe à Venise (deux jours aller et retour) pour une ou deux journées de travail, sur place, c'est beaucoup trop coûteux, me répondit la production d'Hamster (et pourtant, c'était des amis !).

Mais je tenais à la Cité des Doges.

Je suggérai alors de tourner également à Venise une séquence où Petite Chérie part en vacances avec des copains, pour la première fois sans ses parents. Grand moment dans la vie d'une adolescente. Dans mon scénario de départ, ces vacances se passaient aux sports d'hiver. A Chamonix. Je proposai de récrire ma copie : désormais, ce séjour aurait lieu au bord de la mer et on tournerait sur la plage du Lido. Baptisé pour la circonstance : « Palavas-les-Flots ». La mer est toujours la mer à Venise ou à Palavas-les-Flots, non ?

— Bonne idée ! répondit la Production mais, après de rapides calculs, elle ajouta : Venise, même quatre jours, c'est toujours trop cher. Abandonnez l'idée de l'Italie : hors de prix !

— Bon. Alors pourquoi pas la Tunisie ? Les Tunisiens font de gros efforts sur les prix, justement pour attirer les tournages de films.

— On va étudier la question, répondit, sans enthousiasme excessif, la Production.

Qui envoya cependant Nadine Trintignant — réalisatrice du feuilleton — repérer des décors en Tunisie.

Quand elle revint, la Production déclara :

— La Tunisie, c'est encore trop cher !

Et l'amical mais très très économe Gaspard de Chavagnac d'ajouter froidement :

— Pourquoi ne pas envisager le voyage des parents à Tours ?

Je crus avoir mal entendu :

— OÙ ÇA ???

— A Tours. C'est là que nous tournons les scènes de la maison de campagne. L'équipe serait sur place. Épatant !

— Personne ne va passer une seconde lune de miel à Tours ! bramai-je, indignée. En tout cas, pas mes héros. Je m'oppose à Tours. Sinon, j'arrête d'écrire.

Tumulte.

— Ne t'énerve pas, ma chérie, on va trouver une solution qui te plaise, dit Pierre Grimblat (P.-D.G. d'Hamster) qui se leva et vint m'embrasser dans le cou. Tu sais que je t'aime...

Pierre Grimblat aime et embrasse dans le cou toutes les femmes entre sept et soixante-dix-sept ans (et, comme il est très gentil, surtout celles de soixante-dix-sept ans pour les consoler... d'avoir soixante-dix-sept ans). C'est un charmeur incroyable, ce qui ne l'empêche pas d'être un producteur avisé.

— Et si on allait à Marrakech ? J'ai lu que l'hôtel de la Mamounia allait rouvrir, proposa mon très cher et efficace Nicolas Traube (le numéro deux d'Hamster où ils étaient quatre comme les Trois Mousquetaires).

Je sautai sur ma chaise.

— Formidable !

J'adorais Marrakech où j'avais de merveilleux souvenirs d'adolescence. Ses palais. Sa place Djema'a el-Fna, avec ses conteurs et ses charmeurs de serpents. Sa palmeraie. Et même ses vols de sauterelles qui obscurcissaient le ciel et qu'on mangeait grillées à tous les coins de rue (délicieux, la sauterelle grillée : ça craque sous les dents avec un petit goût de poulet !).

Gaspard de Chavagnac perdit son calme :

— Quoi ? Un vol de sauterelles ? Il n'en est pas question ! Nous n'avons pas l'argent pour ce genre de folies !

Je retirai mon vol de sauterelles d'autant plus facilement que c'était une blague destinée seulement à emmerder Gaspard quelques instants.

Finalement, la Production accepta de tourner :

— A Marrakech le voyage en amoureux de Marlène Jobert et Ugo Tognazzi.

— Aux environs de Marrakech, dans les montagnes de l'Atlas, la troisième séquence re-récrite de Petite Chérie aux sports d'hiver qui remplaçait la deuxième récrite pour Palavas/Venise qui avait remplacé la première écrite pour Chamonix. Ouf !

Nadine Trintignant me raconta, au retour, qu'elle avait eu un mal fou à cadrer juste Petite Chérie et son amoureux devant un merveilleux paysage de montagnes (de l'Atlas mais baptisées Alpes). Un peu plus à droite, il y avait un palmier. Un peu plus à gauche, une *mechta* berbère !

Quant à la scène supposée se passer à l'intérieur

d'un chalet à Chamonix, elle fut bêtement tournée dans un coin du studio de Joinville-le-Pont.

L'important, c'est que le spectateur y croit, non ?

Sans se douter des péripéties vécues par le scénariste.

Par exemple, le célèbre film *Les Orgueilleux*, tourné au Mexique avec Michèle Morgan et Gérard Philipe, s'appelait au départ *Le Typhus* et se situait en Indochine.

Mais le producteur, Raoul Lévy, ne trouva pas de coproduction indochinoise Par contre, il avait un cousin à Mexico.

Il envoya Jean Aurenche récrire le scénario au fond du bled mexicain, dans un hôtel où il faisait une chaleur d'enfer et où grouillaient les scorpions. Aurenche y vécut trois mois d'horreur, le temps que son texte plaise à tout le monde, y compris aux autorités mexicaines qui ne voulaient pas entendre parler d'une épidémie de typhus dans leur beau pays — pour des raisons touristiques — et finirent par transiger sur une méningite cérébro-spinale !

LA VEILLE DU PREMIER JOUR DE TOURNAGE

Je passai mon dimanche (les films démarrent en général un lundi) terrassée par la trouille.

Allai-je être à la hauteur ?

Non.

Était-il encore temps d'arrêter tout ?

Non.

Pouvais-je m'enfuir en Amazonie ?

Non. Il n'y avait qu'un avion, le jeudi.

S.O.S. Notre-Dame de Buron ! Je lui promis, si elle m'aidait, de faire repeindre sa robe dorée qui commençait à s'écailler.

Depuis, j'ai appris que des metteurs en scène éprouvés ressentaient la même angoisse... jusqu'à en avoir la colique...

Billy Wilder, le grand Billy Wilder lui-même, avoua un jour à Lubitsch :

— Demain, je tourne la première scène de mon film. J'ai tellement peur que je suis sûr que je vais faire dans mon froc.

Et le grand Lubitsch de répondre :

— T'en fais pas ! J'ai bien dirigé cinquante films et je fais toujours dans mon froc* !

Des copains à moi tournent en rond dans leur appart à rendre folles leurs femmes. D'autres sont pendus au téléphone et appellent les producteurs, les acteurs et surtout leur premier assistant, qui, à deux heures du matin, n'en pouvant plus, décroche carrément son appareil (cas de l'assistant de Nadine Trintignant). Certains metteurs en scène vont traîner dans les locaux (déserts) de la Production et y perdent leur script (Pierre Sisser). Quelques-uns avalent des calmants, puis des remontants, puis de nouveau des calmants, etc. Patrice Leconte prétend qu'il se sent comme une femme enceinte de huit mois et demi qui n'en peut plus d'attendre son accouchement. Que cela finisse, nom de Dieu ! Gérard Pirès assure qu'il reste calme, mais Sophie m'a révélé en douce qu'il passait la journée à faire des loopings avec son avion.

Personnellement, je n'arrêtai pas de prendre la température de mes filles.

---

* Billy Wilder, *Mémoires*.

Parce que, si j'avais bien passé, moi, la visite médicale obligatoire (pour les assurances), le médecin, qui m'avait déclarée bonne pour le service, n'avait absolument pas songé à se préoccuper de mes enfants.

Erreur que j'avais déjà payé cher.

En effet, la veille de mon premier jour comme réalisatrice des *Saintes Chéries*, ma fille cadette s'était mise à se tortiller en pleurant qu'elle avait très mal au ventre. Médecin d'urgence. Diagnostic : opération de l'appendicite dès le lendemain, première heure.

Une mère pouvait-elle ne pas être présente dans de telles circonstances et laisser sa petite fille de cinq ans se réveiller seule et meurtrie dans une clinique inconnue ?

Non.

Un metteur en scène pouvait-il se désister la veille d'un tournage sous prétexte que son bébé avait besoin de lui ?

Non.

Si.

Finalement, je téléphonai, accablée, à Jean Becker qui se montra adorable, accepta immédiatement de me remplacer au pied levé et même de ne pas tourner les scènes que je m'étais réservées (l'assistant travailla la nuit entière pour changer son plan de travail), et tout cela sans remarque du genre : « Ah ! Les gonzesses et leurs mômes !... »

Mais je n'étais pas au bout de mes peines et Petite Chérie non plus. Dans les deux ou trois jours suivants, une forte rougeole se déclara. Et la clinique voulut les mettre dehors sur l'heure (Petite Chérie et sa rougeole) sous prétexte que tous les bébés de la maternité allaient attraper la maladie.

Une réalisatrice pouvait-elle à la fois diriger un film et soigner la rougeole de son enfant ?

Non.

Ce fut l'Homme qui sauva la situation. Il planta son 1,92 mètre et ses 105 kilos devant le lit de Petite Chérie, étendit les bras en croix et hurla :

— Vous ne jetterez pas ma fille malade dehors à moins de me passer sur le corps !

Terrorisé, le personnel de la clinique isola l'étage où l'Homme campa jour et nuit avec son héritière jusqu'à son entière guérison. Et le mot « rougeole » disparut de mes pensées. Merci, mon chéri !

LE PREMIER JOUR DU TOURNAGE

A cinq heures du matin, j'étais prête.

Avec une seule pensée : « Qui, de l'équipe, vais-je virer ? »

Pierre Braunberger, mon papa de cinéma, me l'avait souvent répété :

— Ma petite fille, ma chère abeille de génie, écoutez-moi bien ! S'il veut être respecté sur son plateau, un metteur en scène doit montrer son autorité dès le premier jour... en renvoyant quelqu'un !

Oui, mais qui ?

J'avais choisi avec un soin jaloux tout mon petit monde et la majorité était constituée de copains. De Pierre Sisser, venu m'assister comme conseiller technique par pure amitié, à Riton, mon cher machino qui, le matin, pour me dire bonjour, tirait sur mon éternelle écharpe rouge d'anarchiste.

Ah si ! Il y avait bien le décorateur avec lequel mes rapports s'étaient fortement détériorés. Non seulement nous n'avions pas les mêmes goûts (je sus trop tard qu'il faut toujours déjeuner CHEZ son décorateur et examiner ses meubles avant de le choisir), mais il faisait semblant de ne pas avoir entendu mes observations et demandes diverses. « Vous ne me l'avez pas dit ! », prétendait-il sans se troubler. (Exaspérée, je finis par ne plus lui adresser la parole et communiquer avec lui par notes écrites, tapées par la secrétaire).

En attendant, c'était un grand ami de la Production qui me l'avait chaudement recommandé, et surtout, je ne connaissais personne pour le remplacer sur-le-champ.

Je pensais à cela en attrapant la grosse casserole d'eau bouillante destinée à me faire un thé d'enfer.

Hélas, au lieu de verser délicatement l'eau bouillante dans la théière, je la renversai...

... sur mes chevilles...

... brûlées au deuxième degré... !

Je poussai un hurlement qui fit accourir l'Homme dans la cuisine.

— Tu ne peux pas aller travailler avec ces jambes rôties ! s'écria-t-il lorsque, mon collant de laine enlevé — avec des morceaux de peau —, apparurent mes chevilles rouges et gonflées (j'ai encore, dix ans plus tard, imprimés dans la chair, les sillons côtelés du collant).

— J'IRAI ! Même si je dois crever ! criai-je. Sinon toutes les Grenouilles de Cinéma vont se foutre de ma gueule en prétendant qu'on ne peut pas faire confiance aux bonnes femmes comme metteurs en scène parce qu'elles se renversent leur « bouillotte » sur les pieds...

Non seulement mon honneur était en jeu, mais celui de toutes les futures femmes réalisatrices (à cette époque-là, nous n'étions que quelques-unes).

J'entourai donc mes jambes de gaze et de bandes diverses, enfilai des charentaises dont la provenance me resta toujours inconnue et partis dans la voiture conduite par mon assistant consterné.

Consternés, le Directeur de Production et le Producteur Exécutif, Pierre Grunstein, le furent à leur tour lorsque je débarquai sur le plateau avec mes pansements défaits (je n'ai jamais été une bonne infirmière) qui traînaient derrière mes charentaises.

— Vous ne pouvez pas tourner dans cet état, s'exclamèrent-ils en chœur, on va téléphoner aux assurances et mettre le film en sinistre.

— PAS QUESTION ! Je vais me bourrer d'aspirine vitaminée et tout ira bien... ! Du reste, je ne souffre pas tellement.

Ce qui était un énorme mensonge. J'avais l'impression que mes chevilles étaient en train de griller comme des côtes d'agneau sur un barbecue. Mais la rage était plus forte que la douleur.

Mes producteurs essayèrent bien de discuter mais comprirent que c'était inutile avec une mule béarnaise de la race Buron, surtout enragée !

— On va au moins appeler un médecin pour... heu... vous soigner... et peut-être même vous faire une piqûre.

J'acceptai tout ce qu'on voulait pourvu qu'on me laissât préparer ma première scène.

Pendant tout le tournage qui dura huit semaines, un S.O.S. médecin vint gentiment, tous les deux jours, changer mes pansements. Et je ne quittai pas mes charentaises bien-aimées. Pas un des visiteurs qui passèrent sur le plateau ne parut surpris par ma tenue et je ne lus aucun article intitulé : « Nicole de Buron : une cinéaste en charentaises... »

En essayant de retrouver mes souvenirs, j'ai l'impression d'avoir vécu deux mois dans un brouillard heureux. Il n'y eut aucun incident dramatique. Je partais le matin partagée entre la joie excitante de retrouver mon tournage et mon équipe, et la trouille de rater mes plans. L'ambiance du film était gaie. Peut-être pas aussi joyeuse que celle du *Grand Sommeil* où jouaient Humphrey Bogart et Lauren Bacall sous la direction de Howard Hawks. Tout le monde rigolait tellement que Jack Warner, le Producteur, envoya la note suivante : « On me dit que vous vous amusez beaucoup sur le plateau. Veuillez cesser immédiatement.... »

Naturellement, pas folle, je m'étais écrit un film relativement facile à tourner.

Pas un de ces formidables machins d'Hollywood avec mille figurants à moitié nus sous la pluie londonienne comme *Cléopâtre* (les producteurs américains furent très surpris de découvrir qu'en septembre il pleuvait sur Londres).

Pas de courses de chars (*Ben Hur*) préparées pendant trois mois et filmées par trois caméras. A ce propos, Laurent Heyneman raconte la charmante anecdote suivante* : « Tout est en place ; le metteur en scène William Wyler hurle : " Moteur ! " Les chars s'élancent, les milliers de figurants s'agitent. La prise est excellente. " Coupez ! " hurle le réalisateur,

* Dans *Un tournage en Afrique.*

radieux. Puis il appelle la première caméra pour savoir comment ça s'est passé. Réponse du cameraman : " Nous n'avons rien eu. Le soleil est sorti dans l'axe, juste en face de la caméra... " Le réalisateur, pas content, appelle alors la deuxième caméra qui répond, désolée : " Panne de moteur ! navrés ! " Fou furieux, Wyler appelle la dernière caméra et entend une voix toute joyeuse : " On est prêts ! Vous pouvez y aller... ! " »

Pas de *Jour le plus long** où Zanuck vint inspecter ses troupes avant de crier MOTEUR. Le premier assistant, très fier, lui expliqua qu'au signal, cinquante péniches de débarquement allaient accoster, trois mille soldats bondir sur la plage, vingt bunkers exploser, trente canons tonner, etc. Il suffisait simplement d'agiter un drapeau rouge. Ce que fit étourdiment le premier assistant. Aussitôt, tout se déclencha. Les péniches débarquèrent, les soldats bondirent, les bunkers explosèrent, les canons tonnèrent, etc.

Seules manquaient les caméras !

Pas de *Moby Dick* avec fabrication d'énormes baleines en acier et en bois dont plusieurs coulèrent à pic, y compris celle qui faillit noyer Gregory Peck ficelé dessus.

Pas de bateau non plus comme mon copain, Pierre Sisser, qui imagina — pourtant, d'habitude, il est raisonnable — de tourner un film entier (*Force 8*) sur une goélette à La Grande-Motte. Hélas, une tempête éclata et toute l'équipe dut débarquer à cause du mal de mer. Ne restèrent pour tourner que le metteur en scène, le cameraman, la stagiaire promue au rang de Premier Assistant (mais non payée comme tel : c'était Fille Aînée) et l'acteur Didier Kaminka qui, plus

* Toujours dans *Un tournage en Afrique*.

petit que l'actrice principale, dut passer ses journées en équilibre sur un cube lui-même en équilibre sur une goélette en folie.

Pas de *Guerre du feu* non plus où le paysage repéré pour le début du film devait être triste, sinistre et froid. Mais quand l'équipe arriva pour tourner, c'était l'été indien. Le ciel luisait d'un bleu radieux, le soleil brillait et les arbres qu'on voulait morts étaient couverts d'une frondaison d'un doré éblouissant. Tout le monde, metteur en scène en tête, dut passer plusieurs jours à arracher toutes les feuilles de tous les arbres.

Je ne fis pas recouvrir entièrement de tulle rouge un moulin dans le Midi, comme Max Ophüls dans *Lola Montès*. (Finalement, Christo n'a rien inventé en « emballant » le Pont-Neuf.)

J'avais aussi évité de tourner dans des cafés entièrement décorés de glaces comme celui vicieusement choisi à Montparnasse par Robert Pouret dans *Cours après moi que je t'attrape*. Le cadreur eut un mal de chien à trouver un angle pour éviter que l'on voit la caméra et nous tous nous refléter à l'infini dans les miroirs.

Ma caméra ne se refléta pas non plus (merci, Noisette) dans les vitrines des rues comme dans *Carmen Jones* où on la voit filmer Dorothy Dandridge en train de se promener... suivie de toute l'équipe trottinant gaiement derrière elle.

Mes rapports avec les acteurs furent délicieux. Je pense qu'ils savaient (ou sentaient) que je les avais choisis avec passion et que je les aimais tous.

Pas comme Billy Wilder et Humphrey Bogart qui se haïssaient (dans *Sabrina*).

Bogart se plaignait violemment de ne pas connaître à l'avance la suite de l'histoire, pour la bonne raison que Billy Wilder l'écrivait la nuit précédente avec son scénariste. Un jour, cependant, Bogart réussit à mettre la main sur deux ou trois pages des scènes à venir. Les lut. Et le lendemain demanda à voix haute à Wilder, en brandissant les feuilles devant toute l'équipe :

— Billy, vous avez des enfants ?

— Une petite fille de deux ans.

— C'est elle qui a écrit ÇA ?...

Je n'eus pas, Dieu merci, à me livrer à une épreuve de force comme John Ford avec Margot Grahame du London Theatre dans *Le Mouchard*.

Le tournage devait commencer à huit heures précises. John Ford attendait, assis, fumant sa pipe. Son assistant vint le prévenir que Miss Grahame était encore au maquillage.

— Bien, dit Ford. Pas la peine de s'énerver. On lui donne jusqu'à huit heures sept.

A huit heures sept, pas de Miss Grahame.

Ford se leva et alla tranquillement tourner une autre scène dans un autre coin du plateau.

Huit heures quarante-cinq. Miss Grahame apparut, royale, suivie de son coiffeur, son maquilleur, son habilleuse, sa doublure, etc., bref, toute sa petite cour.

John Ford l'accueillit fort aimablement.

Puis ajouta :

— Désolée, chère amie, que vous n'ayez pas été là à huit heures. Maintenant, nous n'avons plus le temps nécessaire pour tourner votre scène. *Sorry*, mais je dois la supprimer du scénario.

Ce qu'il fit.

Miss Grahame ne fut plus jamais en retard. Ni personne.

Je n'eus pas non plus, fort heureusement, à me mettre en colère comme Autant-Lara qui gifla Gabin (si, si ! Il paraît que c'est vrai !) qui refusait de dire une phrase de dialogue qu'il jugeait « immorale ». (Et Gabin s'écrasa ! Incroyable, non ?)

Avec Annie Girardot, j'avais déjà tourné deux films et elle m'épatait toujours. Elle attendait de tourner, tranquillement dans un coin ou dans sa caravane, en faisant des mots croisés ou surtout, surtout, pendue au téléphone. Le plus souvent avec sa mère qu'elle adorait et avec laquelle elle discutait inlassablement de problèmes ménagers.

Annie : Allô, Maman ? J'ai pensé que tu pourrais acheter pour ce soir un beau rôti de veau chez le boucher de la rue Machin, tu sais...

Moi (à l'assistant) : On va tourner. Allez chercher les acteurs.

L'assistant (à Annie) : Madame Girardot ! On vous réclame sur le plateau.

Annie : J'arrive. (Dans le téléphone) : Maman, il faut que j'aille travailler. Je te rappelle tout à l'heure.

Et là-dessus, elle enchaînait, sans désemparer, avec une délicate scène de tendresse jouée avec tant d'émotion qu'un silence bouleversé tombait sur le plateau (ce qui est rare, un silence total étant pratiquement impossible à obtenir sur un tournage !). La scène terminée, je me précipitai pour la féliciter et l'embrasser. Elle me faisait un rapide petit sourire content... et re-courait au téléphone.

— Allô, Maman ? Dis donc, pour le rôti de veau de ce soir, n'oublie pas de prendre aussi des petits oignons...

Telle est Annie. Capable de passer en un éclair du

quotidien le plus prosaïque à n'importe quelle fiction comique ou dramatique.

Juste un petit problème avec elle qui n'en était pas un.

Formidable dès la première prise, elle détestait en refaire plus de deux ou trois. Et me disait d'un ton gentil mais où je sentais poindre l'agacement :

— Ce n'était pas bien ? Tu n'as pas ce qu'il te faut ?

Si. En ce qui la concernait. Mais pas toujours si j'avais à faire jouer en même temps des acteurs qui, eux, n'étaient bons qu'à la dixième ou douzième prise... ou plus !

J'appris donc à faire répéter mes lambins dans un coin avec moi jusqu'à ce qu'ils soient « à point » pour tourner avec ma star.

Le cas est plus fréquent qu'on ne pense. Bourvil était au mieux de sa forme au premier plan alors que de Funès adorait travailler un maximum de prises. Marilyn Monroe rendit Tony Curtis enragé sur *Certains l'aiment chaud* à force de réclamer qu'on retourne encore et encore, etc.

Un jour, Depardieu, fatigué, réclama — sur je ne sais quel film qui se tournait en province — de ne *shooter* qu'une seule dernière prise. « On verra », dit le metteur en scène, pincé. MOTEUR... Depardieu tourna le plan qui consistait à passer en voiture devant la caméra mais... ne s'arrêta pas au cri de « Coupez ! » et continua à rouler... jusqu'à Paris !!!

Je n'entrerai pas dans les méandres compliqués de la vie personnelle de mon Annie. Mais elle avait un cœur gros comme ça et, quand je voulais la taquiner, je la traitai de « Brave pomme ! ».

— Tu as raison ! me disait-elle très sérieusement, mais à partir de maintenant, c'est fini...

Je crains que non. Mais c'est comme cela qu'on l'aime.

Quant à Pierre Mondy, c'était un homme charmant, un nounours à la crème et... un excellent metteur en scène de théâtre. Je sentais qu'il savait aussi bien que moi où il devait se placer et quoi faire. Mais comme c'est quelqu'un d'élégant, il ne me le fit jamais sentir.

Oui, j'aimais bien, le matin, retrouver mon petit cirque. Soit une cinquantaine de personnes (une petite équipe !) plus le parc de voitures des uns et des autres, le groupe électrogène et ses câbles qui serpentaient dans la rue, le camion des électromachinos, les caravanes des stars, celle du maquillage, celle des vêtements, les roulottes de la cantine, etc. Tout cela installé dès le petit matin aux places réservées par les *ventousards* : organisation de conducteurs de voitures-ventouses qui, sous les ordres d'un chef d'équipe, étaient payés pour venir garer leurs bagnoles pendant la nuit aux emplacements où l'équipe viendrait s'installer dès le lendemain matin. Ce système permettait également de filmer les voitures des héros trouvant toujours une place de parking libre pour se garer. Ce qui n'arrive jamais dans la vie réelle (en tout cas pas dans la mienne) et m'agace profondément quand je le vois à l'écran. Mais je fus bien contente, quand ce fut mon tour de diriger un film, d'utiliser les ventousards et de gagner ainsi un temps précieux !

J'avais demandé à mon cher assistant de prévoir le plus possible mon horaire préféré : midi/dix-neuf heures trente (déjeuner à onze heures). Non pas que cela m'eût gênée de commencer à neuf heures (neuf heures/dix-huit heures), horaire souvent réclamé par le chef opérateur pour des raisons de lumière en extérieur, mais les acteurs qui ont souvent l'habitude de dormir tard le matin avaient tendance à être moins souriants. Surtout les actrices convoquées parfois à sept heures pour le maquillage. Mais il fallait également compter avec les comédiens qui jouaient aussi au théâtre le soir. J'éprouvais une certaine admiration pour ces galériens galopant d'un film à une pièce dans la même journée.

Cas incroyables de cette course folle :

Walter Chiari, tournant un film à Paris, fonçait en fin de journée à Orly, en ambulance escortée de motards, pour sauter dans l'avion de Rome où il était le soir l'acteur principal d'une pièce de théâtre.

Annie Fratellini jouait dans *Le Grand Amour* d'Étaix, à Tours, tout en assurant une tournée de galas — comme chanteuse — dans le nord de la France. Dès qu'elle avait terminé son numéro, une voiture l'emmenait en pleine nuit à Tours, tandis qu'elle dormait sur la banquette arrière. Arrivée le matin. Une douche. Et hop, le plateau toute la journée. Le soir, un petit avion privé la ramenait dans le nord de la France pour un autre gala dans une nouvelle ville.

Elle craqua au bout d'un mois !

Jean-Pierre Marielle se levait à six heures du matin pour être prêt à tourner à huit heures *Les mois d'avril sont meurtriers* de Laurent Heyneman. Il profitait de l'heure du déjeuner pour se livrer à une petite sieste. Et prenait des pilules remontantes afin d'être en forme pour le travail de l'après-midi. Le soir, il fonçait jouer au théâtre *Clérambard* de Marcel Aymé... et avalait un somnifère tout en allant saluer le public sous les applaudissements !

Par contre, je détestais les « extérieurs nuits ». Habituée à me coucher avant les poules, comme l'on sait, j'avais un mal de chien à dissimuler à l'équipe mon envie de bâiller ! Je gardais un souvenir affreux d'une nuit glaciale passée en plein hiver sur une autoroute en construction (*Erotissimo*) où nous avions été sauvés de la pneumonie par un immense chaudron plein d'un bouillon brûlant et bien gras, distribué par notre mère, la Production.

Dans *Vas-y Maman !* rien de tel. Juste une fugue du jeune Richard qui s'enfuyait en bicyclette avec son hamster préféré et sa couleuvre bien-aimée dont l'apparition inopinée provoquait la chute dans un fossé d'un camion conduit par l'acteur François Dyrek... qui avait son permis poids lourd. (Beaucoup d'acteurs ont leurs permis poids lourd pour faire face à toutes propositions). Quant à moi, je détestais cette couleuvre que le jeune Richard tripotait avec bonheur (une chance !) et je me demandai quelle scénariste perverse avait pu inventer un gag pareil !

Comme toujours, la cantine était excellente et installée sous un grand chapiteau surnommé le Barnum. Une heure était prévue pour le déjeuner et, au bout de cinquante-huit minutes, le Premier Assistant se levait et criait la phrase rituelle, en regardant ostensiblement sa montre :

— *Les affaires reprennent !*

Autrement dit : au boulot ! Tout le monde se levait plus ou moins nonchalamment et retournait sur le plateau.

Mais malheur au producteur qui essaie de grignoter quelques minutes de ces instants consacrés à la bouffe et à la rigolade.

C'est ainsi que, sur un de ses films, Pierre Braunberger, qui assistait au déjeuner et trouvait que le service traînait, n'arrêtait pas de glapir : « Activez !

Activez ! » Puis, toujours agité, il finit par se lever et aller dans la cuisine bousculer son monde. On le vit ressortir quelques secondes plus tard, à toute vitesse, poursuivi par le cuisinier... qui brandissait un grand couteau !

La journée de travail se déroulait affairée et concentrée mais sans drame. En tout cas, pas pour moi. Ni, je crois, pour les assistants*. Pas comme dans *Les Saintes Chéries* où j'avais trouvé marrant, dans l'épisode : « L'Homme seul au mois d'août », d'installer une immense piscine gonflable dans « l'appart » de Daniel Gélin, où il se prélassait avec son copain, Christian Alers. L'idée fut trouvée géniale. Ladite piscine fut aménagée dans le splendide salon très B.C.B.G. de la mère d'un des producteurs (à la grande horreur du maître d'hôtel qui circulait en gants blancs). Et remplie d'eau grâce à un tuyau branché sur un lavabo. Les scènes de baignade furent tournées dans une franche gaieté. Inutile de dire que Gélin et Alers ne se privèrent pas d'éclabousser à la ronde le beau parquet ciré...

Mais le pire était à venir : personne n'avait pensé qu'il faudrait bien à un moment ou à un autre vider cette saloperie de bain géant ! Des centaines de litres ! Comment ? Le coup du tuyau ne marchait plus. Je crois que le stagiaire (Denis Amar ?) dut passer quelques jours et quelques nuits à écoper avec une casserole et qu'il pensa devenir fou ! En tout cas, le

---

* A part, bien entendu, le fait d'attendre toujours trop longtemps, au goût du réalisateur, que le plateau soit O.K. Le metteur en scène (ton plaintif) : « Mais qu'est-ce qu'on attend, nom d'un chien ? » L'assistant : « Le plan n'est pas prêt. Encore cinq minutes. » Le metteur en scène (criant — plaisanterie traditionnelle) : « Qui est en retard ? Je veux des noms. »

coup de vider une énorme piscine à la main, au cinquième étage d'un immeuble chic de Neuilly, est resté dans les annales des *Saintes Chéries* comme un exemple de cauchemar d'un stagiaire. Et des respectables habitants de l'immeuble parce que Denis avait fini par trouver plus simple de balancer ses casserolées d'eau par la fenêtre !...

En deux mois sur *Vas-y Maman !* je ne piquai qu'une seule colère. Et virai deux figurantes.

Nous tournions dans les locaux d'Essilor, la fameuse marque de lunettes, qui avait bien voulu nous prêter (nous louer ?) des bureaux et la cour de son usine. J'avais fait de Pierre Mondy un petit patron fabricant de lunettes et, en écrivant le scénario, j'avais longuement interviewé la maison Essilor pour savoir quels étaient les problèmes de la profession. J'aime bien, en effet, que mes héros aient un métier et que les détails en soient justes. Rien ne m'énerve plus que ces films où les personnages ne font rien sinon s'occuper de leurs histoires de cœur et de cul et jamais de gagner leur bifteck (ce qui prend quand même les trois quarts de la vie des simples mortels). Ils ont toujours le temps de se promener la main dans la main dans les jardins du Luxembourg, avec une délicieuse créature inoccupée, elle aussi, ou de se rendre dans la journée à des rendez-vous voluptueux au lieu d'être coincés à leur bureau. Ils ne sont jamais fatigués le soir. N'ont pas d'enfants à garder. Ne s'inquiètent nullement de manquer d'argent pour payer le restau. Trouvent toujours immédiatement une place pour garer leur voiture juste devant chez eux (grâce aux ventousards). Et se baladent en trimbalant du bout du petit doigt d'énormes valises soi-disant pleines (vides, en réalité : j'ai, hélas, fait la même erreur !) et aucun de ces affreux petits sacs en plastique qui me donnent l'air d'une émigrante.

L'un des soucis du petit fabricant de lunettes, Pierre Mondy, était la présence dans son personnel d'une syndicaliste de choc (jouée épatamment par Myriam Boyer) qui réclamait énergiquement une crèche pour les enfants des ouvrières. Je lui avais écrit un discours assez violent où elle appelait à l'occupation des lieux, le mercredi, avec tous les enfants et qu'elle devait prononcer sur un balcon dans la cour, devant une cinquantaine de figurants.

J'étais en train de les regarder un peu distraitement pendant qu'on installait la caméra quand je sursautai :

... au premier rang des « ouvrières »... se tenaient deux figurantes qui avaient déjà joué, dans une scène précédente et toujours au premier rang, deux « dames belges » aux « Dames de Bruxelles » !

En principe, ce genre de pratique est interdit mais les deux figurantes avaient dû penser que je n'y verrais que du feu. Ce qui faillit arriver... Je les fis chasser honteusement après avoir engueulé le responsable.

Mais l'histoire ne s'arrête pas là.

Aux figurants s'étaient mêlés de vrais ouvriers et ouvrières d'Essilor. Qui, stupéfaits, avaient écouté la harangue explosive de Myriam Boyer. Et... la prirent au sérieux ! Surtout les femmes. Ben quoi, une crèche pour les mômes, c'est une chouette idée, non ? Une discussion véhémente éclata avec les ouvriers moins préoccupés par le problème. Les ouvrières tinrent bon et je crois savoir que, plusieurs mois plus tard, elles l'obtinrent... leur crèche ! On m'a même juré qu'une ou deux grèves ont éclaté et que la maison Essilor regretta *in petto* d'avoir laissé tourner dans son usine, jusque-là paisible, des scènes aussi peu recommandables.

J'avais un souci qui me torturait (en dehors de l'angoisse perpétuelle de ne pas « être à la hauteur ») : le choix des prises à tirer.

Naturellement, j'appartenais à l'école « C'était-génial-mes-chéris MAIS… on recommence… » jusqu'à ce que j'obtienne une prise qui me plaise vraiment. Je m'écriai alors :

— Elle est formidable, celle-là ! On la tire ainsi que… heu… la 3.

— Tu préférais pas plutôt la 5 ? murmurait alors la scripte.

— Moi, j'aimais bien la 4, soufflait le cadreur.

Et brusquement, j'avais la tête vide et la gorge nouée. Je ne me rappelais absolument plus comment était la 5, ni la 4, ni même la 3… Pas question de montrer mon désarroi à mes troupes. Je m'efforçais de prendre un air de réflexion intense. Évidemment, il y aurait eu une solution : tout tirer. Mais je sentais dans mon dos l'œil de Caïn du Directeur de Production qui me surveillait (la pellicule coûte cher et le tirage des prises aussi). Alors, je dois avouer (pardon, chers producteurs et cher public) qu'il m'est arrivé de décider un peu au pif.

Moi (ton dégagé à la scripte) : Bon. On tire la 7, la 3 et la 5. Et c'est fini pour cette scène.

Le chef opérateur (cri rituel) : *On soulage** *!*

---

* En argot cinoche, signifie qu'on éteint les projecteurs (dits aussi *projos*, dits aussi *gamelles*) pour économiser l'électricité… et réduire la chaleur d'enfer qui règne sur le plateau.

Autre embêtement dans la vie d'une réalisatrice débutante. L'impossibilité de se reposer tranquillement entre deux séquences, pendant que le chef opérateur règle les lumières des plans suivants. A peine avais-je posé mon petit derrière sur un cube en bois (dédaignant mon fauteuil de metteur en scène qui m'intimidait), que dix personnes se précipitaient sur moi avec les questions les plus diverses et saugrenues.

L'assistant : L'acteur qui joue le fleuriste est malade. Il ne peut pas venir jouer demain. Tu veux que je change le plan de travail ou tu choisis un autre acteur ?

Moi : Trouve-moi mon cartable rose. J'ai des listes de comédiens dedans. Je vais regarder.

Alice (la coiffeuse d'Annie, surgissant brusquement avec une perruque sur le poing) : Qu'est-ce que tu penses de ça pour la scène à la clinique ?

Moi (sursautant) : ... Heu... très bien ! peut-être un peu trop roux ?...

Loulou (le maquilleur d'Annie) : Tu as aimé le maquillage d'Annie dans la séquence avec les flics ?

Moi (qui n'avais rien remarqué de spécial) : Parfait, comme d'habitude, mon chéri !

Le stagiaire : Vous voulez un coca ?

Moi : Je préférerais un café ! Merci, mon chéri !

L'habilleuse : Annie n'aime pas la robe prévue pour la scène avec l'équipe de télévision...

Moi : Mais on la tourne quand, celle-là ?

L'habilleuse : Dans quinze jours.

Moi : Téléphone à la costumière et demande-lui de trouver une autre robe. On a le temps.

L'assistant (revenant avec le cartable rose) : La Production n'a pas pu louer au dernier moment le studio que tu avais choisi pour Nicole Calfan. Il faudrait que tu viennes samedi en visiter deux que j'ai repérés.

Moi (effondrée car je comptais bien paresser tout le samedi matin au lit) : O.K., mais tôt alors, car l'après-midi je travaille au montage avec Jacques.

Le chef opérateur (au passage) : Quand est-ce qu'*on se retourne* * ?

Moi : Dès le plan après le prochain.

Le chef-op : Je ne sais pas si on aura fini la séquence ce soir !

L'assistant : Il le faut ! On ne peut plus revenir dans ce décor demain !

Le cadreur : Qu'est-ce qu'on tourne demain ?

(Il s'enfuit sans écouter la réponse.)

L'assistant : Les extérieurs du Parc Monceau.

Moi (soucieuse) : La météo ?

L'assistant : Pas terrible !

Je frémis. Rien de plus exaspérant que d'avoir préparé et répété une scène difficile et d'entendre, au moment de la filmer avec tout son petit monde sous pression, le chef-op déclarer paisiblement en visant le ciel à travers un verre de lunette fumée dit *le caramel :*

— On attend ! Y a un nuage qui arrive !

L'équipe se fige et, le nez en l'air, regarde passer cette saloperie de nuage.

— On peut y aller ! déclare enfin majestueusement le chef-op.

Moi : MOTEUR !

Cris rituels.

Moi : Annie ! C'est à toi...

Annie (disant son texte) : Quelle merveilleuse

---

* En jargon cinoche, signifie qu'après avoir tourné toutes les scènes dans un axe, on retourne la caméra à 360° pour filmer en sens inverse. Implique de modifier l'ensemble des lumières.

journée, hein, mon toutou !... Et, tu sais ce qu'on va faire... ?

Cri plaintif de l'ingénieur du son, assis derrière sa petite table :

— Coupez ! Y va y avoir un avion !

Moi : Et merde ! COUPEZ !

L'équipe se fige à nouveau et, le nez en l'air, écoute passer cette saleté d'avion.

Moi (à l'ingénieur du son) : On peut y aller ?

L'ingénieur du son : Encore une seconde ou deux !

Moi : Un... Deux... MOTEUR !

Le chef-op (son *caramel* toujours braqué sur le ciel) : Non ! Y a un deuxième nuage qui arrive...

L'assistant stressé : Dépêchons-nous ! A quatre heures, y a la sortie d'une école...

Première conclusion : une des principales qualités d'un metteur en scène doit être une patience surhumaine.

Et pourtant, je n'eus pas à me colleter avec un plan maudit tel que le vécut Laurent Heyneman dans *Un tournage en Afrique*...

... « successivement, Fanny (Ardant) a envoyé du sable dans la figure de Bruno (Crémer) pendant la prise (sans le faire exprès ?). (Puis il y eut)... 4 prises où la jeep n'a pas démarré au bon moment ; 7 prises où l'actrice qui jouait le rôle de l'infirmière n'est pas entrée dans le champ (de la caméra). 2 prises où l'acteur (Lalzlo) s'est planté dans son texte. 3 prises que je ne trouvai pas bonnes. Une prise avec un poil qui vint se ficher sur l'objectif... La 27e prise fut la bonne ! »

De quoi se ronger les ongles jusqu'au poignet.

Je n'eus pas à diriger non plus une scène un peu spéciale comme dans *Elle court, elle court, la banlieue* où j'avais écrit, dans le calme douillet de mon bureau, que le tourniquet du métro arrachait la minijupe d'une petite secrétaire, dévoilant deux charmantes fesses nues bien pommées. Je n'avais pas pensé (ni personne) que, pour jouer ce gag inoubliable, l'actrice devait tourner sans culotte.

La scène fut filmée à la Défense.

Où ce fut l'émeute.

Toute l'équipe — qui n'était pas à la caméra — dut faire la chaîne pour repousser des centaines de bonshommes qui, les yeux exorbités, la langue pendante, voulaient s'approcher au plus près de la malheureuse comédienne. Laquelle, honteuse et terrorisée — mais séquence en boîte —, éclata en sanglots. Je dus l'emmener et la réconforter au cognac dans le premier café rencontré.

Je n'eus non plus aucun problème avec les badauds quand je filmai dans la rue.

Pas comme John Huston qui, dans *Toulouse Lautrec*, eut à faire à un beauf hargneux (pléonasme) qui passait froidement devant les caméras, sa baguette de pain sous le bras, pour rentrer chez lui sans vouloir faire le moindre détour ni attendre la fin de la prise. Puis apparut une dame à sa fenêtre (peut-être la femme du beauf) qui se mit à taper inlassablement sur son balcon avec une casserole. La police, appelée, avoua son impuissance : « Aucune loi n'empêche de taper sur un balcon avec une casserole. » Tournage arrêté. *Le compteur tourne*. Finalement, un assistant débrouillard (la plupart des assistants sont des génies de la débrouillardise) amena sur les lieux une voyante (grassement payée) qui prédit à la dame les plus grands malheurs si elle n'allait pas immédiatement se coucher. Affolée, la franchouillarde courut se réfugier sous ses draps. Et le travail put reprendre.

Louis de Funès tournait *Le Gendarme de Saint-Tropez*. Un notaire (?) vint s'installer délibérément près de la caméra et le regarda jouer pendant toute la journée. Sans se soucier de demander à l'acteur s'il dérangeait. Il dérangeait. Aussi, quelques jours plus tard, Louis sonna à la porte de l'étude, entra dans le bureau du Maître, s'installa dans un fauteuil, et, les bras croisés, le regarda travailler à son tour, pendant une partie de la journée...

Je fis bien attention à ne pas tourner trop de prises de comédiens en train d'avaler de la nourriture, en particulier les enfants. Paulette Dubost dans *Farandole* avait dû manger tellement d'œufs durs qu'on fut obligé de l'emmener à l'hôpital à moitié étouffée, pour un lavage d'estomac.

Personne ne me fit de blagues vaseuses. Pas comme Pirès qui, un jour, en se marrant comme un fou, me cassa sous le nez une ampoule de je ne sais quoi. Épouvantée à l'idée que ce produit soit une drogue qui me fasse faire des folies qui amuseraient toute l'équipe : dire des cochonneries, montrer ma culotte, embrasser goulûment le cadreur, je décidai de jouer la malade (du reste, en me forçant un peu, je ne me sentais pas très bien...)*.

---

* J'avais raison de me méfier. J'appris plus tard qu'il s'agissait d'un *popper*, un truc américain supposé exacerber les pulsions sexuelles !...

— Au secours, Gérard, ça ne va pas... ! Raaaaaaahhhhh ! La tête me tourne !... Justement, ce matin, je me suis fait vacciner contre la grippe... raaaaaaahhhhh ! Les deux trucs se mélangent pas bien... Raaaaaaahhhhh ! je vais m'évanouir...

Pirès devint blanc. Proposa d'appeler le Samu. Ce que je refusai (en ricanant sous cape) :

— Raaaaaaahhhhh ! ça va aller mieux.

Le pauvre ne recommença jamais ses plaisanteries idiotes.

LES RUSHES

Le soir, le travail terminé et les feuilles de service du lendemain distribuées (autrement dit, le boulot du jour suivant), une partie de l'équipe fonçait dans une petite salle de projection voir les rushes. C'est-à-dire les prises tirées du tournage de la veille. C'était à la fois une récompense si elles étaient bonnes et une angoisse au cas où un accident technique — toujours possible au labo — s'était produit. Ou si le travail des uns et des autres se révélait peu satisfaisant. Travail dont je portais la responsabilité pleine et entière.

Le monteur (un copain depuis *Les Saintes Chéries* : Jacques Witta, deux Césars) m'attendait à l'entrée de la salle pour me chuchoter une phrase réconfortante : « Le labo dit que tout va bien ! » Ouf ! Pas de pellicule voilée, ni de poil dans l'objectif, ni de spirale de brouillard au premier plan. (On mit une heure à comprendre qu'il s'agissait tout bêtement de la fumée de la cigarette de la scripte accroupie sous la caméra !!! La malheureuse se fit huer !) Pas d'apparition non plus dans le cadre de la perche du son. Papa Braunberger assurait qu'il n'avait jamais vu un film en entier sans qu'apparaisse, le temps d'un éclair, le micro tant redouté ou, à défaut, son ombre. Il faut dire que le travail du perchman m'a toujours épatée. Debout toute la journée les bras en l'air, tenant sans défaillir la longue perche du son, il doit approcher son micro le plus près possible des acteurs. Mais sans entrer dans le champ de la caméra naturellement, ce qui provoque les grognements furieux du cadreur :

— Je te vois !... Remonte !... Pas tant !... Redescends... NON !!! Merde ! Je te revois... Fais attention, etc.

Je dois avouer qu'aux rushes, la fatigue commençait à me tomber dessus et à brouiller mes idées. Je me refusai donc à choisir (une fois de plus) les prises à monter, au grand dam de Jacques Witta. Je me contentai de bredouiller de vagues commentaires. Et travaillai donc avec lui le samedi.

Aucune actrice ne vint vérifier si elle était bien éclairée, sa cicatrice au visage invisible, son jeu satisfaisant. En général, la venue d'une star aux rushes est suivie d'une longue complainte — ce qui est normal, l'inquiétude étant le pain des artistes —, sauf, dit-on, dans le cas de Ludmilla Tchérina qui, enchantée, réclamait une seconde projection au cri de : « Comme je suis belle ! »...

Enfin arrivait le moment tant redouté...
Celui de rentrer chez moi.

LE RETOUR DE LA RÉALISATRICE

Le metteur en scène Mankiewicz comparait le bonheur d'être sur son bateau en pleine mer à l'atmosphère d'un film pendant lequel « l'on se sent loin de tout, coupé du monde réel »... et de ses embêtements quotidiens !

L'assistant me ramenait en voiture à la maison...

... où, sur le paillasson, je déposais silencieusement ma couronne de petite reine qui avait vécu une journée passionnante, régné sur une bande de copains également captivés par la même aventure, et surtout ressenti ces quelques moments de bonheur (presque) parfait que peut donner la sensation d'avoir réussi un petit instant de création (presque) satisfaisant.

Je tournais la clé dans la serrure.

Et je criais :

— Hou ! Hou ! Bonsoir, mes chéris. Ça va ?

Et j'allais embrasser l'Homme-de-ma-vie et Petite Chérie qui m'attendaient dans le salon...

... POUR QUE JE LES FASSE DÎNER !!!

En huit semaines de tournage, je n'ai jamais pu leur faire comprendre que j'aurais mille fois préféré qu'ils prennent leur repas plus tôt, sans moi, préparé et servi par la fidèle Mercedes (avant qu'elle monte se coucher).

Rien à faire.

L'Homme-de-ma-vie et Petite Chérie tenaient à se morfondre...

... pour me prouver leur tendresse.

Or, j'ai grande honte à l'avouer, j'aurais adoré grignoter seule et tranquillement un yaourt et une pomme plutôt que de galoper vers la cuisine faire griller les steaks et rissoler les pommes sautées.

Parce qu'il n'entrait pas non plus une seconde dans la tête de mon époux et de ma fille de m'aider à remplir ce devoir sacré de la Femme et de la Mère que j'étais avant tout pour eux : nourrir sa petite famille.

Dans la cuisine, je trouvais également des petits mots de Mercedes :

... « Madame, le chauffau à gaze est cassée... »

... « Madame, jé plus d'argent pour lé commissions... »

... « Madame, kèceque je fé demain à mangé ? »...

Certains soirs, ivre de fatigue, je rêvai de retourner les pommes de terre rissolées sur la tête de mes chéris, de me coucher sur la moquette en pleurant, ou de m'enfuir à l'hôtel.

Deuxième conclusion : le métier de metteur en scène/mère de famille réclame une santé d'enfer digne d'un champion olympique.

Je me consolais en pensant qu'être une simple femme, obligée, telle Cendrillon, de rentrer le soir me livrer à mille petites tâches domestiques, prosaïques (et « bourgeoises », aurait dit le critique), m'empêchait d'avoir la grosse tête comme beaucoup de réalisateurs mâles (dont je ne citerai pas les noms).

C'est pour cela que je milite pour l'instauration d'un Deug de travaux ménagers et soins familiaux pour les mecs inscrits à la Femis (École du Cinéma), comprenant quinze jours de corvées de vaisselle et de cuisine. Deux jours d'exercices d'aspirateur (avec montage et démontage du sac à poussière). Un stage de rangement de chaussettes et de débris de jeux de construction. Une semaine dans une pharmacie, rayon médicaments pour enfants. « Papa, j'ai mal au ventre ! Papa, je me suis coupé ! Papa, j'ai des boutons partout... » etc.

Ainsi, nos metteurs en scène masculins ne s'épanouiraient plus loin des préoccupations du petit peuple des mères de famille qui constitue pas loin de la moitié du public.

Le cinéma français en serait transformé !

Non ?

CHAPITRE 12

.... *Quand c'est fini, ce n'est pas fini !*

LE DERNIER JOUR DU TOURNAGE

Affreusement cafardeux.

Même s'il y a eu des drames divers et des antipathies sournoises, les membres de l'équipe sont désespérés à l'idée de se séparer. L'aventure commune est terminée. « La famille » va se désintégrer. On remonte les Champs-Élysées en se tenant tous par la main et en chantant : « Ce n'est qu'un au revoir ». On pleure. On s'embrasse. On crie qu'on s'aimera toujours à la vie à la mort. On jure de se revoir très bientôt : tiens ! on déjeune ensemble la semaine prochaine, c'est promis.

ON NE SE REVOIT JAMAIS PLUS.

Sauf si les hasards du cinéma vous réunissent à nouveau.

Étant dotée, hélas, d'un petit cœur de midinette, j'eus beaucoup de mal à me faire à l'idée de vivre pendant plusieurs mois une amitié chaleureuse, presque intime, avec un certain nombre de « copains » pour les voir ensuite s'envoler, pffttt, comme une volée d'alouettes indifférentes.

A noter cependant qu'au moindre coup de téléphone les alouettes reviennent à tire-d'aile, même au bout de dix ans. Et on est fous de joie de se retrouver, on s'embrasse, on crie qu'on s'aime toujours à la vie à la mort, que c'est trop bête de se perdre de vue comme ça, non ? On va déjeuner ensemble la semaine prochaine, c'est promis.

ET ON NE SE REVOIT PLUS PENDANT DIX AUTRES ANNÉES.

LE MONTAGE

Mais rien n'est fini, après le tournage, pour le metteur en scène. Au contraire.

Il faut maintenant recoller des kilomètres de films, découpés par le monteur en milliers de bouts de pellicule (le film *Les Visiteurs* comptait 2 300 plans !) accrochés à des clous à travers des salles entières.

Et pratiquement récrire le film. Rien qu'en allongeant des scènes, en en supprimant d'autres, en intervertissant des plans, en ajoutant sept images ici et en en coupant quatorze là, en faisant disparaître des personnages (drame avec l'acteur), etc., on peut transformer presque complètement un film. Améliorer un navet. Tendre l'atmosphère d'un polar. Rythmer une comédie.

Travail d'autant plus troublant que certaines scènes écrites et tournées dans l'enthousiasme se révèlent décevantes à l'arrivée (plaaaaffff, elles retombent comme un soufflé froid). Tandis que d'autres, sur lesquelles on ne comptait pas vraiment, deviennent des moments forts du film. Oui, le montage est une récriture, d'autant plus passionnante et agréable qu'elle s'effectue dans la paix monacale d'une salle de montage et non sous la pression des mille aléas d'un tournage.

Je passai deux mois délicieux à tripoter mes images aux Studios L.T.C., en compagnie de mon vieux copain, le gentil et calme Jacques Witta.

Certains metteurs en scène commencent à monter leur film en même temps qu'ils le tournent. Et font suivre leur équipe de montage dans les endroits les plus incroyables. C'est ainsi que pour *Elisa,* le dernier film de Jean Becker (avec Vanessa Paradis et Depardieu), le pauvre Witta dut transporter sa table de montage de deux cents kilos... à l'île de Sein. La G.T.M. fut d'abord embarquée à bord d'un petit bateau qui traversa bravement la mer depuis le continent. Puis, portée tant bien que mal à bout de bras sur trois cents mètres par Jacques lui-même, ses deux assistantes et un machino, le long d'un sentier menant à la salle paroissiale, baptisée pour la circonstance « salle de montage » !

Je n'eus pas de telles exigences pour *Vas-y Maman !*

Simplement, je m'inondai de parfum...

Enfin !

Le drame avait éclaté dès les cinq premières minutes du montage d'*Erotissimo* avec Gérard Pirès.

Nous étions, épaule contre épaule, penchés sur la fameuse table, quand mon metteur en scène se mit à renifler ostensiblement et à me regarder en fronçant les sourcils :

— C'est vous qui « puez » comme ça ? me demanda-t-il d'un ton à peine poli.

— Hein ? Quoi ? MOI, « je pue » ? criai-je, les yeux exorbités d'indignation... Alors que je suis baignée, bichonnée, parfumée, pis que Cléopâtre !

— C'est bien ce que je disais. Vous vous êtes mis du parfum, accusa-t-il.

— Ben oui. Du Diorissimo, comme d'habitude.

— Je suis désolé, ma chère Nicole, mais... heu... je ne supporte pas !

— Vous ne supportez pas mon cher Diorissimo au muguet ! m'exclamai-je, incrédule. Vous voulez que je change de parfum ?

— Non. Tous les parfums de bonne femme me rendent malade. Je suis allergique. Désolé... Mais je ne pourrai pas travailler à côté de vous si vous vous inondez d'eau de toilette. Vraiment navré !

Après quatre films avec Pirès, sans Diorissimo, je suis tellement bien dressée que, désormais, même pour déjeuner simplement avec lui, je m'abstiens de me pschitter avec mon bien-aimé muguet. Il m'apprit un jour de confidence — très rare chez lui — que Sophie craquait parfois pour du 5 de Chanel. Et qu'il était obligé alors de marcher trois pas devant elle et d'ouvrir toutes grandes les fenêtres de sa voiture. Ce qui donnait lieu à des discussions conjugales tumultueuses.

Autre petit plaisir que je m'accordai (un peu plus tard) : une journée de vacances pour assister au bruitage.

Follement amusant de regarder travailler un bruiteur.

Cela peut paraître surprenant mais le son réel enregistré par l'ingénieur du son pendant le tournage du film est souvent moins intéressant que celui créé par le spécialiste avec les accessoires les plus curieux.

Rien de mieux pour simuler le craquement angoissant des pas de l'assassin la nuit... que le froissement de papier Q autour du micro. Dans une bagarre, le bruit sourd des coups de poing des acteurs est merveilleusement rendu par un marteau s'abattant sur un épais bifteck. Pour les sabots d'un cheval trottant dans la campagne, tagada, tagada, vous utilisez deux entonnoirs. Vous voulez une ambiance de neige? Fourragez de la farine dans un sac. Le crépitement romantique du feu dans la cheminée devant laquelle sont enlacés deux amants s'obtient en chiffonnant bêtement l'emballage d'un papier de cigarettes. La légende veut que Coppola obtint le fameux vrombissement de ses hélicoptères dans *Apocalypse now* en agitant des chaînes. Etc.

N'étant pas très musicienne (oui, j'ai plein de défauts), je m'inquiétais beaucoup de la musique qui devait accompagner le film. Heureusement, Marie-Paule Belle — une de mes chanteuses préférées — accepta d'en composer une, très jolie, tandis que Françoise Mallet-Joris écrivit une chanson marrante *Vas-y!* avec Michel Grisolia. Sauvée! Malheureusement, je fus incapable de leur témoigner l'enthousiasme que je ressentais. (Encore maintenant, je culpabilise.)

CAR...

... J'ÉTAIS ÉPUISÉE, HARASSÉE, FOURBUE, ÉREINTÉE, EXTÉNUÉE, CLAQUÉE, LESSIVÉE, VANNÉE, CREVÉE, À PLAT, À BOUT...

La fatigue me tomba dessus, comme un immeuble lors d'un bombardement, alors que j'étais assise par terre dans le studio où Marie-Paule enregistrait sa chanson. C'était la nuit, tard. Tout à coup, je me sentis comme une poupée Barbie écrasée par un camion de cinq tonnes. J'allais mourir là, à bout de forces, sur mon morceau de moquette. Je réussis cependant à me relever, embrassai à la ronde et, sans un mot, me sauvai. Le lendemain, à sept heures, j'appelai mon médecin pour lui annoncer en pleurant que j'allais me suicider. « Ah ! Tiens ? Et comment ? », demanda-t-il avec intérêt. Néanmoins, il vint sur-le-champ et me fit deux énormes piqûres de je ne sais quoi (une dans chaque fesse).

— Dans huit jours, avec ce traitement, tout ira bien et vous pourrez terminer votre film, m'annonça-t-il gentiment.

En effet, une semaine plus tard, je remontais sur mon petit cheval blanc d'Henri IV, les fesses entièrement trouées mais l'énergie revenue.

Montage/sons. Post-synchro. Préparation du mixage. Tout se déroulait sans accroc.

Arriva le jour de la composition du générique. Alors, là, attention ! « Plage minée » !...

Dès l'établissement du contrat (de l'auteur, du metteur en scène, des acteurs, etc.), la présence du nom du quidam au générique donne lieu à des discussions de marchands de babouches dans les souks de Fès. Chaque détail est débattu âprement :

— Le nom du quidam sera-t-il cité avant ou après le titre du film ?

— Le nom du quidam sera-t-il cité avant ou après celui des autres quidams ?

— Le nom du quidam sera-t-il écrit en très gros, en gros, en moyens, en petits caractères ?

— Le nom du quidam sera-t-il seul sur un carton, ou avec d'autres quidams ou, pire, sur un déroulant de fin ?

— Le nom du quidam sera-t-il cité dans le générique de tête (avant le film) ou dans le générique de fin (après le film, quand tous les spectateurs se lèvent pour se sauver) ?

— Le nom du quidam/acteur qui a bien voulu accepter un rôle moins important que celui qu'il pense mériter sera-t-il précédé de la mention : « et avec la participation de... » ?

Etc.

Etc.

Les Américains ont fait de longues et coûteuses études — comme ils adorent le faire — pour constater qu'une des plus grandes satisfactions d'un être humain est de voir son nom écrit quelque part (si, si, c'est vrai : faites votre examen de conscience...).

Cela peut sembler futile (et ça l'est, dans un sens) mais la « médiatisation » (mot follement à la mode en ce moment) du nom du quidam concourt à sa réputation, donc à son cachet. Hé ! il faut bien gagner sa soupe quotidienne. Du reste, si cela n'avait aucune importance, pourquoi des marques comme le camembert Président, la lessive Omo ou le saucisson Justin Bridou dépenseraient-elles tant d'argent en publicité pour faire connaître leur nom ? Sans parler des maisons chicos comme Chanel, Dior ou Hermès qui vous obligent à porter leurs initiales sur le moindre tee-shirt, sac ou boucle de ceinture.

A Hollywood, des stars ont refusé de jouer dans un film parce que la place de leur nom au générique ne satisfaisait pas leur ego.

Donc, pas question de faire une erreur dans la rédaction du générique. Sinon, piaillements du quidam, agents hystériques, menaces de procès, bref, terribles emmerdements.

Paulette Dubost prétend avoir vu des acteurs mesurer avec un centimètre la taille de leur nom sur les affiches dans la rue. Je le crois.

A noter que, parfois, des modifications interviennent après la sortie du film. Par exemple, si un acteur d'un petit rôle est devenu une star dix ans plus tard. Le film ressort avec son nom en énormes caractères alors qu'on entrevoit à peine le quidam dans quelques scènes (cas de Funès).

D'autres éléments peuvent jouer. En avril 1940, quand *Tempête* avec Arletty et Eric von Stroheim sortit, on enleva le nom de ce dernier sur les affiches... parce qu'il faisait juif ! Par contre, il réapparut à la Libération et c'est celui d'Arletty — coupable d'avoir eu un amant allemand — qui disparut...

J'ai un aveu à faire. Moi-même, je n'ai jamais lu les contrats préparés minutieusement par mon cher Rossignol, sauf les paragraphes concernant le total des sous que j'allais gagner... et ma place au générique. Mais quand je voyais mon nom apparaître à l'écran, j'avais l'impression qu'il s'agissait de quelqu'un d'autre. Tiens, Nicole de Buron a un beau carton pour elle toute seule ! Bravo ! Peut-être suis-je affligée d'un dédoublement de la personnalité ?

En tout cas, la seule bagarre que j'avais eue (avant *Vas-y Maman !*) concernant ce titillant problème de générique ne me concernait pas.

C'était avec Pierre Braunberger, dès notre premier film, *Erotissimo*.

Au cours d'une des dernières projections de travail,

je constatai que le nom de Pierre Sisser — qui m'avait apporté sa précieuse collaboration pour l'adaptation et le dialogue — ne figurait nulle part. Je le fis remarquer à haute voix à mon producteur.

— Je ne l'ai pas mentionné, dit froidement ce dernier, parce que ce monsieur n'a aucun talent.

— Ce n'est pas vrai et, en plus, vous n'en savez strictement rien ! protestai-je avec violence. C'est avec moi qu'il a travaillé, pas avec vous.

— Bah ! Je le sais quand même.

— Je ne suis pas du tout d'accord. Et son nom figure dans MON contrat avec citation au générique. Ou vous l'ajoutez, ou je vous fais un procès !

Un épais silence tomba sur l'assistance. Papa Boum Boum pinça les lèvres rageusement.

— Pierre Sisser a en vous une amie qu'il ne mérite pas, dit-il venimeusement.

— A moins que ce soit le contraire ! ripostai-je furieusement. Mêlez-vous de vos affaires et les vaches seront bien gardées !

Pierre Braunberger fit donc rajouter le nom de Pierre Sisser au générique...

... MAIS...

... en tout petits caractères ! Na !

(Ce qui ne l'empêcha pas, des années plus tard, de vouloir travailler avec mon vieux pote ainsi que je l'ai raconté.)

Même les producteurs se battent entre eux, comme des chiffonniers, pour le premier carton du générique (le plus convoité) où le papa du film présente son enfant :

JEANNOT FRICOTOT
présente

Viennent ensuite les cartons des vedettes : « ROSINE TRUC » et « FERNAND MACHIN ». Celui du titre du film : « LES FLEURS DU MAL ». Et enfin, le plus important, le nom du metteur en scène : « de LOULOU MACHECOUILLON ». Ah ! parce que vous aviez cru jusque-là que c'était Baudelaire l'auteur ? Mais vous n'êtes pas au courant ? C'est le metteur en scène qui est désormais l'AUTEUR du film. Finis, Shakespeare, Molière, Balzac, Zola, Maupassant, etc. D'abord, ils sont morts. Et, ce qui compte, ce n'est pas leur œuvre mais sa « relecture » par le grand Loulou Machecouillon.

Pour en revenir aux producteurs, le film-culte *Le Troisième Homme*, avec son fameux air de cithare et Orson Welles, sortit avec la première mention « DAVID O'SELZNICK présente... ». Puis une deuxième mention : « Une production DAVID O'SELZNICK... » et même une troisième (au cas où quelqu'un n'aurait pas compris) : « Produit par DAVID O'SELZNICK. »

Or, le Selznick en question s'était borné à faire le générique et à prêter deux acteurs qu'il avait sous contrat (Alida Valli et Josef Cotten) à Alex Korda qui avait eu, lui, l'idée du film et l'avait produit de bout en bout.

Orson Welles raconta plus tard* que, quand Alex Korda vit le générique, il dit à son « copain » Selznick :

« — Tu sais, David, j'espère que je ne mourrai pas avant toi.

* *Moi, Orson Welles* : entretien avec Peter Bogdanovitch.

— Ah bon ! Pourquoi ?

— Cela ne m'amuse guère de songer que tu vas venir sur ma tombe, la nuit, pour effacer mon nom de la stèle... »

Pour *Vas-y Maman !* une idée mauvaise naquit dans mon cerveau.

J'avais toujours sur la patate mes démêlés avec le décorateur.

Ma mauvaise humeur s'était aggravée pendant le montage où j'avais eu le loisir de visionner des dizaines de fois des décors que je n'aimais pas du tout.

Quand la Production me fit porter « les obligations de contrat » pour le générique, je regardai les siennes en premier. Parfait. Son nom devait bien être cité mais il n'était mentionné nulle part OÙ.

Froidement, je l'inscrivis vers la fin du générique de fin. Après l'habilleuse...

Puis j'attendis.

Le lendemain, le Directeur de Production apparut dans ma salle de montage. Me félicita pour mon film, bla, bla, bla. Puis ajouta d'un air détaché :

— Oh ! A propos... (à propos de quoi ?), il me semble... heu... que vous avez fait une petite erreur dans le générique.

— Ah bon ! m'exclamai-je en ouvrant de larges yeux innocents.

— Oui. Vous avez cité le décorateur à la fin et non au début.

— Je sais ! répondis-je avec mon sourire le plus suave.

— Heu... par contrat, il doit être en tête de...

— Pas du tout. J'ai vérifié. La seule obligation est de le citer. C'est tout.

— Heu... il est d'usage de mentionner le décorateur

dans le générique du début. En plus... heu... c'est un vieil ami qui travaille pour nous depuis des années.

— Puis-je me permettre de vous dire que je m'en fous complètement. Moi, je n'ai été contente ni de son travail ni surtout de son attitude. Alors, j'use de mon privilège de le lui faire remarquer.

Le Directeur de Production resta stupéfait. Avec ma bouille ronde, mes grandes dents et ma bouche toujours ouverte comme celle d'une carpe (il m'arrive d'avaler des moucherons. Très désagréable), il ne se doutait pas que je pouvais me montrer aussi teigneuse.

Le Producteur Exécutif vint à son tour parlementer.

Puis le Producteur/Producteur.

Je restai butée.

Quelques jours après la sortie du film, j'aperçus mon décorateur dans la rue. Il changea de trottoir... pour venir non pas me filer une claque, comme je m'y attendais..., mais me féliciter chaleureusement pour *Vas-y Maman!*. Il se montra charmant. Je restai interloquée. Soit il n'avait pas regardé le générique. Soit il s'en foutait. Soit il avait attribué « l'erreur » à la méconnaissance des usages d'une petite réalisatrice débutante. Soit il avait de la classe.

Du coup, je regrettai ma mesquinerie.

Pardon, H.L. !

Pour préparer la sortie d'un film, la Production engage une attachée de presse. J'essayais toujours d'intervenir en douce en faveur de ma copine Nicole Liss, dite — entre nous — « Nicole, l'Autre ». En dehors de ses qualités professionnelles et de sa gentillesse, elle adorait rigoler. Très fort. On était deux. Du reste, son rire était si célèbre qu'elle était souvent invitée aux projections privées des films drôles pour mettre de l'ambiance. Quant à moi, Barillet et Grédy, les auteurs de tant de comédies au théâtre, m'avaient même proposé de nous payer, mon rire de chèvre et moi, pour venir faire la claque aux premières de leurs pièces ! J'avais refusé dignement : mon rire et moi, nous n'étions pas à vendre, et surtout je ne voulais pas faire de la pub à de futurs concurrents...

Nicole Liss prétendait que le premier travail d'une attachée de presse était de réconforter sans relâche le metteur en scène à moitié fou d'angoisse à la veille de la sortie de son film.

Elle en avait connu un, en particulier, qui lui téléphonait toutes les nuits, d'une voix d'outre-tombe :

— Tu crois que ça va marcher ?

— Mais oui, mon chéri. Les premiers échos sont excellents !

(Elle inventait, naturellement. Il n'y avait pas encore eu la moindre rumeur.)

— Tu dis cela pour me faire plaisir... mais je SENS que je vais faire un bide...

— Mais non, mon chéri ! Cela va être un triomphe !

(Elle n'en savait bien sûr rien du tout, pas plus que le Producteur qui ne dormait pas non plus.)

— Mais est-ce que TOI, tu y crois vraiment à mon film ?

— A 1 000 %, mon chéri !

(Mettons à 5 %.)

— Jure-le-moi !

— Je te le jure sur la tête de l'être que j'aime le plus au monde : Barry, mon petit chien adoré !

(En dépit de tous ces mensonges, Barry vécut très vieux.)

Même cela ne calmait pas notre Loulou Machecouillon.

Une heure plus tard, il rappelait. Cette fois pour gueuler que le critique Norbert le Malveillant de la revue *Négatif* (990 exemplaires) se plaignait de n'avoir pas encore été invité aux projections privées. Nicole, furieuse, raccrochait.

Nouvel appel de notre Loulou Machecouillon :

— Pardon ! Pardon ! pleurnichait-il, je sais que je suis odieux mais je suis amoureux fou de toi ! Dis-moi que tu m'aimes un peu...

Épuisée de ne plus pouvoir fermer l'œil et ledit metteur en scène étant beau garçon, Nicole prit le taureau par les cornes.

Elle décida d'aller dormir carrément dans le lit du Loulou en question. Et put enfin goûter un sommeil réparateur (qu'elle prétend).

Le deuxième boulot d'une attachée de presse consiste à persuader la Star de participer à la promotion du film. C'est-à-dire à proclamer *urbi et orbi* qu'elle vient de tourner un chef-d'œuvre, que Loulou Machecouillon est un génie au caractère délicieux (et pas du tout un caractériel comme toutes les Grenouilles du Showbiz le savent), qu'ils se sont tous merveilleusement entendus (et pas du tout filé des claques comme l'assistant le raconte). Que l'équipe était fantastique (l'équipe est toujours fantastique, par principe). Et qu'elle a adoré jouer ce rôle si humain mais néanmoins plein d'humour d'un papa séropositif qui vole une voiture pour emmener en voyage sa petite fille paralytique.

Nicole Liss (éplorée) : Mais, Monsieur Gabin, pourquoi ne voulez-vous pas recevoir les journalistes ?

Gabin : Ils disent tous et toujours les mêmes conneries.

Delon et Belmondo suivent, paraît-il, les traces de leur glorieux aîné.

L'attachée de presse doit également organiser les projections privées.

L'enfer pour le metteur en scène.

En tout cas, pour moi.

Jusque-là, j'avais réussi à occuper mon esprit avec tous les petits travaux de finition, y compris la bande-annonce et l'affiche.

Et maintenant l'heure de vérité était arrivée et il fallait entrer dans l'arène pour faire face à ce fauve noir et cornu : le jugement des autres.

L'attachée de presse réunit dans une petite salle où la projection — image et son — est soi-disant bonne un certain nombre d'invités suivant un mélange hardi qu'elle seule et le producteur connaissent : critiques de cinéma, journalistes, personnalités diverses, copains, etc.

Le metteur en scène se tient à l'entrée et dit bonjour poliment à tout ce petit monde. Il a une mine blafarde, la gorge nouée et donnerait dix ans de sa vie pour ne pas être là. Plutôt la prison de la Santé.

Deux tactiques :

Le réalisateur s'installe avec les invités pour voir « comment la salle réagit ». C'est-à-dire — dans le cas d'une comédie — rit à ses gags géniaux et à ses dialogues plein d'humour...

Drame. Aucun gloussement (même étouffé) ne se fait entendre. Les spectateurs restent de marbre. L'ambiance est lugubre. Le metteur en scène songe à se suicider (avalera-t-il dix-sept flacons de barbituriques ou se jettera-t-il par la fenêtre de son producteur ?).

Autre moment terrible : celui où les applaudissements DOIVENT éclater lorsque le film se termine.

Hélas, l'arrivée du générique de fin est accompagnée d'un pesant silence. C'est le stress total. La honte. L'attachée de presse se dévoue. Elle tape très fort dans ses mains. Quelques copains suivent (mollement). Les autres invités s'enfuient, la mine sinistre, en évitant de croiser le regard du metteur en scène grâce à qui ils viennent de passer une heure et demie éprouvante. Si ce n'est trois heures quarante, comme c'est la mode maintenant.

A ce propos, j'aimerais faire une petite remarque.

Il est évident que le réalisateur qui a pondu un navet de quatre heures n'a pas pensé une seule seconde aux problèmes intimes d'une foule de spectateurs. Messieurs affligés d'une prostate fatiguée. Dames à la mignonne mais petite vessie, obligées de courir faire pipi toutes les heures. Mon cas. C'est déjà un cauchemar de déranger trois fois le public entier du Normandie aux Champs-Élysées. Cela devient l'horreur en projection privée. L'attachée de presse, affolée, vous rattrape dans l'allée :

— Tu t'en vas ? Tu n'aimes pas ? chuchote-t-elle.

— Si ! Si ! J'adore, mais heu... heu...

Les autres invités vous envient d'avoir le courage de vous tirer. Quelques-uns ont cependant le même problème que vous et vous suivent en se tortillant. Remue-ménage. Personne ne regarde plus le film.

Le metteur en scène vous hait.

Il ne vous dira plus jamais bonjour.

Deuxième tactique. Le réalisateur n'a pas eu le courage d'assister à la séance. Il guette derrière la porte de la salle s'il entend des réactions (ces fameux éclats de rire pour lesquels il vendrait sa mère). Rien. Silence total. Le metteur en scène se tord les mains. L'attachée de presse sort. Il se jette sur elle :

— Comment ça marche ?

— Formidablement bien.

— Mais ILS NE RIENT PAS !!!

— Non : ils sourient ! En tout cas, ils s'amusent, je te le jure.

Les invités s'en vont. Impassibles. Sans faire aucun commentaire. Sauf ceux qui n'ont aucun intérêt (le chauffeur portugais du Producteur, un vieux camarade de lycée rencontré la veille dans la rue). Le metteur en scène essaie d'agripper son meilleur copain, « celui-qui-se-vante-de-toujours-dire-la-vérité-même-si-elle-doit-faire-mal ».

— Qu'est-ce que t'en penses ?

L'autre se dégonfle :

— Épatant. Mais là, je n'ai pas le temps de t'en parler. Je te téléphone demain matin, promis.

Il ne rappelle jamais.

J'ai appris récemment que Billy Wilder avait une technique épatante pour se tirer sans dommage d'une projection privée. Il se précipite sur le metteur en scène, lui secoue chaleureusement la main en s'écriant à voix haute : « ÇA, c'est un film !!! »... et il se sauve sans préciser si ÇA est un film raté ou un chef-d'œuvre. Génial, non ?

Personnellement, je crois me souvenir que pour *Vas-y Maman !* je trouvai juste le courage d'accueillir poliment les invités tandis que Nicole Liss me tenait fermement par le bras pour que je ne m'échappe pas. Après quoi, je me sauvai. Et allai me cacher dans mon lit, l'oreiller sur la tête.

Les jours passent. L'agitation de l'attachée de presse devient frénétique. Elle passe des heures au téléphone à essayer de persuader les critiques que le film de son Loulou Machecouillon est un chef-d'œuvre. Ou — si vraiment c'est un ratage complet — un futur « film-culte ». Elle a quelquefois du mal. On raconte qu'un producteur américain d'un film sur les Black Panthers avait recommandé à la sienne :

— Démerdez-vous pour que les critiques ne voient pas qu'il s'agit d'un film politique. Dites-leur que c'est une histoire d'amour.

L'attachée de presse (effondrée) : Mais comment je vais faire ? Ils ne sont pas TOUS idiots !

Elle organise des interviews pour son Loulou (et les comédiens) avec tous les journalistes, y compris ceux de la Télévision qui marmonnent agressivement : « Je n'ai pas eu le temps de voir votre film » (sous-entendu : « J'ai eu des choses plus importantes à faire »). Et qui ajoutent : « De toute façon, nous n'avons qu'une minute cinq pour le sujet. » (Juste le temps de dire le titre s'il n'est pas trop long.)

Commencent à sortir les critiques. Hélas, vous avez une mauvaise nature. En cas de neuf bons papiers et un mauvais, vous ne voyez que le mauvais. Didier Decoin vante la drôlerie de votre film, son rythme, son charme, etc., vous restez calme. En revanche, vous doublez vos doses de tranquillisants et de somnifères parce qu'un crétin inconnu a écrit dans un journal dont vous ignoriez l'existence — et le public aussi — que vous avez fait « une petite comédie insignifiante ». Vous vivrez des années, une flèche plantée dans le cœur. Crève, salaud !

Une seule chose vous console : les autres metteurs en scène (même les plus grands) et les acteurs semblent avoir la même réaction que vous. Gérard Oury n'a probablement pas oublié que Louis Chauvet (du *Figaro*) écrivit à propos de son premier film, *La*

Main chaude : « Ceci est le premier film de Monsieur Oury et assurément le dernier. » (Heureusement, cette gracieuseté n'empêcha pas Oury de tourner *Le Corniaud, La Grande Vadrouille, Les Aventures de Rabbi Jacob*, etc.) Le pauvre papa Hitchcock resta trois jours au lit après avoir lu dans un article sur *La Main au collet* et malgré le succès du film (avec Grace Kelly et Cary Grant) : « Très souvent on peut regarder au-delà des acteurs et jouir du paysage sans rien manquer d'important. » Chabrol apprit par un journal qu'il était « aussi démonétisé que l'emprunt russe » (et allez donc ! Ça fait toujours plaisir). Son fameux film *Les Bonnes Femmes* se fit éreinter par la critique... parce que lesdites « bonnes femmes » n'avaient « aucun sens social ». Ô pédants ennemis ! David Niven découvrit dans le *Detroit Free Press*, à la sortie de *Dodsworth* de William Wyler où il avait enfin obtenu un rôle important : « Dans ce film, nous avons eu le privilège de voir la dernière grande découverte de Samuel Goldwin. Tout ce que nous pouvons dire sur cet acteur (?), c'est qu'il est grand, brun et pas beau du tout. » (David afficha le papier dans ses W.-C.) *Le Grand Bleu* fut assassiné par la presse française avant de faire le triomphe public que l'on sait, etc.

Évidemment, la meilleure solution serait d'imiter Katharine Hepburn qui se vantait de ne jamais lire les critiques : « Ainsi, remarquait-elle paisiblement, elles n'existent pas. »

Mais où trouver une telle force d'âme ?

Arrive enfin LE mercredi, jour de sortie (traditionnel) du film.

Vous êtes un bloc d'angoisse à l'état pur.

D'autant plus qu'il est d'usage d'affirmer que le Distributeur peut savoir le succès d'un film, ou son flop, dès la première séance de quatorze heures.

Aussi, dès treize heures trente, le metteur en scène,

le producteur, l'attachée de presse et quelques copains se mettent à rôder dans Paris pour voir si des foules se massent devant les cinémas où va être projetée l'ŒUVRE.

On commence par les Champs-Élysées. On court aux Grands Boulevards. On file à la Bastille. On fait un détour par Alésia. On fonce à Maillot. On revient aux Champs-Élysées.

Aucune file d'attente nulle part.

89 spectateurs au Publicis. 40 à la Bastille. 38 à Maillot.

De quoi se flinguer.

— Mais si, c'est bon, fait dire le Distributeur qui est en liaison téléphonique permanente avec toutes ses salles, il y a 182 clients au Rex.

Ah ! Pour la seconde séance, une queue se forme au Gaumont-Ambassadeur. (« J'irai pèleriner à Notre-Dame de Buron, pieds nus à travers la rude Auvergne, si ce putain de film marche ! ») Les spectateurs de la première séance sortent. On regarde avidement s'ils ont des mines joyeuses. S'ils ont l'air heu-reux. Oui. Mais c'est parce qu'ils ont décidé d'aller se taper une bonne glace. On se colle derrière eux pour écouter s'ils parlent du film (traduire : s'ils en disent du bien). Non. Rien. Ils l'ont déjà oublié. Monstres !

Le grand Billy Wilder fut tellement consterné par la réaction du public lors d'une avant-première de *The Lost Week-end* (un drame de l'alcool) qu'il quitta la salle et alla s'asseoir, effondré, dans l'escalier. Les spectateurs s'en allaient les uns après les autres avant la fin de la séance. Une vieille dame demanda à Billy si lui non plus n'avait pu supporter cet horrible film. Un type clama qu'il était « guéri ». De l'alcool ? Non. D'aller au cinéma. Billy se sauva en Europe. Ce qui n'empêcha pas *The Lost Week-end* d'obtenir quatre

Oscars et d'être, en fin de compte, un immense succès. Comme quoi...

Et puis... quelquefois... LE MIRACLE ! Le soir, les salles sont pleines, et surtout, « ILS » rient !!!

Quelle merveille que la vie !

Mais qu'elle est courte !

Quelques semaines plus tard, c'est fini. Le film a terminé son existence (au cinéma). Personne n'en parle plus. Vous vous retrouvez toute bête.

Vous avez passé deux ou trois ans de votre vie (et même plus) à bosser comme une brute. A vous battre dans tous les sens. A supporter des gens parfois très antipathiques. A vous angoisser jusqu'à la dépression. A vous demander jour et nuit si vous aviez du talent. Tout cela pour créer un spectacle d'une heure et demie que des spectateurs (s'il y en a) vont regarder parfois distraitement.

Objectivement, cela valait-il la peine ?

Non.

Alors, pourquoi recommencez-vous ?

PAR PASSION.

CHAPITRE 13

... Ciao, Cinéma !

Il y a quelques années, je lus dans *Le Film français* une interview d'Alain Poiré, le grand producteur de la Gaumont, où il se plaignait que le cinéma français manque d'auteurs.

Je sautai en l'air. Puis sur ma chère petite machine à écrire Valentine. Et lui écrivis une lettre ouverte (toujours dans *Le Film français*) dont je me permettrai de faire part — avec des remarques ajoutées au passage — à mes lectrices et lecteurs bien-aimés.

... Non (Cher Monsieur), il ne manque pas d'auteurs en France. Il y en a trop, au contraire.

*D'abord, l'**Auteur n° 1**, celui qui a commis un livre, une pièce de théâtre ou un script original dont il vend les droits avec ravissement à un Producteur qui l'a assourdi de compliments* (c'est moi !). *Mais ô surprise, ce dernier, contrat à peine signé, se révèle un auteur à son tour. Il déclare sans précaution à l'**Auteur n° 1** que son début n'est pas assez choc, son milieu trop long et sa fin carrément emmerdante.* (Mais l'***Auteur n° 1*** ne bronche pas. Il a l'habitude. Il ne se demande même plus pourquoi son texte tellement ringard a attiré l'attention d'un homme exceptionnel comme le Producteur/ ***Auteur n° 2***). Il a confiance. Ce dernier connaît le cinéma, lui. Bien qu'il ait été parfois déconcerté par le succès de *Trois hommes et un couffin* (refusé par tous les producs de cinéma), *Bagdad Café* ou *Le Cercle des poètes disparus*, sans oublier *Les dieux sont tombés sur la tête* (refusé par la plupart des distributeurs français), *Pretty Woman* et autre *Trois mariages et un enterrement*... Rien de plus exaspérant pour les experts de la Tribu du Cinéma que le triomphe de ces films dû, non pas à une pub coûteuse et à une promotion échevelée, mais bêtement à l'intérêt du public prévenu par on ne sait qui et encouragé par un bouche à oreille mystérieux.

*Qu'importe. **L'Auteur n° 1*** (c'est toujours moi), *impressionné, écrit une première adaptation selon les sages conseils du Producteur/**Auteur n° 2**.* (Quand il ne travaille pas carrément en tête à tête avec lui. Ce qui ne lui plaît guère. Mais impossible de dire : « Vous n'avez aucun talent de scénariste » à un monsieur si sûr de lui et surtout qui vous a filé un — petit — chèque.)

Hélas, cette version ne plaît pas au premier coproducteur (le film coûte cher) qui (oui !... vous l'avez deviné) *se révèle à son tour un auteur. **L'Auteur n° 3**.* (Il y aura quatre coproducteurs. Courage : l'enfer est devant vous.) *Ce Coproducteur/**Auteur n° 3** estime, lui, que les dialogues sont plats et à refaire* (vlan ! Le Producteur/***Auteur n° 2*** se garde bien de révéler que c'est lui qui les a écrits en partie), *que le milieu du scénario que vous avez resserré est devenu trop court et que la nouvelle fin dont vous étiez si fière, trop gaie* (le « happy end », c'est ringard). *Dieu merci, sa standardiste lui a soufflé une idée formidable* (sa secrétaire, son coursier ou sa concierge, tous gens très importants parce qu'ils représentent le petit peuple, c'est-à-dire le grand public peut-être un peu bêta — chut ! —

mais qui possède ces chères bonnes fesses de spectateurs qui font le succès d'une œuvre).

L'Auteur nº 1 (c'est encore moi), *traumatisé de voir que son travail n'a pas plu et coincé par son contrat et son — petit — chèque déjà dépensé, récrit une troisième adaptation* (Qui ne lui plaît pas trop à lui, mais il faut bien vivre.)

*Puis une quatrième après une conversation avec la fille impubère du Producteur/****Auteur nº*** 2 (qui a disparu pour s'occuper d'un autre mystérieux projet). *Parce qu'il s'agit de faire un film qui plaise « aux jeunes »* (et que vous ne l'êtes plus tellement, comme l'on sait).

Apparaît alors Dracula.

Le Metteur en scène.

*Il est difficile de trouver actuellement un metteur en scène français dont l'ego ne soit pas aussi épanoui que celui de Saddam Hussein avant la Guerre du Golfe. Le metteur en scène français se prend non seulement pour un fantastique réalisateur d'images, un immense directeur d'acteurs, mais surtout, hélas, pour un auteur génial. Dieu, Renoir, Hitchcock et Stendhal réunis. C'est l'****Auteur nº 4 le Grand****. Il récrit lui-même tout seul ou éventuellement avec* ***l'Auteur nº 1*** *— s'il possède un caractère amical avec une lueur de modestie — une cinquième version qui n'a plus grand-chose à voir avec le sujet original mais a le mérite de sortir du Profond de son Moi, d'exprimer son message sublime y compris social, de conter au public ébahi ses fantasmes les plus fous. Peut-être même une non-histoire avec des non-personnages et des non-dialogues, mais merde ! « quelque chose » d'authentique, son chef-d'œuvre à lui, Loulou Machecouillon.* Une création quoi ! dont on ne sort pas « l'esprit vide comme dans les grands machins américains », *dixit* un de nos plus célèbres réalisateurs.

Souvent Loulou Machecouillon aime à relater son enfance qui ne présente pas toujours malheureusement l'intérêt qu'il croit. Parfois, il raconte ce qu'il appelle « une histoire dans l'air du temps ». Exemple : « Pourquoi Yves, un prostitué, a-t-il tué Claude, son amant ? » ou « Une vie de femme, trop moderne, aux allures de psychodrame permanent ». Ou « Une chronique provinciale... maladroite et triste comme les plaisirs furtifs ». Bref, un sujet bien morose. Le snobisme du sinistre agaçait déjà Billy Wilder : « Imaginons une famille à Düsseldorf. Le mari vient de perdre son travail. Il rentre chez lui et trouve une lettre du percepteur lui enjoignant de payer 11 000 marks immédiatement sans quoi il ira en prison. Sa femme lui avoue qu'elle est tombée amoureuse du dentiste et qu'elle va le quitter. Son fils a été arrêté comme terroriste, sa fille est enceinte et a attrapé la syphilis. Un ami vient le voir et lui dit : " Je sais que tu as eu une dure journée, pourquoi ne pas nous amuser un peu ? Allons voir au cinéma *Despair* (Désespoir) de Fassbinder... " »

Mais revenons à notre Metteur en scène/***Auteur nº 4 le Grand****. Parfois, il ne garde de l'œuvre de départ que le titre. Et que l'****Auteur nº 1*** *ne se rebiffe pas. Il a été payé, non ? Qu'il retire son nom (mais laisse son titre).* Du reste, désormais, les metteurs en scène ont réussi à faire admettre que les vrais auteurs d'un film ce sont eux et non, comme le voudrait le dictionnaire, ceux qui ont écrit l'œuvre originale. (Du coup, ils réclament plus de sous sur la part de l'écrivain. Il faut bien penser à faire manger sa petite famille, surtout si — comme souvent — il a plusieurs ménages sur les bras.) Le mot « adaptateur » a disparu on ne sait où.

... Si l'auteur est mort, épatant ! Les fantômes de Maupassant et de Balzac ne hantent pas les plateaux et le film peut devenir Salambô *de Loulou Machecouillon (en énormes caractères) d'après Flaubert (en tout petits).*

Cela vaut peut-être mieux. Alexandre Dumas en

aurait une crise cardiaque s'il voyait ses héros colorés et galopants transformés en zombies sales dans *La Reine Margot* **DE** Monsieur Chéreau. Quant à Alexandre Astruc, il se vante de ne pas lire l'œuvre classique de base pour ne pas se laisser influencer. Pourquoi n'écrit-il pas lui-même ses propres histoires, ce grand-là ?

*Imaginons que l'**Auteur n° 1**, bien vivant, ait survécu à tous ces avatars. Certains auteurs ont des nerfs d'acier. Survient alors la Star. Qui — si ! si ! — se prend à son tour pour un auteur.* Surtout si elle a écrit quelques comptines pour enfants. *L'**Auteur n° 5**. Personne mieux qu'elle ne peut connaître son personnage, savoir ce qu'elle doit dire, ou ne pas dire. Faire ou ne pas faire. C'est vrai, ça ! Alors la Star récrit tout elle-même, y compris les scènes où elle n'est pas.* (L'une d'elles, auprès de qui je m'étonnais, me répondit gentiment : « Mais c'est pour t'aider ! » Hélas, j'ai une sale nature et j'aime bien faire mon boulot moi-même. A noter qu'il arrive que la Star prenne un nègre qu'elle fait travailler dans le dos du metteur en scène, ce qui fait bien rigoler en douce l'***Auteur n° 1*** — Moi ! Moi ! Moi ! : je suis toujours là !)

Nous en sommes à la *version n° 6*. Qui désormais n'a plus rien à voir du tout avec la *version n° 1*.

Mais il manque encore des sous. Miracle ! Une chaîne de télévision veut bien participer. Les yeux fixés sur son Audimat. Avec parfois des idées étranges. Certaine chaîne prétend que les comédiens qui obtiennent un succès fou au cinéma font un mauvais Audimat à la Télévision. Bizarre... Bizarre... Une autre insiste beaucoup sur le « message social » qui doit toujours être présent derrière l'œuvre. Même si c'est Madonna qui joue.

J'ai moi-même vécu une drôle d'expérience. La dernière scène de mon feuilleton *C'est quoi, ce petit boulot ?* montrait le mariage de mon héroïne, Petite

Chérie, avec le fils d'un marquis ruiné. Une dame inconnue de tous s'en vint de la Télé et, sans prévenir personne, fit couper la scène sous prétexte qu'elle n'était pas « grand public ». Quand je l'appris, la colère passée, je me demandai rêveusement pourquoi tant de magazines à grands tirages mettent Lady Diana, Fergie, Stéphanie et Caroline de Monaco, John-John Kennedy, etc., sur leur couverture. Une erreur, c'est évident ! Et qui dure !

Donc la chaîne réclame — c'est normal — une *version nº 7*.

A laquelle personne ne comprend plus rien.

Aussi fait-on appel à un *plombier*.

« *Plombier* = bidouilleur de scénarios qui coupe ici, fait une soudure là, rajuste, colmate les fuites, passe la serpillière et rend l'affaire propre et nette, prête à servir *. »

En principe.

Parce que tout le monde n'est pas d'accord avec cette *version nº 8*. Bagarre générale.

Tant pis ! On tourne ! Quoi ? On ne sait plus. Qu'importe. Loulou Machecouillon (il est encore là, celui-là, accroché comme un cannibale à son os) *va se livrer à une grandiose improvisation de quatre heures* (deux foix deux heures pour la Télé. Bonnard) *que le public déconcerté rechignera à aller voir malgré les critiques élogieuses* (quel est le sale individu qui a dit : « Les critiques sont aussi utiles au cinéma que les fourmis à un pique-nique » ?).

Bide.

La faute à qui ?

Aux Américains, bien sûr, dont l'impérialisme est tel qu'il oblige le public français à aller voir leurs

---

* *Un scénario nommé désir*, de Chantal Pelletier et Brigitte Peskine.

films et même (on ose à peine l'écrire) à les aimer. Et voilà que les Anglais s'y mettent !...

Il peut arriver que certains films français (souvent des comédies) connaissent le triomphe. Dans ce cas, les plus distingués de nos critiques ne mâchent pas leurs mots : « Le succès même d'un film en fait une espèce d'objet bourgeois. » La honte. Pire. Qui est venu voir ce film ? Le public populaire. Des cons !

Des politologues distingués prétendent que la France est devenue triste. Peut-être. Mais c'est vrai que la plus grande partie de son cinéma (subventionné) semble mépriser le plaisir. Plaisir du rire, du rêve, de l'enthousiasme, de l'aventure, de l'amusement, de la peur — sans risques —, de l'allégresse... On dirait que la joie de vivre est un péché. Avouer être content, c'est passer pour un con (con-tent) ou un sale égoïste. Si le pauvre saint François d'Assise revenait nous parler du devoir d'être heureux comme ses petits oiseaux, il ferait rigoler tout le monde. La mode est au lamento d'*Iphigénie* (Racine) :

Je ne sais quel trouble empoisonne ma joie.

Oserai-je dire comme la Duchesse (bien que cela fasse un peu pompeux) : « France, la magie de ton cinéma fout le camp... » ?

... Et pendant ce temps-là, qu'est devenu ***l'Auteur n° 1*** ?

Dégoûté d'avoir été traité avec dédain non seulement comme un plumitif de seconde zone, mais comme un scénariste/femme de ménage, il s'est tiré. Ras le bol de chercher des sujets « exceptionnels » pour le cinéma, qui tournent en ratatouille Une ratatouille tristounette en plus. Il se met à écrire dans la paix de son bureau UN LIVRE que peut-être, ô délices ! son Éditeur accueillera avec affabilité et même parfois, ô bonheur immense ! avec satisfaction.

Livre qui est imprimé sans discussions aigres et qui devient, si la chance souffle, un best-seller. En cas d'échec, l'écrivain ne s'en prend qu'à lui. (Et sournoisement un peu à l'Éditeur, naturellement). Mais c'est la vie. Pas la guerre.

Et il gagne autant d'argent. Peut-être pas toujours, d'accord. Mais il est CON-TENT ! Comme ce célèbre Académicien qui vend les droits d'un de ses livres pour s'acheter une piscine mais refuse d'aller voir le film « adapté » dudit livre pour ne pas se noyer dedans de désespoir.

Bref, vous l'avez compris, lectrices et lecteurs bienaimés, je connais le bonheur depuis que j'ai abandonné la Tribu des Grenouilles de Cinéma et de Télévision.

Grâce à vous.

Aussi, je vous en supplie, continuez à lire mes modestes livres, à les acheter (ils ne sont pas très chers, non ?), à m'écrire des compliments et des gentillesses (j'adore et, si je ne réponds pas toujours très vite, c'est que j'ai un travail fou). Mais un travail qui me rend... tant pis, je l'avoue !... HEUREUSE de vivre !.

Merci à tous.

Je vous embrasse.

Liste des livres
que j'ai lus avec passion et dans lesquels
— j'avoue ! j'avoue ! — j'ai picoré des anecdotes...
Merci !

Et tout le reste est folie, Mémoires, — Billy Wilder (et Helmut Karasek). Robert Laffont.

Mankiewicz — Pascal Merigeau. Denoël.

Sacha Guitry — Raymond Castans. Éditions de Fallois.

La Vie secrète d'Howard Hugues — Charles Highams. Édition n° 1.

Cinémato-gaffes — Bill Givens. Ramsay Cinéma.

La Suite à l'écran — entretiens avec Jean Aurenche. Institut Lumière/Actes Sud.

Hollywood sur Nil — Noël Howard. Ramsay poche Cinéma.

Tous en scène — Vincente Minnelli. Ramsay poche Cinéma.

J'ai grandi à Hollywood — Robert Parrish. Ramsay poche Cinéma.

Ma vie en vrac — Pierre Brasseur. Ramsay poche Cinéma.

Greta Garbo, la somnambule — François Ducout. Ramsay poche Cinéma.

Douche écossaise — Saturnin Fabre. Ramsay poche Cinéma.

Zanuck — Leonard Mosley. Ramsay poche Cinéma.

Histoire des plus célèbres répliques du cinéma — Marion Vidal et Jean-Claude Gasser. Ramsay poche Cinéma.

Les Propos de Fellini — Federico Fellini. Ramsay poche Cinéma.

Louis de Funès — Jean-Marc Loubier. Ramsay poche Cinéma.

La Vraie Vie d'Alfred Hitchcock — Donald Spoto. Ramsay poche Cinéma.

Ma vie et mes films — Renoir. Champ/Contre-Champ, Flammarion.

Lubitsch ou la satire romanesque — Ethne et Jean-Louis Bourget. Champs/Contre-Champs, Flammarion.

Autant en emporte le vent — Jacques Zimmer. J'ai lu/Cinéma.

Marilyn Monroe — James Spada et Georges Zeno. J'ai lu/Cinéma.

Un tournage en Afrique — Laurent Heynemann. Presses de la Renaissance.

Ma vie contre la tienne — Annie Girardot. Robert Laffont.

Amis américains — Bertrand Tavernier. Institut Lumière/Actes Sud.

La vie... c'est pas toujours du cinéma — Charles Gérard. Ramsay.

Je hais les acteurs — Ben Hecht. 10/18.

C'est court, la vie — Paulette Dubost. Flammarion.

Qu'est-ce qu'on attend? — Bertrand Tavernier. Seuil.

Chez moi — Peter Ustinov. Stock.

Moi, Orson Welles — Orson Welles et Peter Bogdanovitch. Belfond.

Cinémamémoire — Pierre Braunberger. Centre Georges Pompidou/C.N.C.

Et pourtant je tourne — Claude Chabrol. Robert Laffont.

Les Soleils et les Ombres. — Jean-Pierre Aumont. Robert Laffont.

Cinoche — Alphonse Boudard. La Table Ronde.

Bourvil — Philippe Huet et Élisabeth Coquart. J'ai lu.

Rita Hayworth — Barbara Leaming. Presses de la Renaissance.

Ava — Ava Gardner. Presses de la Renaissance.

L'extravagant W. C. Fields — Robert Lewis Taylor. J.-C. Lattès.

Ma vie — Charlie Chaplin. Presses Pocket.

70 ans d'adolescence — Henri Jeanson. Ramsay poche Cinéma.

Moi, histoires de ma vie — Katharine Hepburn. Presses Pocket.

Germinal — Pierre Assouline. Fayard.

John Huston — John Huston. Pygmalion/Gérard Watelet.

Décrocher la lune — David Niven. Robert Laffont.

Étoiles filantes — David Niven. Robert Laffont.

Histoires de Stars — Jean-Claude Brialy (et Jean-Pierre Cuisinier), tome 1. Éditions n° 1.

Histoire de Stars — Jean-Claude Brialy (et Jean-Pierre Cuisinier), tome 2. Éditions n° 1.

Autobiographie — Otto Preminger. Ramsay poche Cinéma.

Hollywood, la Mecque du Cinéma — Blaise Cendrars. Ramsay poche Cinéma.

Dr Jerry et Mr Lewis — Jerry Lewis. Ramsay poche Cinéma.

Les Souvenirs et les regrets aussi — Catherine Allegret. Fixot.

Qu'est-ce que j'ai fait au Bon Dieu ? — Sammy Davis Jr, Jane et Burt Boyar. Olivier Orban.

Une vie — Elia Kazan. Grasset.

Kazan par Kazan (avec Michel Ciment). Stock.

Romy Schneider — Georges Cohen. J'ai Lu/Cinéma.

Vivien Leigh — Anne Edwards. Éditions France-Empire.

Marilyn Monroe secrète — Lena Papitone/William Stadiem/Maurice Hakim. Pygmalion/Gérard Watelet.

Mémoires imaginaires de Marilyn — Norman Mailer. Robert Laffont.

Ma vie — Ingrid Bergman (et Alan Burgess). Fayard.

Portrait d'un homme du siècle — Franco Zeffirelli. Belfond.

Les Fonda — Peter Collier. J.-C. Lattès.

Fellini — Lilia Betti. Albin Michel.

Fellini — Gilbert Salachas. Éditions Jacques Glénat.

Passeport pour Hollywood — Michel Ciment. Seuil.

Le Cinéma selon Hitchcock — François Truffaut. Robert Laffont.

Ma vie sans maquillage — Charly Koubesserian. Zelic.

La Cantinière du cinéma — Henriette Marello et Sylvie Renoir. Ramsay Cinéma.

Les chansons que m'apprenait ma mère — Brando (avec Robert Lindsey). Belfond.

Un scénario nommé désir — Chantal Pelletier et Brigitte Peskine. Belfond.

L'Arrière-mémoire — Micheline Presle (et Serge Toubiana). Flammarion.

Plus presse professionnelle, magazines, quotidiens, etc.

Cet ouvrage a été composé
par l'Imprimerie BUSSIÈRE
et imprimé sur presse CAMERON
dans les ateliers de B.C.A.
à Saint-Amand-Montrond (Cher)
en décembre 1994

N° d'édition : 15685. N° d'impression : 2857-94/818.
Dépôt légal : janvier 1995.
Imprimé en France